D1433563

Amerigo

Amerigo

Een sinterklaascrimi

Voor 10 jaar en ouder(s)

Kees Putman

Uitgeverij Sjaloom

Een wonder begint met een verlangen

Voor Dorine,
die zelf een wonder is

KOKSIJDE
des. 2002

STICHTING NEDERLANDSE
KINDERJURY
2003

Website: www.sjaloom.nl
E-mail: post@sjaloom.nl

Een uitgave van Sjaloom, Postbus 1895, 1000 BW Amsterdam
© 2002 Kees Putman en C.V. Sjaloom en Wildeboer, Uitgevers
Omslag- en binnenwerkillustraties Kees Putman, Noordwijk
Omslagontwerp Andrea Scharroo, Amsterdam
Zetwerk binnenwerk Atelier Van Wageningen, Amsterdam
Niets uit deze uitgave mag worden overgenomen zonder toestem-
ming van de uitgever
ISBN 90 6249 415 3, NUR 282/283

Inhoud

Proloog 7

De intocht 9
De pestkop 17
De inbraak 26
Het zegel 35
Op reis 44
Spanje 54
Het boek 66
Met de bus 77
Een spoor 86
Villacordilla 96
De Doña 105
Milagroso 116
Siësta 125
Welkom 132
De fabriek 143
Klein en groot 152
De smoes 160
Zwart 171
Gezonde groente 183
Alarm 194
Kerende kansen 203
Vallen en opstaan 215
Geplakt 224
Stof, rook en vuur 235
Dubbel weerzien 249

Proloog

Aan wie moet je in Nederland nog uitleggen wie Sinterklaas is? Volgens mij aan niemand, dus dat laten we hier maar. En mocht een enkeling het nog niet weten, dan komt die er wel achter door dit verhaal te lezen.

Sedert onheuglijke tijden bezoekt de goedheiligman tegen december ons land om hier zijn verjaardag te vieren. We rekenen er gewoon op dat hij elk jaar opnieuw weer verschijnt, samen met zijn Zwarte Pieten, zijn wonderbaarlijke paard en ook nog een scheepslading vol snoep en cadeautjes voor de kinderen. We vinden dat allemaal zo normaal, dat we ons eigenlijk niet eens kunnen voorstellen dat hij op een keer niet zou komen. En toch was dat bijna gebeurd, nog maar vrij kort geleden.

De intocht

Dikke, sombere mistflarden dreven laag over het traag voortstromende water van de rivier. Er was nog geen Sint of Piet te bekennen, maar de kade aan de haven stond al volgepakt met dik aangeklede kinderen en grote mensen. Ondanks de kille wind was de stemming feestelijk en werd er volop meegezongen met een muziekkorps dat loeihard sinterklaasliedjes speelde.

Terwijl televisiecamera's opnamen maakten van de mensen, de rustieke gevels, de verweerde, eeuwenoude kerktoren en het kabbelende water, zat in een hokje – dat versierd was als een heel grote bonbondoos – de kleumende presentator achter zijn microfoon de beelden van commentaar te voorzien. Hij pauzeerde een moment om aan een mok hete chocolademelk te slurpen en ging daarna verder met zijn verhaal.

'Ja, jullie daar thuis zitten natuurlijk lekker warm onderuitgezakt voor de tv met een enorme zak pepernoten, maar hier buiten aan de haven staat iedereen te trappelen van de kou hoor, en ik denk ook van ongeduld, want het duurt allemaal wel érg lang. Misschien is de Wegwijspiet in de mist de weg kwijtgeraakt of zo, ik begrijp er niks meer van. Er staan hier volgens mij minstens wel een miljoen mensen op de pakjesboot te wachten en die komt maar niet. Als 't goed is, moet ie daar ergens in de verte zijn, maar jammer genoeg kunnen we met al die mist niet zo ver kijken, dus... eh... of wacht es... zie ik daar iets?'

Kinderen en volwassenen rekten hun halzen om naar de wazige verte te staren waar het schip moest verschijnen. Opeens ging er een golf van geroezemoes door de menigte, want in de dikke

9

mistbanken op de rivier was vaag een grote, donkere vorm zichtbaar geworden.

'Zou dat 'm wezen?' gilde de presentator in de microfoon. 'Wat denken jullie?'

Een moment was er nog een aarzelende stilte, maar toen barstte als een soort explosie een gigantisch gejuich los. De fanfare toeterde zich de longen uit het lijf met *Zie ginds komt de stoomboot*. De mensen zongen luidkeels mee en de presentator stond zo enthousiast te springen dat de bonbondoos ervan schudde.

Ondertussen wurmde een auto zich door het drukke verkeer in de buurt van de haven. Achter het stuur zat meneer Van Dijk te schelden op een andere automobilist.

'Ja, sufferd, blijf vooral rustig wachten voor groen licht; we hebben alle tijd hoor.'

Achter hem zat zijn zoon Mark vanonder de klep van zijn baseballpet met een sombere blik uit het raam te staren.

'Als die toestand daar te lang duurt, dan ben ik weg hoor,' verkondigde hij opstandig. 'Ik ga niet te laat op judo komen.'

Zijn moeder draaide zich om. 'Hè, hou nou es op met zeuren Mark. Je les begint pas om vier uur. Pappa en ik hebben nu écht geen tijd om mee te gaan naar de intocht.'

Van die mededeling werd haar zoon niet vrolijker. 'Jullie hebben nóóit tijd,' klaagde hij.

'Onzin,' zei zijn moeder. 'En ik wil niet dat Kim en Pietertje daar alleen staan tussen zoveel mensen. Jij bent de oudste.'

Kim protesteerde. 'Hij hoeft helemaal niet mee,' riep ze pinnig. 'Ik ben al tien hoor. Ik kan best alleen.'

'Geen sprake van,' kapte ma verdere discussie af. 'Mark gaat mee en daarmee uit. En als 't afgelopen is, gaan jullie samen met de bus naar huis.'

Haar oudste zoon snoof nijdig en keek weer kwaad naar buiten.

'Stomme poppenkast,' mopperde hij.

Kim stootte hem aan. Waarschuwend knikte ze in de richting

van Pietertje, hun zesjarige broertje, alsof ze zeggen wilde: sukkel, hou je een beetje in.

Mark was niet onder de indruk.

'Joh, man, kom op, 't is toch best leuk,' zei Kim overredend. 'Gratis snoep.'

Haar broer slaakte een diepe zucht. 'Kan ik daar een beetje gaan staan blauwbekken,' sputterde hij zonder veel overtuiging nog tegen.

Hun broertje had zich ondertussen van de hele discussie niets aangetrokken, want onder de stoel van zijn moeder had hij een gereedschapsdoosje ontdekt dat hij daar nooit eerder had gezien. Hij opende het en begon er nieuwsgierig in te neuzen. In een van de vakjes vond hij een tubetje supersecondelijm. Met duim en wijsvinger probeerde hij hoe sterk het was en binnen twee seconden voelde hij hoe zijn vingertoppen aan elkaar kleefden. Nog net op tijd wist hij ze weer los te trekken.

Het volgende moment kwam de haven in zicht.

'De boot is er al, kijk dan!' gilde Kim, terwijl ze haar broertje opgewonden een stoot gaf.

Van schrik kneep Pietertje keihard in het tubetje, waardoor een fijn straaltje door de auto spoot, precies op de knop van de versnellingspook. Meneer Van Dijk remde en schakelde terug. Bliksemsnel stak Pietertje het dopje op het tuitje en duwde het doosje terug onder de stoel.

'Zo, jullie hoeven in ieder geval niet te wachten,' zei zijn vader. 'Hij is er al, ga maar gauw.'

Met het tubetje in zijn hand haastte Pietertje zich achter Kim en Mark de auto uit. Voor ze in de menigte verdwenen, zwaaiden ze nog even naar hun ouders.

Hun moeder zwaaide terug, maar het leek wel of hun vader bezig was iets los te trekken van de bodem van de auto. Hij maakte woeste, rukkende bewegingen en keek toen woedend naar buiten.

'Ik zit vastgeplakt,' brieste hij. 'Dat heeft dat snotjong natuurlijk weer gedaan.'

11

'Hoe kun je dat nou zeggen, Paul,' antwoordde zijn vrouw verwijtend. 'Dat weet je toch niet.'

Haar man keek haar donker aan en zei: 'M'n hand zit vastgelijmd aan m'n auto en jij vraagt je nog af wie dat gedaan heeft? Kom nou, Hilde, dat meen je toch niet hè?'

Aan de haven, waar de feestelijke intocht plaatsvond, was in een wit betegeld pand Het Gouden Hoefijzer gevestigd, een totohal waar men kon wedden op paarden. De bezoekers zaten in de rokerige zaal onder het kille, witte licht van tl-buizen gespannen naar grote tv-toestellen te kijken, waarop de races te volgen waren. Af en toe gromde er iemand: 'Kom op' of 'Rennen, stomme knol.' Op de beeldschermen vuurden jockeys hun schuimbekkende paarden aan die in volle galop over de renbaan daverden.

Ondertussen was op straat het sinterklaasfeest in volle gang. Ondanks de dubbele beglazing was de muziek van de fanfare zelfs binnen te horen en een van de gokkers kon het niet nalaten telkens even door de ramen naar het feestgewoel te kijken. Het was een bonk van een kerel, die in het dagelijks leven 'de kost verdiende' als inbreker. Vanwege zijn enorme handen stond hij bij zijn collega's en de politie bekend als 'de Knijpkat', maar zijn echte naam was Cor Biersma. Met een uiterlijk dat deed denken aan een volgroeide holenbeer in een te strak gespannen jasje zag hij er niet bepaald uit als iemand die het sinterklaasfeest leuk vindt. Maar Cor had wat je noemt een zacht karakter.

Zijn maat, die naast hem zat, was totaal anders: een magere, lenige figuur met een gezicht als van een slecht uitgeslapen wurgslang. Zoals een huizenbouwer die Rothuizen heet en een tandarts die de naam Snoep draagt, ging ook hij door het leven met een slecht passende naam. Willem Vrolijk was een vreugdeloze, kille kikker, die zelden of nooit lachte. Onder zijn collega's stond hij bekend als 'de Rubber', vanwege de rubberen dokters-handschoenen die hij tijdens zijn werk steevast aanhad. Gekleed in een blauw-groen gestreept jasje zat hij door de gespiegelde glazen van zijn zonnebril naar de races te kijken. Het sinterklaasgedoe buiten interesseerde hem geen bal.

Er was weer een nieuwe race begonnen. Het gezicht van de Rubber stond op onweer, want het paard waarop hij gewed had, startte slecht. De Knijpkat leek daarentegen vol vertrouwen in de goede afloop en graaide uit een zakje met veel gekraak een handvol chips, waarop hij luidruchtig begon te kauwen.

'Stil, bolle,' siste Willem nijdig, zonder zijn blik een seconde van het beeldscherm af te wenden.

Verongelijkt keek Cor naar zijn maat. Even overwoog hij om gewoon door te eten, maar toen besloot hij de wijste te zijn en spuwde de vochtige hap chips terug in het zakje.

Het paard dat enkele ogenblikken later als eerste over de finishlijn stormde, was het verkeerde. Ziedend van woede keerde Willem zich naar Cor.

'Jij stomme drol,' snauwde hij. 'Daar gaat m'n geld.'

Woest verscheurde hij zijn totobiljet, greep zijn maat bij diens jasje en trok hem de zaal uit. In de hal bij de voordeur duwde hij de grote kerel ruw tegen de kapstokken.

'Jij had alles toch zo prima geregeld, hè? Een gouwe tip, hè? We konden niet verliezen, hè? Nou, mooie winst hoor, bal gehakt. Nul komma nul, sukkel!'

'Ja maar, daar kan ík toch niks aan doen,' protesteerde Cor. 'De gozer van wie ik de tip kreeg, die is getrouwd met een nicht van de trainer. Hij zei dat 't niet fout kon gaan; 't zou geheid dikke winst worden.'

'Dikke winst, m'n zolen,' foeterde Willem. 'Voor hem ja, maar niet voor ons. Snappie dat dan niet, dikke theemuts? Ik ben al m'n centen kwijt.'

'Ik toch ook, man,' zei Cor sussend. 'Maar wacht nou maar tot we die kluis gaan kraken bij dat bouwbedrijf waar ik 't over had. Daar liggen bergen geld. En 't is allemaal van zwart werk, dus die aannemer kan moeilijk naar de politie gaan. Ik heb 't van een nicht van de secretaresse.'

'Zeker weer zo'n gouwe tip,' smaalde Willem. 'Heb je nog meer nichten?'

Hij griste het chipszakje uit Cors grote handen en greep erin. 'Huh, wa's dat?' gromde hij, terwijl hij vol walging naar de kleffe massa op zijn hand staarde.

Nijdig smeet hij de zompige hap op de grond en stampte naar buiten. Daar leek de toestand meer op een volgepakt voetbalstadion dan op een rustige straat aan een oude haven.

'Dat kon ik nou net nog gebruiken,' grauwde de getergde inbreker bij het zien van de feestende kindermassa. 'Een kudde kleuters.'

Kim en Pietertje hadden zich, tussen alle dikke en dunne lijven door, naar voren gewerkt tot aan de eerste rij. Ondanks haar tien jaar was Kim nogal klein van stuk en ze wilde dus hoe dan ook vooraan staan om alles goed te kunnen zien. Mark had ze hun gang maar laten gaan. Hij vond zich onderhand te groot voor dat soort gedoe en als jongen van twaalf stond hij bovendien niet graag voor iedereen zichtbaar tussen al dat kleine grut.

Zijn zusje en broertje hadden nog geen last van dat soort ingewikkelde gevoelens en vermaakten zich prima met de Zwarte Pieten, die pepernoten uitdeelden en grappen maakten. Enkelen stapten op hoge stelten over de kade en eentje reed zwabberend rondjes op een eenwieler. Er zaten er zelfs een paar boven op de daken naar iedereen te zwaaien.

Na welkom te zijn geheten door de burgemeester, besteeg de Sint zijn paard Amerigo en reed te midden van zijn Pieten tussen de juichende mensen door. Kim en Pietertje zagen hem steeds dichterbij komen. De goedheiligman zwaaide en knikte naar alle kanten.

Toen de schimmel nog maar enkele meters van haar verwijderd was, kreeg Kim het opeens benauwd.

Wat is dat beest groot, schoot het door haar heen. Ze had het gevoel steeds kleiner te worden. Paniekerig wilde ze naar achteren schuifelen, maar door al de kinderen die om haar heen stonden, lukte dat niet. Een paar tellen later was het paard al bij haar en... het stopte.

Verschrikt keek ze omhoog naar het reusachtige dier, dat vlak voor haar neus stond en snuivend zijn grote hoofd schudde. Zijn hoefijzers schraapten over de stenen. Ze zag de witte, harige huid, die met iedere ademhaling op en neer bewoog. Ze rook de doordringende paardenlucht. Haar hart bonkte in haar keel en bijna was ze in gillen uitgebarsten.

Amerigo boog zijn hals en liet zijn hoofd zakken. Een groot glanzend paardenoog keek Kim onderzoekend aan. Het knipperde even alsof het zeggen wilde: kalm maar, je hoeft niet bang te zijn hoor.

Kim keek naar het oog en haalde diep adem. Het gevoel van paniek zakte langzaam weg. Toen stapte de schimmel weer verder.

Zwijgend keek ze hem na, terwijl om haar heen de kinderen juichten en zongen.

'Kom op, we gaan naar huis,' zei ze tegen haar broertje, die zoveel snoep in zijn mond gepropt had, dat hij niks terug kon zeggen.

In de bus probeerde Pietertje de lijmresten van zijn vingertoppen te pulken. Kim at pepernoten en Mark hield voortdurend zijn horloge in de gaten. Tien voor vier; hij was nog net op tijd. Bij de halte aan de Merelstraat stapten ze uit.

'Nou, de mazzel,' riep Mark. 'Ik ga naar judo hoor.' Hij rende weg.

Kauwend op hun snoep liepen de twee anderen naar huis. Ze hadden niet in de gaten dat een mountainbike hen geruisloos volgde.//

Halverwege de nauwe Ekstersteeg hoorde Kim opeens een geluid achter zich. Ze wilde zich omdraaien maar het was al te laat. Een keiharde duw deed haar met een klap in een hoek tegen een muur belanden.

'Au,' riep ze geschrokken en keek om, recht in het grijnzende gezicht van Johnny, een jongen uit haar klas. Staande over de stang van zijn fiets versperde hij haar de weg.

15

'Zo, klein kleutertje, lekker naar Sinterklaas wezen kijken?' vroeg hij smalend.

Kim gaf geen antwoord. Schichtig zochten haar ogen naar een uitweg, maar de fiets leek haar als een metalen hekwerk in te sluiten.

Johnny gaf haar een harde tik tegen haar hoofd. 'Hé, ik vroeg je wat,' zei hij. 'Zal ik jou es effe leren om beleefd te zijn?'

Weer kreeg Kim een gemene lel, maar ze bleef zwijgen. Ze voelde tranen in haar ogen opwellen. De steeg was verlaten; er was niemand die kon helpen. Alleen Pietertje was er, maar wat kon die doen tegen zo'n grote jongen?

Johnny genoot van de angst van zijn slachtoffer en eiste dat zij haar snoep aan hem zou geven. Hij had alleen oog voor Kim en lette totaal niet op het kleine broertje dat achter hem stond.

Uit zijn broekzak haalde Pietertje het tubetje supersecondelijm te voorschijn en besproeide daarmee rijkelijk het hele fietszadel. Daarna gaf hij de jongen zo hard als hij kon een duw en schreeuwde: 'Rennen, Kim!'

Johnny viel met fiets en al tegen de muur. Kim dook weg langs het voorwiel en zette het op een lopen, achter haar broertje aan. Woedend krabbelde haar belager overeind en sprong op zijn fiets om de achtervolging in te zetten.

Ze renden de steeg uit, de Reigerstraat in. Hun huis was nog twee straten verder. Nog nooit in haar leven had Kim zo hard gelopen. Een mengeling van angst en woede leek haar voeten vleugels te geven. Hijgend keek ze om en zag dat hij de steeg al uit was en als een speer achter haar aan kwam. Nog even en hij zou haar inhalen.

Johnny ging op de trappers staan voor de eindsprint – althans, dat was zijn bedoeling – maar er staat natuurlijk niet voor niets 'supersecondelijm' op zo'n tubetje. Het zitvlak van zijn trainingsbroek zat muurvast aan het zadel vastgeplakt, waardoor de broek bij het overeind komen van zijn billen werd getrokken.

Hij remde uit alle macht en tastte geschrokken naar zijn achterste. Tevergeefs probeerde hij de stof los te rukken. Hoe die twee hem die streek geleverd hadden, snapte hij nog niet, maar het was duidelijk dat hij de achtervolging verder wel kon vergeten. Woedend riep hij Kim na: 'Wacht maar, rotmeid! Ik krijg je nog wel, op school.'

De pestkop

Kim liet de waterkoker vollopen onder de keukenkraan en zette hem aan. Buiten was het al donker. Ze hoorde de voordeur open- en dichtgaan, gevolgd door het geklikklak van haastige voetstappen in de hal, wat aangaf dat het haar moeder was die thuiskwam. Ze liep de woonkamer in.

'Hoi mam,' zei ze. 'Wil je thee?'

Hilde liet de zware tas van haar schouder op een stoel ploffen en slaakte een diepe zucht. 'Hoi, eh... thee? Ja graag, daar ben ik wel aan toe. Lekker.'

Ze begon druk in de tas te graaien en haalde er allerlei papieren uit. Kim stond bij de keukendeur naar haar te kijken.

'Mam,' begon ze aarzelend. 'Die Johnny blijft maar doorgaan met pesten. In de pauze heeft ie me weer gestompt.'

'Schatje, hoe vaak heb ik nu al gezegd dat je 'm gewoon uit de weg moet gaan? Dan is er niets aan de hand,' antwoordde haar moeder, terwijl ze door een dik rapport bladerde.

'Maar ik kon er niks aan doen,' riep Kim. 'Hij stond me op te wachten.'

Zonder op te kijken sloeg Hilde een blad om. 'Dan moet je gewoon hard weghollen. Of je zegt dat je het aan de juf zal vertellen.'

Kim keek haar kwaad aan. 'Dat doe ik ook, maar 't helpt niet. Waarom zeg jíj er dan niks van?'

Ongeduldig liet Hilde de papieren zakken. 'Kindje, ik ken die jongen helemaal niet. Ik ben er nooit bij als 't gebeurt. Vertel het aan je juf; die kan er op letten. Op de volgende ouderavond zal ik het met haar bespreken. Goed? Maar nu moet ik dit even doorlezen, want ik heb straks een vergadering.'

Na deze mededeling boog ze zich weer over het rapport.

Een paar tellen nog staarde Kim zwijgend naar haar moeder. Daarna draaide ze zich om en liep met een zucht weg om de thee te halen. Een vlaag koude, natte wind woei door de keuken toen Mark via de achterdeur binnenkwam.

'Wil je thee?' vroeg Kim.

'Ja lekker, doe mij maar een bakkie,' zei haar broer, zijn rugzak op een stoel mikkend. 'Is er nog speculaas?' Hij rukte een kastje open en keek met grote ogen naar de inhoud. Alles was slordig met sinterklaaspapier en lange stroken plakband ingepakt.

'Moet je nou zien,' zei hij verbaasd.

Kim begon te lachen. 'Ja hoor, da's Pietertje weer. Hij wou mamma zeker verrassen.' Ze opende het kastje waar de theemokken stonden.

'Hé, hier ook al,' riep ze en ging meteen verder met het openen van de volgende keukenkastjes. Overal was er dezelfde feestelijke aanblik van verkreukeld, gescheurd sinterklaaspapier, omwikkeld met eindeloos veel plakband.

'Hij had de hele ochtend vrij van school,' giechelde Kim. 'En pappa let natuurlijk weer niet op.'

Met enige moeite trok ze het plakband los van een pakje waarin, aan de vorm te zien, wel eens een mok kon zitten.

'Nou, dan heeft ie z'n vrije tijd wel goed gebruikt,' vond Mark, terwijl hij probeerde te ontdekken welk pakje de koektrommel was.

'Wat is hier aan de hand?' klonk de stem van hun moeder. Ze kwam de keuken binnen en zag de openstaande kastjes waar het sinterklaaspapier uitpuilde. Een enkele tel bleef ze stokstijf staan, maar toen barstte ze uit in woeste dreigementen aan het adres van haar jongste zoon. Nijdig rukte ze de ingepakte spullen uit de kastjes en begon ze op het aanrecht te stapelen. Kim en Mark konden nauwelijks hun lachen inhouden. Opeens klonk achter hen het getrippel van pootjes op de tegelvloer.

'Jeetje, moet je kijken,' riep Kim. 'Zoefie!'

Het hondje keek hen blij kwispelend aan, gekleed in een pakje van vrolijk gekleurd sinterklaaspapier, dat vastgezet was met plakband. Alleen zijn kop, pootjes en staartje staken eruit.

'Och hemeltje,' kreunde Hilde en tilde Zoefie op. 'Och schatje, wat heeft die stoute Pietertje nou weer met jou uitgespookt?'

'Mooi toch,' vond Mark. 'Loopt dat beest tenminste niet meer in z'n blote gat.'

Zijn moeder keek hem geïrriteerd aan. 'Hè Mark, doe niet zo flauw,' zei ze. 'Pak liever al die spullen weer uit, dan kun je meteen de tafel dekken.'

'Wat eten we dan?' vroeg haar zoon. 'Vandaag is 't jouw kookbeurt, mam.'

Hilde zuchtte ongeduldig. 'Sorry hoor, maar ik heb nu écht geen tijd. Vanavond is er een vergadering van het schoolbestuur en ik moet nog van alles voorbereiden. Haal maar pizza.'

Mark keek haar verwijtend aan. 'Woensdag hadden we ook al pizza.'

'Nou, dan haal je Chinees,' zei Hilde ongeduldig.

Nu werd Mark boos. 'Daar gaat het niet om,' zei hij fel. 'Elke keer als 't jouw kookbeurt is, heb je geen tijd. Je hebt gewoon nooit tijd.'

Kim keek ongelukkig van de een naar de ander. Ze was het eigenlijk wel met haar broer eens, maar aan de andere kant vond ze dat haar moeder toch ook best goede dingen deed. Ze werkte bij een organisatie voor mensen in arme landen en op zaterdag stond ze in de wereldwinkel en ze zat daarnaast nog in het schoolbestuur. Maar ze had inderdaad thuis nergens meer tijd voor, daar had Mark gelijk in.

Hilde keek haar zoon en dochter een beetje verdrietig aan.

'Oké,' zei ze verzoenend. 'Volgende keer zal ik koken. Maar vanavond gaat het echt niet.'

Mark haalde zwijgend zijn schouders op en begon sinterklaaspapier los te scheuren.

'Ik ga even thee brengen naar pappa,' zei Kim.

Haar vader zat boven in zijn werkkamer voor zijn computer, met overal om zich heen planken vol boeken, mappen en dozen. Op die plek, zittend aan zijn bureau, schreef hij spannende jeugdboeken. Kim vroeg zich wel eens af hoe hij dat kon, verhalen verzinnen in zo'n duffe kamer waar niets te beleven viel. Dat was niks voor haar, urenlang op een stoel zitten. Ze zou er knotsgek van worden.

Voorzichtig zette ze de mok dampende thee op het bureau.

'Ha lekker, dank je, Muis,' zei Paul, terwijl hij even opzij naar haar glimlachte. Kim ging achter hem op de leuning van een luie leren stoel zitten en luisterde naar het geluid van zijn vingers die razendsnel op het toetsenbord roffelden.

'Dit wordt wel een leuk stukje,' zei hij. 'Ik laat Laura 's nachts op een ongezadeld paard hulp halen.'

'Dat kan helemaal niet,' meende Kim. 'Ze was toch pas tien? Dat gelooft niemand.' In gedachten zag ze weer het reusachtige snuivende en dampende paard van de Sint voor zich staan.

'O, dat kan best hoor,' zei haar vader. 'Er zijn genoeg kinderen van tien die dat kunnen. Jij zou misschien net iets te klein zijn om op zo'n paard te klimmen, maar normaal gesproken moet dat geen probleem zijn. Laura kan 't in ieder geval wel.'

Hij typte weer verder, terwijl Kim nadenkend naar zijn rug staarde.

'Pap,' zei ze na een tijdje. 'Weet je wel, Johnny uit m'n klas, die blijft me maar pesten. Vanmiddag in de pauze heeft hij me weer gestompt. Kun jij morgen met de juf gaan praten?'

Paul tikte nog een paar woorden en draaide zich toen half om.

'Muisje, vind je 't erg om dat later te bespreken? Ik ben nu aan het werk. Tijdens het eten praten we er wel even over, goed?'

Zonder antwoord af te wachten keerde hij zich weer naar zijn toetsenbord en ging verder met typen.

'Ja maar pap,' protesteerde Kim, 'hij blijft maar –'

'Alsjeblieft, Muis, niet nu,' onderbrak haar vader haar ongeduldig. 'Ik moet nu echt... eh... huh... huh... ha... ha... ha ha ha ha... tsjoe.' Blindelings graaide hij naar de doos met zakdoekjes die op zijn bureau klaar stond en trok er in zijn haast een hele rits tegelijk uit. 'Ha... ha... ha ha ha... tsjoe.'

Waterig keek hij Kim aan, zijn neus verborgen in de zakdoekjes.

'Asjebwief, nu eben niet, Buisje,' snotterde hij.

Normaal had Kim wel medelijden met hem als hij weer een van zijn niesbuien had, maar nu was ze alleen maar kwaad. Zonder wat te zeggen liep ze de kamer uit. Achter de gesloten deur klonk weer een enorme nies.

Bah, dacht ze. Altijd als het hem niet uitkomt moet ie toevallig net niezen. En wanneer houdt ie nou eens op met dat stomme 'Muisje'?

Niet iedere schooldag is even leuk, maar werkstukkenmiddag is voor de meeste kinderen van groep zeven leuk genoeg om zich een beetje braver te gedragen dan normaal. Er werd dus vrij ijverig geknipt, geplakt, geschreven en getekend. De radio stond zachtjes aan en hier en daar werd er fluisterend meegezongen met bekende nummers.

Juffrouw Marian keek de klas rond om te zien of ze er zonder problemen een moment tussenuit kon.

'Luister even allemaal,' zei ze. 'Ik moet één minuutje naar het hoofd. Jullie gaan gewoon rustig door, ik ben zo terug. Ja?'

Bij de deur draaide ze zich nog even om. 'En niet flauw doen terwijl ik weg ben, want dat is iets voor groep drie. Daar zijn jullie onderhand te oud voor. Oké?'

Nauwelijks was ze uit het zicht of Johnny glipte van zijn stoel. Hij sloop naar Kim, die bezig was aan een tekening, en gaf een schop tegen haar tas.

'Oeps,' riep hij. 'Ik struikel over je tas, Kimmie. Dat kan niet hoor, Kimmie.' Hij pakte de tas en gooide hem door de klas. 'Kijk, daar gaat ie. Moet je hem maar niet overal laten slingeren, stom kind.'

Onverwacht haalde hij uit en gaf een harde pets tegen haar hoofd.

'Au,' schreeuwde Kim. Woedend keek ze hem aan, maar Johnny grijnsde en gaf met z'n knokkels een venijnige stomp tegen haar schouder.

'Je dacht zeker dat je er zomaar van afkwam, hè kleintje? Nou vergeet 't maar.'

Kim voelde tranen prikken achter haar ogen, maar ze wilde per se niet huilen. Niet waar dat rotjoch bij was.

Nicole, een van de grotere meiden, nam het voor haar op en riep: 'Joh, doe niet zo stom.'

Met een ruk draaide Johnny zich naar haar om. 'Vraag ik jou wat?' snauwde hij venijnig. 'Bemoei je met je eigen zaken.' Zijn blik was zo dreigend, dat Nicole maar gauw een andere kant op keek.

Weer gaf hij Kim een klap tegen haar hoofd. Daarna greep hij een potje gekleurde inkt en voordat ze iets kon doen, goot hij een hele slok over haar tekening. Verschrikt trok ze het papier weg, maar daardoor droop de inkt ook over haar tafelblad.

Grinnikend liep Johnny terug naar zijn plaats. Enkele jongens lachten met hem mee, maar de andere kinderen keken elkaar ongemakkelijk aan. Geen van hen durfde iets te zeggen, want allemaal waren ze bang om zelf het volgende slachtoffer te worden. Ook Kims vriendin Malika, die naast haar zat, zei geen woord. Ze was maar een halve kop groter dan Kim en net als de anderen doodsbang voor de pesters in de klas. Roerloos zat ze op haar stoel. Alleen haar grote, donkere ogen bewogen schichtig heen en weer.

Kim rende naar de wasbak. Ze scheurde een groot stuk van de papierrol af en probeerde daarmee haar tafeltje schoon te poetsen. Aan de tekening viel niets meer te redden, die was verpest.

Ze verkreukelde hem en gooide de prop in de prullenbak. Het scheelde niet veel of ze was in tranen uitgebarsten.

Malika had ondertussen moed gevat. Ze liep naar voren, raapte de tas op en zette hem terug naast Kims tafeltje. Terwijl ze naar haar plaats terugging, wierp ze woedende blikken op Johnny, maar die lachte vrolijk terug, alsof het om een goeie grap ging.

Toen de juf weer binnenkwam, keek ze verbaasd de klas rond. De muziek uit de radio was het enige geluid dat ze hoorde, verder was het doodstil. Onderzoekend gleed haar blik langs de kinderen, die gespannen zaten te werken. Er was iets aan de hand, maar wat?

Terwijl ze achter haar tafel ging zitten, zag ze hoe Johnny grijnzend bekken zat te trekken naar een andere jongen. Op het moment dat hij doorkreeg dat ze hem zag, boog hij zich bliksemsnel weer over zijn werk. Twee tafels voor hem zat Kim, met een potlood in haar hand, roerloos naar een leeg papier te staren.

'Gaat 't, Kim?' vroeg ze.

Er kwam geen reactie. De kinderen hielden op met werken en gluurden naar hun klasgenootje.

'Gaat 't?' vroeg ze iets nadrukkelijker.

Zonder op te kijken, knikte Kim van ja.

Een tijdje bleef het stil. Marian keek afwachtend naar het meisje dat hardnekkig weigerde haar aan te kijken.

'Oké dan,' zuchtte ze ten slotte. Het was duidelijk dat er iets mis was, maar wat kon ze eraan doen? Kim had blijkbaar geen zin om iets te zeggen. Ze keek de klas rond.

'Nou, kom op,' zei ze een beetje geïrriteerd. 'Jullie mogen wel gewoon doorwerken hoor, als ik met iemand praat.'

Terwijl de anderen weer aan het werk gingen, kraste Kim lusteloos cirkeltjes op het papier. Even was ze van plan geweest de verpeste tekening uit de prullenbak te halen en aan de juf te laten zien, maar toen had ze bedacht dat dat toch niks zou helpen. Ze wist immers precies hoe het ging. De juf zou weer boos worden op Johnny en hem strafwerk geven. Maar zo gauw hij de kans kreeg, zou hij na school wraak nemen omdat ze geklikt had en daar bedankte ze voor. Ze kon beter niets zeggen. Als ze gewoon niet reageerde, had dat rotjoch er ook geen lol aan en dan liet hij haar verder misschien met rust.

Onder een druilerige lucht van dreigende regenwolken fietste Kim samen met Malika het schoolplein af. Ze had de verdere middag geen woord meer gezegd en toen haar vriendin in de fietsenstalling een opmerking maakte over Johnny, had ze alleen maar 'stom rotjoch' gesnauwd.

Zwijgend fietsten ze naast elkaar, tot ze bij de Valeriuslaan kwamen. Daar moest Malika linksaf. 'Nou, tot morgen dan,' riep ze.

'Ja, tot morgen,' antwoordde Kim mat. Ze vond het waardeloos dat ze alleen verder moest. Met een vriendin samen was een stuk beter, zelfs al zei je niks tegen elkaar.

Ze draaide de Singel op. De bomen hadden vrijwel al hun bladeren al verloren en de kale takken staken zwart af tegen de grauwe hemel. Kim hield ervan om langs het water te fietsen en naar de zwanen en eenden te kijken. Het gekwaak en gefladder van die stomme beesten was een goed middel tegen rotbuien.

Opeens haalden een paar jongens haar in en voor ze het goed en wel besefte werd ze klem gereden. Ze kon maar net op tijd remmen om een botsing te voorkomen. Hijgend van schrik herkende ze Johnny samen met een paar andere jongens uit haar klas.

'Zo, dwergje,' spotte hij. 'Is die fiets niet veel te groot voor je? Moet je geen zijwieltjes hebben?'

Kim keek hem vuil aan, maar gaf geen antwoord. De andere jongens lachten. Ze trokken zich niets aan van het getoeter van een passerende auto, die voor hen moest uitwijken.

Voordat Kim het kon verhinderen, boog Johnny zich voorover en rukte haar tas onder de snelbinders vandaan.

'Geef hier,' schreeuwde Kim. Ze probeerde de tas te pakken, maar hij hield hem grijnzend buiten haar bereik.

'Wat een grote tas voor een dwergje,' treiterde hij. 'Wat zou daar allemaal in zitten?' Hij trok de rits open en keerde de tas om, zodat haar spulletjes en enkele bibliotheekboeken die ze net geleend had, op straat vielen.

'Oeps! Wat zonde nou!' teemde hij sarcastisch en liet de tas vallen.

Woedend gooide Kim haar fiets in de berm en begon alles weer bij elkaar te rapen. Plotseling gilde ze het uit van pijn; een gemene trap tegen haar benen had haar voorover doen vallen. Achter zich hoorde ze de snijdende stem van Johnny.

'Knielen, jij! Ik haat dwergjes. Ze verpesten m'n uitzicht.'

Op dat moment kwam er een man in een felgekleurd windjack aanfietsen. 'Hé, wat moet dat daar?' riep hij.

Geschrokken keek Johnny om. Zo snel als hij kon sprong hij op zijn fiets en ging er, gevolgd door de andere jongens, als een haas vandoor.

'Donder op jullie, stelletje lafaards,' schreeuwde de man hen na. Hij remde en kwam naast Kim tot stilstand. 'Gaat 't een beetje?' vroeg hij bezorgd.

Ze krabbelde overeind en knikte. Haar keel zat dicht.

'Weet je 't zeker?'

Achter zich op zijn bagagedrager hield hij met één hand een forse kartonnen doos in evenwicht. Aarzelend keek hij naar de boeken en de andere spullen die over het asfalt verspreid lagen.

'Denk je dat je alleen verder durft?' vroeg hij. 'Ik moet dit eerst even wat verderop afleveren. Als je wil dat ik met je meefiets, moet je even wachten.'

'Nee... eh, 't gaat wel,' antwoordde Kim schor.

De man knikte. 'Nou, eh, sterkte dan maar.'

Hij zette zich af en reed voorzichtig balancerend weg.

'Dank u wel,' riep Kim hem nog na. Ze raapte haar spullen bij elkaar en trok haar fiets overeind. Toen ze de tas weer onder de snelbinders deed, begonnen de eerste druppels te vallen en binnen een minuut kletterde het water als een stortvloed uit de grauwe hemel.

Met fiets en al dook ze een bushokje in om te schuilen. De slagregen roffelde op het plastic dak en dikke druppels kronkelden langs de glazen wanden naar beneden.

Uitgeput liet ze zich op de metalen bank zakken. Tranen stroomden over haar wangen en een gevoel van verlammende moeheid trok door haar hele lijf. Haar armen en benen voelden loodzwaar. Minutenlang bleef ze snikkend tegen de ruit geleund zitten.

Waarom luisteren pappa en mamma dan ook niet naar me? schoot het ineens door haar heen. Een enorme woede borrelde in haar op en met een ruk ging ze overeind zitten. Haar hoofd gloeide.

'Ik pik 't niet meer,' schreeuwde ze.

Blind van kwaadheid staarde ze voor zich uit. De eerstvolgende keer zou ze hem... Ja, wat zou ze 'm dan?

Het gevoel van verlamming kwam weer over haar. Wat kon ze nou helemaal doen? Hij was veel groter en sterker. En zij was...

Ja, bedacht ze triest, wat ben ik eigenlijk? Een stomme muis!

De inbraak

Wolken streken zacht als donsveren langs Kims gezicht, terwijl ze zittend op de rug van Amerigo in een zweefvlucht tussen de sterren door gleed. Zijn hoeven maakten geen enkel geluid. Het was een heerlijk gevoel: de lange zachte manen die om haar heen dwarrelden en de golvende bewegingen van het soepele paardenlijf, dat hoger en hoger steeg.

Niet ver van het voortdeinende paard dook opeens een figuur op. Kim schrok toen ze er Johnny in herkende. Met stokkende adem zag ze hem groter en groter worden. Hij lachte haar spottend uit en kwam steeds dichterbij. Ze probeerde hem te ontwijken, maar de pestkop stak zijn handen uit om haar van het paard te duwen. Wanhopig greep ze Amerigo's manen en stuurde het dier op hem af. Maaiend met zijn armen viel Johnny struikelend achterover en verdween in de zwarte nacht.

Kim begon hard te lachen, tot ze verschrikt voelde dat de paardenrug onder haar steeds breder werd, almaar breder. Werd het paard groter, of nee, werd zij kleiner? Ze begon steeds sneller te krimpen, tot ze alle houvast verloor en machteloos van het paard stortte, recht op een fel licht af dat ver beneden haar in de diepte scheen.

Ze opende haar ogen. Een straal maanlicht viel door de halfgeopende gordijnen op haar gezicht. Nog verward van de droom ging ze rechtop in bed zitten en haalde een paar keer diep adem. Na een tijdje voelde ze hoe haar bonzende hart langzaam tot bedaren kwam.

Het maanlicht scheen ook op de Rubber en de Knijpkat, die hoog op een dak druk bezig waren met het verwijderen van dakpannen. In het gebouw onder hen was het kantoor gevestigd waar ze die nacht hun slag wilden slaan, in de hoop dat de aannemer echt zo veel geld in zijn kluis had als werd beweerd. Door aan de achterzijde van het oude pand via een dakraam in te breken, probeerden ze het alarmsysteem te omzeilen dat op alle ramen en deuren aangebracht was.

'Waardeloos, die maan,' siste Willem. 'De hele avond zwaar bewolkt en nu opeens volop in de schijnwerpers.'

Cor wipte nog een dakpan los. 'Wat maakt dat nou uit, man?' fluisterde hij terug. ''t Is na tweeën. Alle buren leggen te pitten. D'r is geen mens die ons ziet.'

Hij gaf de pan aan Willem, die hem voorzichtig bij de andere losgemaakte pannen in de dakgoot zette.

Het dakraampje was nu vrij. De grote handen van de Knijpkat pakten het stevig beet en lichtten het uit de betimmering.

Geholpen door Willem liet Cor het onhandige ding voorzichtig in de dakgoot zakken.

'Bingo!' fluisterde hij grijnzend. 'Overal duur alarm, behalve op het dak. Over bezuinigen gesproken...'

Opeens gleed een van de opgestapelde pannen weg. Willem greep ernaar, maar hij was net te laat. De dakpan zeilde naar beneden en spatte met een doffe knal op de betontegels van het binnenplaatsje van de buren uiteen. Terwijl het geluid nog weerkaatste tegen de muren, doken de twee mannen weg in de goot, om bewegingloos af te wachten of er misschien iemand wakker geschrokken was en poolshoogte zou komen nemen.

Kim had zich net weer lekker onder haar dekbed genesteld toen ze de klap hoorde. Nieuwsgierig liet ze zich uit bed glijden en liep naar het raam van haar zolderkamertje, dat uitkeek op het binnenplaatsje en de huizen van de buren. Juist wilde ze naar voren leunen op de vensterbank, toen ze opeens in het licht van de maan de twee donkere gestalten zag, die op nog geen tien meter afstand in een dakgoot gehurkt zaten.

Onwillekeurig hield ze haar adem in en deed een stap opzij om dekking te zoeken achter het gordijn. Gespannen om het hoekje glurend zag ze de opgestapelde dakpannen en het gat waar het dakraam in gezeten had. Het was duidelijk dat er ingebroken werd, maar wat moest ze doen? Ze kon haar vader en moeder waarschuwen – dat was natuurlijk het verstandigste – maar eigenlijk had ze daar helemaal geen zin in. Dan zou ze vast en zeker als een klein kind weer naar bed gestuurd worden, terwijl de groten haar avontuur inpikten.

Snel trok ze over haar pyjama een dikke trui aan en schoot in haar gympen. Toen ze daarna weer voorzichtig door het raam keek, zag ze dat de inbrekers in actie waren gekomen. De grootste van de twee klauterde, enigszins moeizaam, door het gat in het dak naar binnen, op de voet gevolgd door de kleine magere.

Nauwelijks waren ze verdwenen of Kim opende haar raam en klom in de dakgoot. Ver beneden zich zag ze het ruitpatroon van harde grijze tegels op het binnenplaatsje. Een gevoel van duizeligheid en angst overviel haar, maar ze verzette zich ertegen. Ze haalde diep adem en keek strak voor zich uit. Met haar handen opzij tegen het dak leunend, schuifelde ze langzaam naar voren.

Bij het huis van de buren moest ze overstappen, maar omdat de goten bijna op dezelfde hoogte zaten, was dat geen probleem. Voetje voor voetje vervolgde ze haar weg over het zink. Ze wist niet goed of het de koude nachtlucht was die haar deed rillen, of dat het door de spanning kwam.

De derde, en laatste goot, was zeker een meter hoger dan die van de buren. Terwijl ze zich met haar voeten afzette op het schuin oplopende dak, werkte ze zich hijgend over het randje. Nu waren er nog maar een paar meters te gaan. Voorzichtig stapte ze om en over de opgestapelde pannen tot ze ten slotte het gat bereikte. Ze voelde haar hart in haar keel kloppen toen ze door de donkere opening naar binnen klom.

Ze belandde in een muf ruikende ruimte waar ze geen hand voor ogen kon zien. Wel was op enige afstand in de vloer, door een rechthoekige opening, vaag een flauw lichtschijnsel zichtbaar. Op de tast schuifelde ze ernaartoe. Het bleek een zoldergat te zijn. Een houten trap stond uitgeschoven in het geopende luik.

Zo zacht als ze kon, klom Kim naar beneden en kwam terecht in een smalle, halfduistere gang. Op haar tenen sloop ze over het linoleum langs een rij gesloten deuren, tot ze aan het eind kwam. Voorzichtig keek ze om de hoek; haar adem stokte.

Op een paar passen afstand van haar stonden de inbrekers. Ze gedroegen zich echter nogal vreemd. De grootste van de twee blies, diep voorovergebogen, dikke wolken sigarettenrook voor zich uit, waarbij hij vreselijk hoestte en kuchte.

'Waarom blaas je zelf niet?' klaagde de man schor. 'Jij rookt toch? Ik niet.'

'Zeur niet, theebuil,' blafte zijn maat ongeduldig. 'Wie mag er dadelijk die kluis kraken, hè? Jij mag ook wel wat doen hoor.'

Opeens werd vlak voor hun voeten in de rook een smal rood lichtstraaltje zichtbaar.

'Gevonden,' hoestte de grote inbreker.

Voorzichtig stapten de beide kerels eroverheen. Kim begreep het: dat was natuurlijk een alarm. Ze had zoiets wel eens op de tv in een film gezien. Ze wachtte tot de mannen om de volgende hoek verdwenen waren en stapte toen ook over het in de optrekkende rook nog net zichtbare lichtstraaltje. De plek prentte ze goed in haar geheugen.

Aan het eind van de volgende gang zag Kim dat de inbrekers een groot kantoor waren binnen gegaan. Zonder geluid te maken sloop ze naderbij.

De kerels stonden wat verderop in het vertrek met hun rug naar de deur te praten en dat gaf haar de kans om ongezien naar binnen te glippen en zich achter een stelling met volgeladen planken te verstoppen. Tussen ordners, dozen en andere spullen door kon ze een flink deel van de ruimte overzien. Door de grote ramen van het kantoor waren de huizen aan de overkant van de straat zichtbaar, die door het zilveren licht van de maan een bijna sprookjesachtig uiterlijk kregen. De inbrekers hadden echter alleen aandacht voor de kluis.

'Cor, schiet op, geef hier die tas,' beval de kleinere man. Kim zag dat hij rubberen handschoenen droeg.

De man die Cor genoemd werd, zette de tas naast de kluis op de grond. De ander ritste hem open en haalde er een stethoscoop uit, waarvan hij de gebogen uiteinden in zijn oren haakte. Vervolgens legde hij zijn ene hand op het ronde cijferslot van de kluisdeur, terwijl hij met zijn andere de stethoscoop vlak naast de knop tegen het metaal drukte. Zijn collega keek over zijn schouder mee.

'Gaat ie een beetje, Willem?' vroeg hij na een tijdje.

'Niet als ik die ranzige knoflookadem van jou in mijn nek heb,' snauwde zijn maat.

In doodse stilte vergleden de minuten; blijkbaar was het niet zo eenvoudig om het slot te openen. Terwijl de kleine inbreker ingespannen aan het werk was, rekte de grote zich eens flink uit, krabde geeuwend op zijn hoofd en ging daarna met zijn handen in zijn zakken door de ramen naar buiten staan kijken.

Ook Kim kreeg genoeg van het wachten. Ze begon zich net af te vragen of ze niet beter terug kon sluipen om de politie te bellen, toen een onverwachte uitroep haar deed schrikken.

'Hé, Willem,' siste de grote inbreker opgewonden. 'Kijk dan, Willem. Buiten.'

Nijdig keek zijn collega op. 'Wat is er nou weer...' begon hij. Toen viel zijn mond open van verbazing en met grote ogen staarde hij door de ramen naar buiten. En ook Kim sperde haar ogen wagenwijd open.

In het licht van de maan reed een bekende gestalte te paard over de nachtelijke daken van de stad. Ook waren er hier en daar donkere figuren zichtbaar die grote zakken meedroegen: Sinterklaas en zijn Pieten. Hoe was dat mogelijk?

In volkomen verbijstering hielden de drie toeschouwers in het kantoor hun adem in. Roerloos toekijkend zagen ze hoe het paard opeens overging in een korte galop. Het zette zich af op een dakrand en vloog met een enorme sprong door de lucht, in een warreling van manen en haren. De oude heilige zat voorovergebogen in het zadel, terwijl zijn mantel als een rode vlag achter hem aan wapperde.

Kim dacht dat haar hart stilstond. De afstand naar het volgende dak was veel te groot; de Sint zou met zijn paard te pletter vallen.

Ze kon ternauwernood een schreeuw van opluchting onderdrukken toen de hoeven vederlicht de dakpannen raakten en het dier soepel tot stilstand kwam. Een paar tellen bleven het paard en zijn bejaarde ruiter staan. Toen stapten ze rustig verder door de nacht en verdwenen uit het zicht.

Gedurende enige tijd bleef het stil in het kantoor.

'Ik droom,' zei Willem opeens. 'Knijp me. Dan word ik wakker.'

31

'Hè, wat?' vroeg Cor, nog helemaal in de ban van het wonder.

'Knijp me, bal gehakt,' snauwde zijn maat.

Gehoorzaam stak de grote inbreker een hand uit en gaf hem een kneepje in zijn bovenarm. Willem gilde het uit. 'Niet zo hard, stuk onbenul!'

'Sorry hoor,' mompelde Cor schouderophalend. 'Maar je vroeg 't zelf.'

De Rubber wreef zijn pijnlijke arm en staarde uit het raam.

'Dat was 'm echt, hè?' zei Cor plotseling enthousiast. 'Te gek, man. Yeah, wat een sprong was dat, hè?'

Willem draaide zich naar hem om. 'Ik wil dat paard hebben,' zei hij ijzig.

'Hè, wat?' vroeg Cor verbaasd.

Willem keek hem strak aan. 'Ik wil dat paard hebben, dropjanus,' herhaalde hij. 'Die knol is goud waard. Kijk, dit is nou wat ik noem echt een 'gouwe tip'; daar heb ik geen nicht van jou voor nodig. Hiermee winnen we alle weddenschappen. Je kunt die knol elke wedstrijd laten winnen óf laten verliezen, en alleen wij bepalen dat. Man, met dát beest zijn we binnen de kortste keren hartstikke stinkend rijk.'

Cor keek hem ongelovig aan.

'Ja maar,' stamelde hij, 'iedereen weet 't toch als dat beest gejat wordt? 't Is 't paard van Sinterklaas, man!'

Willem lachte schamper. 'Hou toch op, watje, d'r staat toch geen naam op? Die knol komt uit Spanje, weten ze hier veel. Of we gaan ermee naar Engeland, want daar kennen ze alleen maar de kerstman en ze gokken bovendien nog veel fanatieker dan hier. Stelletje valse papieren en klaar is Kees! Weet je hoeveel paarden er per jaar omgeritseld worden, hè? En dan zou het met deze knol niet lukken? Ga toch fietsen, man! Die ouwe Sint is rijk genoeg, die koopt wel een nieuwe. Ik ga dat beest jatten, of jij meedoet of niet.'

Op dat moment stootte Kim per ongeluk met haar voet tegen een stekkerdoos, die achter de kast op de vloer lag. Bliksemsnel draaide Willem zich om.

'Wat is dat?' Gespannen staarde hij in de richting van de kast.

'Niks joh, muizen of zo,' meende Cor.

'Nee,' zei zijn maat argwanend. 'Dit was iets anders.' Hij bukte zich en pakte een breekijzer uit de tas. Dreigend kwam hij op de kast af. Kim schoot te voorschijn en rende het kantoor uit, de gang op.

'Een grietje. Hier jij!' schreeuwde Willem en rende haar achterna. Met zijn langere benen had hij haar na de eerste bocht al ingehaald. Hij greep het meisje beet en drukte haar tegen de muur.

'Wat doe jij hier?' siste hij vlak bij haar gezicht.

Ze keek wanhopig om zich heen. Opeens merkte ze dat ze vlak naast de plek stond waar het onzichtbare lichtstraaltje van het alarm de doorgang versperde.

'Nou, zeg op,' snauwde de inbreker, terwijl hij haar ruw door elkaar schudde. 'Hoe kom je hier?'

Kim zwaaide haar been opzij. Heel even was een rode lichtflits op haar pyjamabroek zichtbaar, maar het was voldoende. Onmiddellijk begonnen overal bellen te rinkelen en ook buiten was het geloei van een sirene hoorbaar.

'Willem, het alarm!' schreeuwde Cor paniekerig.

'Nee, de fluitketel, nou goed,' snauwde zijn maat. 'Schiet op, fluim. We hebben maar een minuut of vijf om 'm te smeren. Grijp de tas!'

Dreigend priemde hij met een vinger naar Kims gezicht en siste: 'Mond houden, kleintje, of ik weet je te vinden.'

Terwijl de inbrekers zich via de trap naar beneden uit de voeten maakten, haastte Kim zich naar de zolder. Voorlopig had ze even genoeg van avonturen. Ze klauterde door het gat naar buiten en liet zich in de goot zakken. Trillend van de zenuwen schuifelde ze de hele lange weg terug naar haar raam en net toen ze weer veilig in haar slaapkamer stond, hoorde ze op straat de sirene van een politieauto naderen.

Ze was echter te uitgeput om nog enige interesse te voelen. Ze trapte haar gympen uit en kroop met trui en al in bed. Van buiten drong het lawaai van auto's en stemmen gedempt tot haar door. In gedachten zag ze nog het dreigende gezicht van de inbreker en ook het beeld van Sinterklaas die op zijn paard over de daken reed. Haar gedachten werden steeds warriger en vager, tot ze langzaam wegigleed in een onrustige slaap.

Het zegel

Wie zou, na zo'n nachtelijk avontuur, op school zijn gedachten bij de les kunnen houden? Kim in ieder geval niet. Nou viel dat niet zo erg op, want het was 5 december en met pakjesavond in het vooruitzicht waren ook de andere kinderen niet echt in een ijverige bui. De juf had aan het begin van de ochtend nog iets aan rekenen gedaan, maar omdat ze begreep dat niemand met zijn gedachten bij de les was, liet ze de kinderen de rest van de tijd maar vrij werken.

Kim had dus alle tijd om na te denken. Hoe kon ze de Sint waarschuwen voor de plannen van de inbrekers? Ze piekerde zich suf, maar kon niets goeds verzinnen.

Wat als ze nou eens naar het stadhuis ging? Tenslotte was Sinterklaas tijdens de intocht ontvangen door de burgemeester. Maar zou die dan ook weten waar de Sint nu was? Dat was maar de vraag. Bovendien betwijfelde ze of hij haar zou geloven. Ze durfde het niet eens aan de meiden uit haar klas te vertellen; die zouden zich alleen maar een ongeluk lachen. En bij de politie hoefde ze als tienjarige al helemaal niet met een verhaal over Sinterklaas en een stel inbrekers aan te komen. Ze kon 't tenslotte zelf amper geloven.

Maar wat moest ze dan doen? Zij was de enige die wist wat er aan de hand was. Als ze nou eens een brief schreef aan de Sint en die gewoon op de post deed? Nee, dat zou veel te lang duren. Maar wacht eens, 't was sinterklaasavond en dan mochten ze voor de laatste keer hun schoen zetten. Daar kon ze hem stiekem in doen, als haar ouders naar bed waren.

Thuis liep ze meteen door naar haar kamer. Ze pakte een blocnote en een pen en begon uitvoerig haar hele avontuur te beschrijven. Ze noemde de namen van de inbrekers en vertelde hoe ze eruitzagen. Met extra grote letters schreef ze dwars over de bladzijde: *Ze willen uw paard stelen.*

Toen de brief klaar was, zette ze haar naam en adres eronder en stopte het papier in een envelop, die ze uit haar moeders bureau haalde. Op de voorkant schreef ze met een rode stift: *Voor Sinterklaas. Dringend!*, en daarna verstopte ze de brief onder haar matras.

Die dag was het haar beurt om boodschappen te doen. Ze ging naar beneden en pakte het lijstje dat haar vader in de keuken had klaargelegd. Met een rieten mand aan haar stuur fietste ze naar de supermarkt op het Sweelinckplein. Ze was halverwege toen ze opeens links, in een doodlopend straatje, een Zwarte Piet zag, die een busje aan het inladen was. Vanuit een magazijn duwde hij een steekkarretje vol kartonnen dozen over de stoep naar de auto.

Kim remde onmiddellijk. Het busje was nog lang niet vol en de Piet zou misschien nog wel even bezig zijn. Zo hard als ze kon fietste ze terug naar huis, holde de trap op, griste de brief onder het matras vandaan, rende het huis weer uit en racete terug.

De Piet gooide net de laadklep van de auto dicht toen ze met een rood, bezweet gezicht naast hem stopte. Verbaasd keek hij naar het hijgende meisje.

'Hallo,' zei hij opgewekt. 'Gefeliciteerd.'

Verward staarde Kim hem aan. 'Hè, wat?' stamelde ze buiten adem.

'Gefeliciteerd,' herhaalde de Piet.

'Eh... hoezo?' Kim snapte er niks van.

'O?' grijnsde de Piet. 'Ik dacht dat je gewonnen had. Of is 't geen wedstrijd?'

Kim moest lachen. 'Nee,' zei ze, 'Ik eh... ik heb een brief voor Sinterklaas en... ik wilde alleen maar vragen of u die kunt bezorgen. Hier is ie.'

De Piet nam de envelop van haar aan. 'Tuurlijk, geen probleem. Moet ik er misschien nog wat bij zeggen?'

Kim dacht even na.

'Ja, eh... dat 't héél erg dringend is. 't Gaat niet over cadeautjes of zo, maar over dieven.'

Vanonder zijn zwarte krullen keek de Piet haar een ogenblik verbaasd aan. 'Oké, dame, komt in orde,' zei hij, terwijl hij in het busje stapte. Hij trok het portier dicht, zwaaide nog even en reed het straatje uit.

Kim keek hem na. Een gevoel van twijfel bekroop haar. Had ze er goed aan gedaan door de brief zo maar ergens op straat aan een onbekende mee te geven? Hoe wist ze nu dat de brief bij de Sint terecht zou komen? Misschien vergat hij het wel, of misschien was het geeneens een echte Piet.

Het begon al donker te worden. Met een diepe zucht stapte ze op haar fiets en reed naar de supermarkt.

Meneer Van Dijk zette een dampende schaal op tafel.

'Zo,' zei hij voldaan. 'Een gezonde hap naast al dat snoep.'

Vol afgrijzen keek Pietertje naar het heilzame gerecht dat zijn pa had bereid. 'Ik lust helemaal geen postelein,' riep hij met een van afschuw piepende stem.

'Ho, meneertje,' zei zijn vader en wierp hem een strenge blik toe. 'Wel snoepen en niet eten? Geen denken aan! U eet gewoon uw portie van deze uiterst gezonde groente, die bovendien best lekker is.'

'Maar ik vind 't smerig,' piepte Pietertje weer, zijn ogen vol afschuw gericht op de slijmerige groene massa in de schaal. ''t Is net snot.'

Zijn vader stak resoluut de opscheplepel in de dampende groente. 'Nu ophouden met zeuren, onmiddellijk! Als je dit niet eet, zet je vanavond ook geen schoen, begrepen?'

Met grote ogen keek Pietertje hem aan; meende z'n pa dat nou echt? Mokkend staarde hij naar de volle schep van de afschuwelijke, druiperige snothap die op zijn bord gedeponeerd werd.

'En je eet het op hoor,' waarschuwde zijn vader nogmaals. 'Anders géén schoen.'

Kim en Mark keken elkaar tersluiks aan. Hoewel ze geen zin hadden in ruzie met pa, voelden ze toch ook geen neiging om als eerste op te scheppen en zelfs hun moeder zat wat ongemakkelijk naar de gezonde hap te staren.

Pietertje keek om zich heen.

'Hé, maar jullie moeten het ook eten!' gilde hij opeens enthousiast.

Met felle oogjes, die glommen van leedvermaak, zag hij erop toe dat zijn medeslachtoffers ieder een schep van de snotpostelein op hun bord namen die minstens even groot was als de zijne.

'Ik ga m'n schoen zetten,' gilde Pietertje, terwijl hij – reeds in pyjama gehuld – met een schoen in zijn ene en een dikke winterpeen in zijn andere hand de kamer binnen kwam stormen. In de keuken sloot zijn vader de klep van de afwasmachine en drukte op de startknop.

'Da's goed,' riep hij. 'Ik kom eraan, dan gaan we zingen.'

Mark veegde het aanrecht droog en pakte het dienblad met koffie, chocolademelk en koek. Achter zijn vader aan liep hij naar de woonkamer, waar zijn moeder, met Kim en Pietertje naast zich op de bank, al zat te wachten. Op de tegels voor de open haard stonden twee schoenen. Uit de kleinste stak de peen voor het paard.

'Waar is jouw schoen?' vroeg Pietertje aan Mark.

Zijn oudere broer trok een gek gezicht. 'Aan m'n voet,' zei hij plagend. Toch haalde hij even later uit de kast bij de voordeur een van zijn gympen, die hij naast de twee andere schoenen zette.

Kim moest voortdurend aan haar brief denken. Zou de Sint 'm wel krijgen? Had ze hem toch niet beter vannacht in haar schoen kunnen stoppen? Ze wilde het hele verhaal eigenlijk dolgraag aan Mark vertellen, maar ze was bang dat hij haar zou uitlachen. Dat er ingebroken was wist hij wel – de hele buurt was immers wakker geworden van de politiesirenes – maar van wat er precies gebeurd was, had hij natuurlijk geen vermoeden, net als iedereen. En of hij het zou geloven, betwijfelde ze. Het was natuurlijk ook wel een erg vreemd verhaal.

Pietertje begon hard en vals *Sinterklaas Kapoentje* te zingen. De anderen zongen, iets minder luid en minder vals, met hem mee. Daarna volgden zonder pauze *Hoort, wie klopt daar kinderen* en *Zie de maan schijnt door de bomen*. Na het laatste couplet zette ma haar lege koffiekop op tafel en stond op.

'Zo, dat was gezellig,' zei ze, 'maar nu moet ik nog even wat langsbrengen bij Victor Hoogstraten, anders wordt het te laat.'

'Hè bah, nou net vanavond,' klaagde Kim. 'Dat kun je morgen toch ook wel doen?'

'Nee kindje, echt niet. Dit is belangrijk,' antwoordde haar moeder, terwijl ze een dikke envelop oppakte en naar de deur liep.

'Maar dat is toch onzin, Hilde,' zei haar man. 'Hoogstraten gaat echt niet op pakjesavond zitten werken hoor, vergeet 't maar.'

'Dat doet ie wel, want hij is gescheiden,' zuchtte Hilde. 'De kinderen zijn bij zijn vrouw. Sorry, maar ik heb het hem beloofd, want 't moet morgen af zijn. Zingen jullie nog maar gezellig door. Ik kan er niets aan doen.'

Ze haastte zich de kamer uit.

Pietertje trok zich ondertussen nergens iets van aan en zong luidkeels *Zwarte Piet ging uit fietsen*. Kim staarde zwijgend naar de gesloten kamerdeur.

Opeens stond haar vader op. 'Jemig, helemaal vergeten,' zei hij. 'Er is nog een banketletter. Ik zet 'm even in de oven; dat is lekkerder.'

Hij verdween in de keuken.

Terwijl Pietertje onverstoorbaar begonnen was aan *De zak van Sinterklaas*, boog Kim zich naar Mark en fluisterde: 'Weet je nog van vannacht, die inbraak?'

Mark knikte.

'Nou, toen ben ik achter de inbrekers aan geslopen, daar naar binnen, in het kantoor. En toen zagen we opeens door de ramen Sinterklaas op zijn paard over de daken rijden.'

Haar broer grijnsde breed. 'Ja dag, Kimmie. Lekker gedroomd?'

'Nee echt,' fluisterde Kim. 'Die kerels zagen het ook. En nou willen ze het paard gaan stelen, om er geld mee te verdienen.'

Mark keek haar spottend aan. 'Ja hoor, heb jij je pilletjes al genomen?'

'Doe nou niet zo flauw,' zei Kim boos. ''t Is echt waar, ze zijn 't van plan. Ik heb 't toch zelf gehoord, man.'

Mark haalde zijn schouders op. Pietertje zong nog steeds enthousiast in zijn eentje verder, maar ondertussen had hij elk woord van het gesprek opgevangen.

'Wie wil er een lekker stuk warme banketstaaf?' klonk de opgewekte stem van hun vader.

'Ki-him, word dan wakker.'

Er werd aan haar gesjord. Slaapdronken kwam ze overeind en zag Pietertje klaarwakker naast haar bed staan.

'Kom nou, dan gaan we naar beneden,' fluisterde hij opgewonden.

Pas na een paar tellen drong tot Kim door wat het joch bedoelde. Een blik op haar wekker vertelde haar dat het kwart over vijf was en even dacht ze erover om hem weg te sturen en weer onder de dekens te kruipen, maar haar nieuwsgierigheid won het van de slaap. Ze gleed uit bed en sloop samen met haar broertje de trap af.

De schoenen voor de haard waren bedolven onder een stapel pakjes en bij die aanblik was Pietertje niet te meer houden. Hij stortte zich op de cadeautjes en begon ze enthousiast uit te pakken. Kim probeerde nog te zeggen dat het misschien leuker was om op pappa en mamma te wachten, maar hij hoorde haar niet eens. Flarden sinterklaaspapier vlogen door de kamer.

Opeens trok hij uit de stapel een brief te voorschijn, die hij nieuwsgierig bekeek. Kim voelde een steek in haar buik.

'Geef hier, die is voor mij,' riep ze en griste de envelop uit zijn handen.

'Hé, nee, wie zegt dat?' protesteerde het ventje luidkeels.

'Ssst,' siste Kim. 'Gil niet zo, man. Hier, kijk dan: mijn naam staat erop.' Ze toonde hem de voorkant, waarop met sierlijke letters stond geschreven: *Kim van Dijk.*

Pietertje kon al voldoende letters herkennen om te zien dat het waar was. Met een gezicht alsof de brief hem toch al nauwelijks interesseerde, haalde hij zijn schouders op en ging verder met het uitpakken van zijn cadeaus.

Kim draaide de envelop om en keek verwonderd naar het grote rode lakzegel op de achterzijde. Voorzichtig peuterde ze eraan, in de hoop te ontdekken hoe zoiets losgemaakt moest worden. De lak bleek echter stevig aan het papier vastgekleefd te zitten. Omdat ze het zonde vond het zegel te breken, pakte ze een mesje uit haar moeders bureau en sneed daarmee de bovenrand van de envelop open. Ze trok de brief eruit en begon te lezen.

Beste Kim,
Heel hartelijk bedankt voor je waarschuwing. De Pieten en ik zullen erg goed opletten. Maar wees gerust, als je dit leest ben ik al weer veilig met mijn paard onderweg naar Spanje.
Veel groeten,
Sint-Nicolaas

Net toen ze de brief nog een keer wilde lezen, stak Mark zijn slaperige hoofd om de hoek van de deur.

'Jemig, wie schreeuwde daar zo?' bromde hij narrig. 'Ik lag verdorie nog te pitten.'

Pietertje trok zich niets aan van het gemopper van zijn broer en hield een felgekleurd racewagentje omhoog. 'Kijk dan, gaaf hè?' zei hij en dook onmiddellijk weer weg tussen de cadeaus.

Onopvallend gebaarde Kim dat Mark haar naar de keuken moest volgen. Daar overhandigde ze hem zonder een woord te zeggen de brief en terwijl hij met stijgende verbazing de inhoud las, stond ze hem triomfantelijk aan te kijken.

'Lag tussen de pakjes,' zei ze. 'Zie je nou wel dat 't waar is.'

Zo gemakkelijk liet haar grote broer zich echter niet overtuigen.

'O ja?' vroeg hij sceptisch. 'Hoe heb jij Sinterklaas dan gewaarschuwd?'

'Nou gewoon,' antwoordde Kim, totaal niet uit het veld geslagen. 'Ik heb hem gistermiddag een brief geschreven en die heb ik op straat aan een Zwarte Piet meegegeven.'

Mark keek naar het papier in zijn hand en toen weer naar zijn zusje. Nauwkeurig bestudeerde hij het handschrift en de handtekening. Het zag er allemaal behoorlijk echt uit. Een ding was zeker, Kim had dat nooit zelf kunnen maken.

'Gewoon zo maar aan een of andere Zwarte Piet op straat?' vroeg hij wantrouwig.

Kim knikte bevestigend en toonde hem met een zelfverzekerde glimlach de envelop. Verbaasd bekeek Mark het grote rode zegel op de achterkant. De stempelafdruk in de lak had in het midden een mijter met linten en drie ballen. Daaromheen waren in een cirkel enkele woorden geplaatst. Hoewel ze een beetje onduidelijk waren, kon hij ze toch redelijk goed lezen. Boven de mijter stond geschreven: NICOLAUS EP:US, en eronder: MILAGROSO.

Hij wees op het eerste woord. 'Kijk, hier staat Nicol*aus* in plaats van Nicolaas.'

'Da's fout,' zei Kim meteen.

Mark schudde zijn hoofd. 'Nee, dat zal wel Latijn zijn of zoiets.'

Zwijgend staarde hij naar de envelop. Hij kon het gewoon niet geloven. Op de een of andere manier hield ze hem voor de gek, dat kon bijna niet anders. Of was zij het niet? Was het misschien pa of ma die een grap uithaalde? Zijn vader zou zoiets wel kunnen verzinnen, dat was zeker. Maar hoe kon pa dan weten dat Kim haar brief op straat aan een Zwarte Piet gegeven had? Of zou die Piet het adres gelezen hebben en pa daarna stiekem de brief bezorgd hebben, gewoon voor de lol? Dat was natuurlijk mogelijk. Maar ja, aan de andere kant had Kim haar brief pas gistermiddag aan de Piet meegegeven en dan had pa dus vannacht nog gauw die brief met dat lakzegel moeten maken. Maar het zegel zag er niet uit alsof je dat even in een uurtje kon vervalsen en bovendien had hij nog nooit gezien dat zijn vader van dat soort lak had.

'Nou wat vind je d'r van?' vroeg Kim een beetje ongeduldig.

Mark zuchtte. Hij kwam er niet uit.

'Dat *ep:us* snap ik niet,' zei hij ontwijkend. 'En dat *milagroso* ook niet. Misschien is dat wel z'n vrouw?'

Kim begon te lachen.

'Idioot. Hij is toch helemaal niet getrouwd.'

'O nee?' kaatste Mark meteen. 'Hoe weet jij dat nou? Je bent toch nooit bij hem thuis geweest.'

Kim haalde haar schouders op. 'Dat weet toch iedereen, man. Misschien is *milagroso* gewoon iets van Zwarte Piet of zo.'

'Of misschien woont ie daar,' klonk opeens de stem van Pietertje.

Kim en Mark draaiden zich om. Hun broertje stond met de nieuwe racewagen in zijn handen in de deuropening.

'Dat kan toch?' zei hij uitdagend.

Plotseling ging naast hen de haldeur open. Het ongekamde hoofd van hun vader verscheen om de hoek.

'Hé, wat is dat hier?' foeterde hij. 'Zijn jullie nou helemaal gek geworden? Het is pas kwart voor zes. Vooruit naar bed. En wachten tot... tot... huh, huh... ha... ha ha ha... tsjoe.'

Op reis

De dag daarop was het zaterdag. Kim en Pietertje waren druk in de weer om de bejaarde buren te helpen die op vakantie gingen. Puffend en kreunend sjouwden ze samen een forse zak aardappelen naar een blauw-witte caravan, die voor het huis langs de stoep geparkeerd stond.

Toen de buurman, meneer Neuteboom, twee jaar geleden met pensioen ging, had hij die caravan gekocht om er in de winter mee naar het warme zuiden te gaan. Buurvrouw Neuteboom noemde dat niet gewoon 'op vakantie gaan' maar 'overwinteren', alsof ze als een soort Willem Barendz op Nova Zembla ging zitten. Eerder die week had ze tijdens de koffie omstandig uitgelegd dat de subtropische warmte goed was voor de versleten knieën van haar man, maar Kim hoorde hoe ze pas echt enthousiast werd toen ze vertelde hoe goedkoop alles daar was.

'De wijn kost bijna niks,' had ze met glimmende oogjes gezegd. 'En toch hartstikke lekker hoor! Maar we nemen wel ons eigen eten mee, want van al die olijfolie raken we zwaar aan de je-weet-wel.'

En nu was het zover. Een enorme berg voedsel en alle overige spullen werden ingeladen, want de volgende ochtend wilden ze rond een uur of zeven vertrekken.

Kim liep, met Pietertje achter zich aan, het huis weer in. Koffers, dozen en tassen stonden opgestapeld in de hal. Terwijl ze zich bukte om een doos te pakken, zag ze hoe Pietertje nieuwsgierig in het kastje onder de trap gluurde. Blijkbaar had de buurman vergeten het op slot te doen.

'Joh, dat kan je niet maken,' fluisterde ze.

Pietertje deed alsof hij haar niet hoorde. Verlekkerd staarde hij naar het gereedschap dat keurig aan haakjes hing. Vooral van de knalrode kitspuit kon hij zijn ogen niet afhouden. Hij had het ding al eens ongevraagd geleend (waardoor enkele personen en voorwerpen onbedoeld aan elkaar gelijmd waren) en sinds die tijd had de buurman het veilig weggeborgen.

Maar nu dat begerenswaardige werktuig hier vlak voor zijn neus in het niet afgesloten kastje hing, werd de verleiding hem weer te groot. In een oogwenk had hij de spuit van het haakje gerukt en zich uit de voeten gemaakt. Kim kon, met de doos in haar armen, niets doen om het joch te stoppen.

'Hé, kom terug,' siste ze hem nog na, maar hij was al verdwenen.

Op dat moment klonken vanuit de woonkamer voetstappen. Vlug duwde Kim met haar voet het deurtje van de trapkast dicht.

'Zo, Kim, lukt het een beetje?' vroeg de buurman en keek om zich heen. 'Ben je alleen? Waar is Pietertje?'

'O, eh... die eh... moest heel nodig eh...' hakkelde ze, terwijl ze voelde dat haar wangen rood werden. 'Ik eh... breng deze doos even weg,' voegde ze er ontwijkend aan toe en maakte aanstalten om naar buiten te lopen.

'Nee, laat maar, dat zal ik wel doen,' zei meneer Neuteboom. 'Zou jij dan voor mij even bij de drogist nog een paar dingen willen halen; ik heb ze hier opgeschreven.'

'O, eh... ja hoor, da's goed,' antwoordde Kim opgelucht. Ze zette de doos weer terug op de stapel en volgde de buurman naar de woonkamer voor het briefje en het geld.

'Stomme Pietertje,' schold ze, toen ze even later over straat liep. Als de buurman nou maar niks uit het kastje nodig had.

Voor de verandering was het die ochtend zonnig weer en het leek of zelfs de stadslucht lekkerder rook dan normaal. Kim vergat haar broertje met z'n kitspuit en liep in een prima humeur langs de Vildersgracht.

Op de kade aan de overkant strooide een morsige oude vrouw in een versleten bontjas stukjes brood in het water. Luid snaterende eenden kwamen van alle kanten aanzwemmen en ook een enkele meeuw had door dat er wat te halen viel. Met een flitsende duikvlucht stortte hij zich tussen de eenden en kaapte vlak voor hun pikkende snavels een broodkorst weg. Kim bleef geamuseerd staan om het spektakel te bekijken.

Plotseling merkte ze dat ze niet alleen was. Ze keek om, recht in de grijnzende gezichten van Johnny en zijn vrienden.

'Zo Kimmie, mag je zomaar alleen over straat,' sneerde de pestkop.

Kim antwoordde niet. De jongens sloten haar in, zodat ze geen kant op kon.

'Of ben je stiekem weggelopen?' ging hij verder. 'Foei, stoute meid. Dat mag niet hoor.'

Hij gaf haar een harde duw. Bijna viel ze om, maar ze gaf geen kik. Die lol gunde ze hem niet. Haar situatie leek echter hopeloos. Wat kon ze in 's hemelsnaam in haar eentje beginnen tegen zes jongens? Terwijl ze om zich heen keek om te zien of er ergens hulp te vinden was, zag ze opeens twee mannen, die wat verderop over de brug liepen.

De inbrekers! schoot het door haar heen. Ze bedacht zich geen moment en sprong naar voren om de kerels achterna te gaan. Maar dat ging niet zo een-twee-drie, want haar belagers versperden haar de weg.

'Laat me erdoor!' snauwde Kim, worstelend om zich een weg te banen. De jongens weken echter geen centimeter. Ze zou de ongelijke strijd misschien hebben opgegeven, als Johnny haar niet grijnzend bij haar jas gegrepen had.

'Zo, stom kind, wat moet je nou hè…' begon hij, maar Kim hoorde niet meer wat hij zei. Het leek wel of ze vanbinnen ontplofte. Met woeste bewegingen rukte ze zich los en stortte zich als een dolgeworden stier op haar kwelgeest. Volkomen verrast door de onverwachte aanval wankelde Johnny achteruit, met de vuisten van de snuivende en grommende Kim in zijn maag. Als een vleesgeworden bulldozer drong ze hem naar achter, in de richting van de gracht. Nog een moment stond hij met maaiende armen te balanceren op het randje van de kade. Toen viel hij achterover en verdween met een luide plons in het donkere water.

Woedend draaide Kim zich om naar de anderen, die haar verbijsterd aanstaarden. Uit hun ogen sprak verwarring en ook angst. Geen van hen probeerde haar tegen te houden toen ze ervandoor rende, de inbrekers achterna.

Vanuit de gracht klonk gespetter en hulpgeroep van Johnny, maar van de overkant van het water klonk applaus. De oude vrouw met de bontjas klapte in haar handen en riep: 'Goed zo, meissie, laat je niet kistuh.'

Zo hard ze kon holde Kim de brug over, de Doelenstraat in. Zigzaggend tussen het winkelend publiek speurde ze de straat af, maar de inbrekers waren nergens te bekennen. Waar zouden die kerels zijn?

Het zweet brak haar uit en terwijl ze hijgend als een paard over de stoep rende, keek ze goed om zich heen. Toch scheelde het maar een seconde of ze had hen gemist. Nog net zag ze in een zijstraatje hoe de beide mannen een huis binnen gingen.

Een paar tellen bleef ze met haar handen op haar knieën voorovergebogen staan om op adem te komen. Toen ze voelde dat het bonzen van haar hart wat minder heftig werd, kwam ze weer overeind en liep, nog nahijgend, het straatje in. Ze was er niet helemaal zeker van welk huis het was, daarvoor was het allemaal te snel gegaan.

Na een meter of dertig zag ze tussen de lage woningen de vervallen gevel van een werkplaats, met een grote, verveloze garagedeur. De scheefgezakte voordeur ernaast zag er al even verwaarloosd uit. Was het daar? Ze dacht van wel.

Naast het pand gaf een kleine lage poort toegang tot een donker gangetje. Aarzelend stapte ze er binnen. De grond lag bezaaid met afval en er hing een doordringende rioollucht. Na enkele meters werd de doorgang echter versperd door een met alle mogelijke rommel volgestouwd hok.

Teleurgesteld wilde ze weer teruglopen, toen ze opeens een smal kelderraampje zag, dat niet hoger kwam dan haar knieën. Achter het smerige glas was vaag wat licht te zien. Zonder zich een moment te bedenken, knielde ze neer en zette haar nagels achter de rand van het kozijn.

Het raampje bleek niet op slot te zitten. Voorzichtig opende ze het en keek naar binnen. In het schemerduister zag ze een kale ruimte met een tegelvloer. Lege houten stellingen stonden tegen beschimmelde muren. Het beetje licht dat er binnenviel kwam door een deur die op een kier stond.

Soms is het toch wel handig om klein te zijn, bedacht ze, terwijl ze door het raamgat naar binnen kroop en zich via de houten stelling op de vloer liet zakken. Haar neus hield ze angstvallig dichtgeknepen, want er hing in de kelder een misselijkmakende geur van bederf. Zonder geluid te maken sloop ze naar de deur.

Een korte stenen trap voerde haar omhoog naar een halletje, waar de simpele verlichting bestond uit een enkel peertje dat aan stroomdraden uit het plafond hing. Voor zich zag ze drie deuren, waarvan er een niet helemaal gesloten was. Daarachter klonken stemmen. Voorzichtig gluurde Kim door de kier.

Ze zag een smerige, stoffige werkplaats vol rommel en gereedschap. In het midden van de ruimte stonden de inbrekers bij een gifgroene auto, waarachter een paardentrailer gekoppeld was. De grootste van de twee zette net een zware tas in de kofferbak en sloot de klep. Kim herinnerde zich dat hij Cor heette en dat de naam van de magere vent Willem was. Die stond tegen de zijkant van de auto een routekaart te bestuderen.

'Vanavond zitten we al een flink eind voorbij Parijs,' zei hij. 'En morgenavond in Noord-Spanje.'

Cor wierp ook een blik op de kaart. 'En waar slapen we dan?' vroeg hij.

Willem haalde zijn schouders op. 'Weet ik veel, dat zien we

wel. Zolang we dat paard nog niet hebben, kunnen we zelfs in de trailer slapen.'

'Maar we weten toch nog steeds niet waar die Sint woont,' teemde zijn maat. 'Hoe moet dat dan?'

Met een nijdig gebaar vouwde Willem de kaart dicht. 'Joh, bolle, hou toch es op met dat gezever,' snauwde hij. 'Doe de lichten uit, dan gaan we.'

Hij draaide zich om en stapte in de auto. Met een verongelijkte blik deed Cor er verder het zwijgen toe. Tot haar schrik zag Kim hoe hij op de deur afstapte waarachter zij verborgen zat. Bliksemsnel sloop ze de trap af en nauwelijks was ze in de kelder of ze hoorde boven zich in het halletje de deur piepen. Een tel later ging het licht uit. Doodstil bleef ze in het donker staan wachten.

Ze hoorde gestommel en gebonk, het starten van een motor, knersende banden en het dichtklappen van een deur. Daarna werd het doodstil. De inbrekers waren op weg naar Spanje om het paard van de Sint te stelen.

Toen Kim nog geen tien minuten later buiten adem bij haar huis aankwam, zag ze de blauw-witte caravan langs het trottoir staan.

O jeetje, de boodschappen, schoot het door haar heen, maar daar had ze nu even geen tijd voor. Zonder vaart te minderen holde ze over het paadje langs het huis naar de achterdeur. In de tuin wachtte haar echter een wonderlijk schouwspel.

Op het gras zag ze een vreemdsoortig bouwwerk dat gemaakt was van allerlei stukken hout. Tussen de schots en scheef geplaatste planken was haar jongste broertje druk bezig om zich los te rukken uit de ingewikkelde constructie, waarin hij van alle kanten stevig vastgelijmd zat. Aan zijn hand bungelde de druipende kitspuit. Zoefie rende enthousiast blaffend en kwispelend om het geheel heen.

'Hé Kim, help es,' riep Pietertje benauwd. 'Ik zit vast!'

'Mooi zo,' zei Kim tevreden. Nieuwsgierig bekeek ze het bouwsel waar haar broertje zich in bevond.

'Wat ben je eigenlijk aan het maken?'

Pietertje keek haar aan alsof dat een onbegrijpelijk domme vraag was.

'Nou gewoon,' antwoordde hij. 'Een hondenhok.'

'Gelijk heb je,' vond Kim. 'Jij hoort niet in huis. Nou, de mazzel.'

Ze draaide zich om en haastte zich door de achterdeur naar binnen.

'Kim, Ki-him,' riep Pietertje haar wanhopig na, maar zuslief had geen tijd voor zijn problemen. Ze vloog door de keuken naar de hal en rende de trap op.

'Hé, kun je niet lezen?' protesteerde Mark toen Kim zonder kloppen zijn kamer binnen stormde. 'Er staat "verboden toegang" op de deur.'

'O ja, sorry hoor,' zei ze snel, 'maar dit is echt heel belangrijk.' Haar oog viel op het apparaat met rode knipperlichtjes waaraan haar broer zat te knutselen.

'Gaaf hé, wat is dat?'

Mark keek trots naar zijn schepping. 'Een anti-Pietertje-alarm. Dan kan hij niet meer ongevraagd aan m'n spullen zitten; er komt nog een sirene op.'

Kim dacht aan hun broertje in zijn hondenhok en begon te lachen. 'Nou, voorlopig zul je geen last van hem hebben,' gniffelde ze. 'Die slimbo heeft zichzelf vastgelijmd in de tuin. Hij wou een hok maken voor Zoefie.'

'Nou, dan hoop ik maar dat ie sterke lijm gebruikt heeft,' grinnikte Mark.

'Reken maar,' antwoordde Kim. 'Maar moet je horen, ik heb daarnet die inbrekers weer gezien. Ze zijn op weg naar Spanje.'

Uitgebreid vertelde ze haar broer wat ze die ochtend beleefd had. Geen van beiden had in de gaten dat er nog iemand mee-luisterde. In kleren vol scheuren en lijmklodders stond Pietertje om het hoekje van de deur met zijn flaporen wijdopen.

'En wat wil je nu doen?' vroeg Mark wantrouwend, toen Kim

klaar was met haar verhaal. Hij kende zijn zusje onderhand; ze was tot de gekste dingen in staat.

'Nou, we hebben geen telefoonnummer of adres of zo van de Sint...' zei Kim, 'en die kerels zijn al op weg, dus we moeten er wel achteraan.'

Mark lachte haar vierkant uit. 'Ja, naar Spanje zeker. Dag Kimmie, ga maar lekker fietsen.'

Zijn zus liet zich door zijn vrolijkheid echter totaal niet uit het veld slaan. 'Oké, dan ga je niet mee,' zei ze fel. 'Als je maar weet dat ík naar Spanje ga!'

Mark keek haar onderzoekend aan. Hij zag dat ze het meende.

'En hoe wou je dan gaan?' vroeg hij schamper, in een poging om haar het onmogelijke van haar plan te doen inzien.

'O, heel eenvoudig,' antwoordde Kim broodnuchter. 'Ik verstop me gewoon in de caravan van de buren.'

Verbijsterd staarde Mark naar zijn zusje. 'Je bent compleet gestoord,' zei hij hartgrondig.

Kim glimlachte liefjes terug. 'Ja, en nu moet ik nog even een boodschapje doen, voor de buurman.'

Het was nog donker toen Kim de volgende ochtend het huis uit sloop. Ze sjouwde een rugzak mee die volgepropt was met kleren en spullen voor onderweg. Het licht van de straatlantaarns bescheen de blauw-witte caravan, die in de kille ochtendmist klaarstond voor de lange reis. Ze huiverde van de kou. De vorige avond had ze stiekem het achterraam van de caravan van het slot gedaan. Ze wilde het net openen om erin te klimmen, toen Mark naast haar opdook.

'Hé, Kim. Doe nou niet, joh,' fluisterde hij. 'Je krijgt er een hoop last mee. En wat moet je daar in je eentje in Spanje? Je weet niet eens waar de Sint woont.'

Kim keek hem ernstig aan. 'Ik ga naar Spanje,' zei ze rustig. 'Je kunt hier blijven, of je kunt meegaan, maar ík ga.'

Mark zweeg en dacht na. Ze was duidelijk niet te stoppen, en ondanks al zijn bedenkingen wist hij maar al te goed dat hij haar nooit alleen zou laten gaan.

'Oké dan,' zuchtte hij ongelukkig. 'Maar dan haal ik eerst nog even wat spullen.'

Kim grijnsde. 'Hoeft niet,' zei ze. 'Heb ik al gedaan.'

Mark keek haar niet-begrijpend aan. Zonder iets te zeggen opende ze de rugzak en toonde hem zijn keurig gevouwen kleren.

'Jij gemeen loeder,' grinnikte hij. 'Je wist 't, hè?'

Kim lachte alleen maar en zette de rugzak op de grond. 'Help me even,' commandeerde ze.

Terwijl Mark het raam openhield, klom ze naar binnen en pakte daarna de rugzak van hem aan.

'Wacht even,' zei hij opeens. 'We kunnen niet zomaar weggaan. Ik leg een briefje neer voor pa en ma.'

Voordat Kim iets kon zeggen, was hij al weggelopen. In de keuken krabbelde hij haastig een boodschap op het notitieblok:

We zijn naar Spanje, want er zijn dieven die het paard van Sinterklaas willen stelen. We komen zo gauw mogelijk weer terug. Liefs, Mark

Hij las het nog een keer over. Het was wel idioot, maar dat kon hij in de gauwigheid ook niet helpen. Uit zijn slaapkamer pakte hij nog snel zijn horloge en zijn Zwitserse zakmes. Hij zette zijn pet op en ging terug naar de caravan, waar Kim ongeduldig op hem wachtte.

'Schiet op man, dadelijk komen de buren. Waar bleef je nou?'

Mark klauterde naar binnen. Nauwelijks had hij het raam achter zich dicht laten vallen of de voordeur van de buren ging open en meneer Neuteboom kwam naar buiten met een kartonnen doos.

'Die gaat ie hier nog neerzetten,' siste Kim. 'We moeten ons verstoppen.' Ze keek om zich heen.

'Snel, in de douche. Pak de rugzak.'

Op het moment dat Mark het smalle deurtje van de douchecabine achter zich dichttrok, werd de sleutel in de buitendeur omgedraaid. Er klonk wat gestommel en toen hoorden ze de stem van de buurman: 'Hemeltje, waar kan ik dit nou nog kwijt.'

Kastjes werden geopend en weer dichtgedaan. Mark en Kim hielden hun adem in. Ieder moment konden ze worden ontdekt. Wat moesten ze dan zeggen?

Tot hun onuitsprekelijke opluchting hoorden ze opeens het geluid van de buitendeur die dichtsloeg en daarna van de sleutel die werd omgedraaid. Ze slaakten tegelijkertijd een diepe zucht. Het gevaar was geweken; de reis kon beginnen.

Verborgen achter de gordijntjes konden Kim en Mark zien hoe de buurman in de ochtendschemering met een grote tas naar de auto liep, terwijl de buurvrouw de voordeur op slot deed. Ze zagen hoe hun ouders, met jassen over hun pyjama's, huiverend van de kou naar buiten kwamen om de buurtjes uit te zwaaien. Er werd gezoend en handen geschud. Even later klonk het starten van de auto en voelden ze hoe de caravan in beweging kwam.

Hun ouders stonden op de stoep te zwaaien. Ma leunde knus tegen pa, die zijn arm om haar schouders geslagen had.

Kim slikte moeilijk en voelde tranen in haar ogen komen. Ze wilde zo graag het gordijn opzijschuiven en terugzwaaien, maar dat kon natuurlijk niet. Naast haar staarde Mark roerloos naar de twee zwaaiende figuren op de stoep, die snel kleiner werden en helemaal uit het zicht verdwenen toen de auto de bocht omging. Op dat moment realiseerde hij zich pas goed waar hij aan begonnen was. Maar wat kon hij eraan doen?

De stilte in de halfduistere caravan werd opeens verbroken door gestommel in de bank waarop ze zaten. Vanonder de zitting kwam gedempt een slaperig stemmetje: 'Rijden we al?'

Spanje

'Pietertje!' gilden Kim en Mark tegelijkertijd. Ze sprongen van de bank en Mark trok met een ruk de zitting omhoog. Het nog wat slaperige gezicht van hun broertje keek hen grijnzend aan.

'Hoe kom jij hier nou weer,' riep Kim woedend. 'Altijd hetzelfde met jou. Kun je je nou nóóit es met je eigen zaken bemoeien, vervelend joch.'

Totaal niet onder de indruk klom Pietertje uit de bank.

'Nou, ik hoorde dat jullie naar Sinterklaas gingen en daarom ga ik mee,' verklaarde hij. 'Ik wil 'm ook zien.'

Zijn zus ontplofte bijna van kwaadheid. 'Sukkel,' brieste ze. 'Dat kan toch helemaal niet. Snap je dan niet dat pappa en mamma totaal door 't lint gaan als jij óók verdwenen bent. Jemig, je bent pas zes. Wat een ontzettende dombo ben je ook hè.'

Pietertje klom rustig op de bank en ging breeduit zitten, alsof hij voorlopig niet van plan was om van zijn plaats te komen.

'Nou, jij bent pas tien hoor,' zei hij schamper. 'Net of dat zoveel is.'

Kim antwoordde niet. Tegen een kastdeurtje geleund staarde ze machteloos voor zich uit. Ze waren nog maar net op weg en nu al dreigde haar plan in duigen te vallen.

Mark, die tot dan toe niets gezegd had, keek zijn broertje ernstig aan. 'Ik vind dat Kim wel gelijk heeft,' begon hij. 'We kunnen 't gewoon niet maken. En het was óns plan, niet 't jouwe.'

Pietertje was echter absoluut niet van plan om toe te geven. Hij bleef koppig volhouden dat hij mee wilde, hoe Mark en Kim ook probeerden hem op andere gedachten te brengen.

'Weet je wat,' opperde Mark ten slotte. 'Je mag een hele maand mijn op afstand bestuurbare auto hebben als je bij het volgende benzinestation uitstapt. Dan zeg je gewoon dat je per ongeluk in de caravan in slaap bent gevallen of zo, en dan komt pappa je wel ophalen. Van jou geloven ze dat wel.'

Pietertje hoefde geen seconde over dit plan na te denken. 'Dan zeg ik dat jullie d'r ook in zitten,' dreigde hij. 'En dan moeten jullie ook naar huis.' Hij wierp een uitdagende blik naar Mark, maar die haalde alleen zuchtend zijn schouders op.

Kim keek haar broertje vuil aan. 'Goh, wat doe je weer leuk mee,' zei ze sarcastisch. 'Fijn om je in de familie te hebben.'

Een tijdlang zei niemand iets. Minuten gleden voorbij, tot Kim zich ten slotte met een plof op de bank liet zakken.

'Als we in Spanje zijn, kunnen we pappa en mamma bellen om te zeggen dat alles oké is,' stelde ze voor. 'Of heb jij je mobieltje bij je?'

'Nee, vergeten,' antwoordde Mark somber. 'En in het buitenland heb je er toch niks aan, want dan moet je een speciale kaart hebben.'

Kim knikte en staarde peinzend door het raam naar het voorbijschietende landschap. Tegenover haar zat Mark terneergeslagen met zijn vinger figuurtjes op de tafel te tekenen. Pietertje daarentegen keek met een brede overwinnaarsgrijns van de een naar de ander.

De reis naar Spanje duurde langer dan ze gedacht hadden. Gelukkig vonden ze in een kast een stel kaarten en nog wat andere spelletjes. Over eten en drinken hoefden ze zich geen zorgen te maken, want de kasten puilden uit. Het leek wel of de buren in Spanje een supermarkt wilden beginnen.

Tegen de tijd dat meneer en mevrouw Neuteboom 's avonds stopten om te eten en te slapen, zorgden de kinderen steeds dat alles er weer schoon en opgeruimd uitzag. Ze wachtten tot de caravan goed en wel geparkeerd stond, klommen dan snel door het achterraam naar buiten en plakten het met een stuk plakband van Pietertje vast, zodat het 's nachts niet door de wind zou gaan klapperen. Bovendien had Mark tijdens de eindeloze uren overdag de sluiting met zijn zakmes bewerkt, zodat de buren het raam 's nachts niet per ongeluk echt op slot konden doen.

Buiten hielden ze zich dan een tijdje verstopt, tot meneer Neuteboom de auto afsloot en in de caravan verdween waar zijn vrouw het avondeten al stond op te warmen. Zo gauw de kust veilig was, slopen de drie ongenode gasten naar de auto. Dankzij de reservesleutel die ze in een laatje gevonden hadden, konden ze daarin de nachten redelijk comfortabel doorbrengen.

's Ochtends ging het precies andersom en tegen de tijd dat de buren in de auto stapten om verder te reizen, zaten de verstekelingen weer rustig op hun plek in de caravan. Hun geluk was dat meneer en mevrouw Neuteboom mensen met gewoonten waren waar je een klok op gelijk kon zetten. Anders waren ze zeker gesnapt.

Nu was 't eigenlijk best een aangename en probleemloze tocht. Alleen hoorden ze op de derde dag hoe de buurvrouw haar man beschuldigde van stiekem snoepen. Ze had in de prullenbak een papieren wikkel gevonden, die Pietertje daarin gegooid had. En één keer werden ze bijna ontdekt toen meneer Neuteboom midden in Frankrijk onverwacht langs de weg stopte om iets uit de caravan te halen. Pietertje was als een haas in zijn bank gedoken en Kim en Mark hadden zich nog net op tijd met de rugzak en het spel kaarten in het douchehok kunnen wurmen.

Maar dat was gelukkig het enige echt gevaarlijke moment geweest. Verder konden ze ongestoord spelletjes doen, slapen, eten, of naar het steeds veranderende landschap kijken.

Vooral toen ze eenmaal in Spanje waren, viel er veel te zien. De snelweg voerde hen het ene moment langs torenhoge bergwanden en even later door een glooiend heuvellandschap vol ruige, verweerde rotsen waarop alleen maar stugge struiken groeiden. Van tijd tot tijd passeerden ze kleine dorpen waaruit een kerktorentje omhoogstak, omringd door huizen met oranjebruine pannendaken. Velden en bossen, boomgaarden en weiden wisselden elkaar af. Witgekalkte boerderijen lagen her en der verspreid tegen hellingen waarop bruine koeien graasden. In de azuurblauwe lucht scheen de zon alsof het volop zomer was.

En ergens in dit vreemde land moest de Sint wonen. Maar waar?

In een van de kastjes had Mark een landkaart gevonden waarop de Spaanse kustplaats Torrebaliza onderstreept was en als hij zich de verhalen van de buurvrouw goed herinnerde, was daar de camping waar ze naartoe gingen. Het stadje lag ongeveer halverwege de kust en het leek hem prima om van daaruit hun zoektocht te starten. Kim was het met hem eens.

Verborgen achter het gordijntje hield Mark door het voorraam de borden langs de weg in de gaten. Het kon nu niet lang meer duren.

'We zijn er,' riep hij opeens. 'Torrebaliza. '

Rustig reed de auto met de blauw-witte caravan door de drukke, zonbeschenen hoofdstraat, langs winkels, hotels, terrasjes en huizen met balkonnetjes. Ondanks alle bedrijvigheid hing er een gemoedelijke vakantiesfeer.

'Hé, maar waarom stoppen we nou niet?' vroeg Kim verbaasd, toen ze even later het stadje weer uit reden langs een weg die omzoomd werd door een weinig opwekkende verzameling van werkplaatsen, loodsen en reclameborden.

'Stom, ze gaan natuurlijk door naar die camping,' riep Mark. 'We moeten er hier ergens uit. Kom op, gauw, klaarstaan.'

Pas zo'n vijf minuten later, toen de auto bij de ingang van de camping voor de receptie stopte, kregen ze de kans om uit het raam te springen.

'Wat doen we nu?' zuchtte Kim, terwijl ze over de stoffige oprijlaan naar de weg terugliepen.

'Ik weet 't niet,' antwoordde Mark. 'Misschien gaat er ergens een bus, of anders gaan we lopen. Zo ver was 't niet.'

Hij had het nog niet gezegd, of ze zagen over de weg een bus langsrijden, en toen ze even later bij de halte op het tijdenbordje keken, bleek dat het nog een uur zou duren voor de volgende kwam.

'Dat wordt dus lopen,' zei Mark. 'Kom op, we zijn er zo.'

Dat viel echter tegen. Wat in de auto een peulenschil leek, was te voet nog een flinke wandeling. Pietertje klaagde voortdurend dat het te warm was en dat zijn voeten zeer deden. Om de paar minuten wilde hij stoppen, zodat ze niet erg snel vooruitkwamen. Toen ze voor de derde keer weer even waren gaan zitten, zagen ze een politieauto langsrijden, die in de richting van de camping verdween.

'En nou heb ik wel genoeg gelopen hoor,' zei Pietertje zeurderig, toen ze eindelijk in het centrum van het stadje waren en op een stenen drempel zaten uit te rusten. Zijn broer en zus knikten vermoeid en keken om zich heen naar de huizen en de mensen.

'Kom op, we gaan pappa en mamma bellen,' zei Mark na een tijdje. 'Gelukkig hebben we genoeg geld.'

Vlak nadat ze van huis weggereden waren, had hij verschrikt uitgeroepen dat ze geen geld bij zich hadden, maar toen had Kim hem verteld dat ze uit mamma's bureautje drie biljetten van honderd geleend had. Dat was geen stelen vond ze, want ze had in een briefje alles eerlijk uitgelegd. Mark betwijfelde of zijn moeder het ook zo zou zien, maar ja, het was nu toch al gebeurd. En bovendien hadden ze hoe dan ook geld nodig.

'We moeten een postkantoor zoeken,' zei hij. 'Daar kunnen we bellen.'

'Nee, ik heb honger,' zei Pietertje. 'Ik wil eerst eten.'

In Nederland was huize Van Dijk al vier dagen lang in rep en roer.

'Als jij niet meegaat, dan ga ik alleen,' schreeuwde Hilde tegen haar man. Het nietsdoen en de onzekerheid waren haar te veel geworden. Ze kon de machteloosheid niet langer verdragen en slingerde woedend al haar frustraties naar Pauls hoofd.

'We zitten hier al dagen te wachten en ze zijn nog steeds niet gevonden. Volgens mij wacht de politie gewoon tot ze vanzelf weer opduiken. 't Lijkt wel of 't om een paar gestolen fietsen gaat. Die hoeven ze maar één keer per jaar uit de gracht te vissen, maar dit zijn verdorie kinderen!'

Hijgend van kwaadheid stond ze midden in de kamer, terwijl Paul haar ongelukkig aankeek.

'Schatje, rustig nou, 't kost even wat tijd,' zei hij sussend. 'Maar ze zijn echt wel aan 't zoeken hoor. Je hoorde net zelf dat de Spaanse politie binnen de kortste keren op de camping stond. Da's toch snel, of niet? Die oude Neuteboom was nog helemaal overstuur toen hij belde. Ze schijnen snoeppapiertjes in de caravan gevonden te hebben en die kunnen best van de kinderen zijn. En verder staat het in alle politiecomputers door heel Europa.'

Hilde keek haar man aan alsof hij een viezig insect was. Het was duidelijk dat ze zijn vertrouwen in de politie niet deelde.

'Goh, ze hebben een spoor,' smaalde ze. 'En wat doen ze ermee? Helemaal niks. Ze zetten het in hun computer. Noem je dat zoeken?'

Paul schudde vertwijfeld zijn hoofd. 'Schatje, wees nou een beetje redelijk. De kinderen worden heus wel gevonden, geloof me nou maar.'

Hilde stapte naar haar bureau, trok een laatje open en haalde daaruit haar paspoort te voorschijn.

'Ze worden misschien wel gevonden ja,' riep ze woedend. 'Maar wanneer? Over een paar weken, of over een jaar? Nou, daar ga ik mooi niet op zitten wachten, als je dat maar weet. Ik ga ze zoeken. Nu!'

Paul zuchtte wanhopig. 'Denk je soms dat ík het leuk vind om hier niks te doen? 't Zijn toch ook mijn kinderen. Waar wil je dan naartoe gaan?

Terwijl ze naar de deur liep, zei Hilde met een verbeten stem: 'Volgens dat briefje van Mark zijn ze naar Spanje. Ook in die brief van Kim over dat geld staat dat ze naar Spanje zijn. En toevallig zijn ze precies verdwenen toen de buren daarheen vertrokken. Waar ga ik dus naartoe? Drie keer raden!'

Paul zag dat het geen zin had om nog langer tegen te stribbelen. 'Oké,' zei hij. 'Maar waar dan in Spanje? Besef je wel hoe groot dat land is?'

Zijn vrouw keek hem ongeduldig aan. 'Voor een schrijver heb je wel érg weinig fantasie, hè?' zei ze sarcastisch. 'We gaan natuurlijk eerst naar die camping en van daaruit volgen we hun spoor. Het moet wel heel gek zijn als niemand drie loslopende kinderen gezien heeft die geen woord Spaans spreken. Nou, ik weet niet wat jij gaat doen, maar ik ga nu m'n koffer pakken.'

'Wacht nou even,' riep Paul. 'Ik moet nog... eh... huh... huh...' Voor hij zijn zin kon afmaken, barstte hij uit in een forse niesbui.

Hilde wachtte niet tot hij weer in staat was om te zeggen wat hij nog moest doen. Ze stoof de kamer uit en haastte zich de trap op. Snotterend kwam haar man overeind en volgde haar naar boven.

Binnen een halfuur waren ze klaar om te vertrekken. Paul pakte nog een voorraadje papieren zakdoekjes uit de keuken, draaide de voordeur op het nachtslot en liep naar de auto, die al met draaiende motor klaarstond. Nauwelijks had hij het portier dichtgeslagen of Hilde gaf een dot gas en scheurde weg.

'Hé, kalm aan zeg,' riep Paul nijdig. 'Ik wil wel graag levend aankomen hoor!'

Met duidelijke tegenzin nam zijn vrouw wat gas terug en draaide de Merelstraat in.

Op dat moment rinkelde in huis de telefoon.

'Ze nemen niet op,' zei Mark teleurgesteld en hing de hoorn weer op de haak. 'Wat doen we nou?'

Kim keek om zich heen in de witgeschilderde hal van het postkantoor, waar op dat moment niet veel mensen waren.

'Nou, we kunnen bij dat loket vragen of die meneer weet wat *milagroso* betekent,' stelde ze voor.

Ze werden echter niet veel wijzer van de vriendelijke jongeman die hen te woord stond. Hij had het in gebrekkig Engels over 'heel mooi' en 'een wonder', maar wat hij nou precies bedoelde, bleef onduidelijk. Kim haalde daarom uit de rugzak een tekening van Sinterklaas te voorschijn, die ze tijdens de lange uren in de caravan gemaakt had. De jongeman knikte bewonderend toen hij het kunstwerk zag en begon opnieuw met z'n 'heel mooi'. Mark probeerde hem uit te leggen waar het om ging, maar hoewel hij vriendelijk bleef glimlachen, snapte hij er niets van. Daar kwamen ze dus niet verder mee.

Toen ze even later weer buiten stonden, wees Mark naar een grote glazen pui aan de overzijde van de straat.

'Kijk, daar, Torrebaliza Tourist Information. Misschien weten ze 't daar wel, da's voor toeristen.'

Ze staken over en gingen het kantoor binnen, waar een balie-medewerkster hen verveeld aanstaarde vanachter de glimmende nagelvijl waarmee ze haar lange paarse nagels zat te bewerken. Door de pikzwarte lijnen om haar ogen en het knallende paars op haar mond zag ze eruit of ze ieder moment aan een circus-nummer kon beginnen. Ze zei niets.

In zijn beste Engels vroeg Mark of ze wist wat *milagroso* bete-kende. Ze bleef echter zwijgen en keek hem aan alsof hij een lege kartonnen doos was. Mark glimlachte zo vriendelijk mogelijk en vroeg beleefd of het misschien een plaats in Spanje zou kunnen zijn. Nu keek ze alsof hij een heel vieze kartonnen doos was.

Van het ene op het andere moment veranderde haar houding echter totaal. Ze stond op van haar kruk, streek haar strakke rokje nog strakker, schudde haar zwarte haarbos wat losser en glimlachte stralend naar een grote, blonde, gebruinde man die binnen kwam lopen. Over zijn getrainde borst droeg hij een fel-gekleurd hemd waaruit fier een pluk borsthaar stak. Zijn gespier-de nek was versierd met een brede gouden ketting en aan zijn oorlellen en polsen bungelde nog meer goud.

De juffrouw bleek ineens toch te kunnen praten en nog wel in behoorlijk Engels. Al haar aandacht richtte zich op de nieuwe klant en de drie kinderen waren op slag compleet vergeten. Woedend staarden ze het mens aan, maar dat hielp niet.

'Kom op, dan gaan we,' zei Kim. 'Laat die tuthola de kippen-schurft krijgen.'

Samen met Mark beende ze naar buiten, maar Pietertje bleef nog even staan. Half verscholen achter een plastic palmboom haalde hij het tubetje supersecondelijm uit zijn broekzak. Nog geen twintig tellen later kwam ook hij door de deur naar buiten en verkondigde breed grijnzend dat hij nu wat wilde drinken.

Terwijl de kinderen op zoek gingen naar een supermarkt, zei de juffrouw in het toeristenkantoor, verleidelijk glimlachend tegen haar klant, dat ze wel even voor een hotelkamer zou bellen. Met haar goedverzorgde handen pakte ze de telefoonhoorn, met de bedoeling om hem op te nemen, maar hoe ze ook trok, hij bleef aan het toestel vastzitten. Onder haar make-up werd ze knalrood van inspanning.

'Laat mij maar even proberen,' bood de klant hulpvaardig aan. 'Er zit vast iets klem.'

Met zijn forse knuisten pakte hij het apparaat en gaf er een stevige ruk aan, waardoor de hoorn inderdaad losschoot.

'Oeps,' mompelde hij echter beteuterd, toen hij het resultaat van zijn actie bekeek, want aan weerszijden bungelde de elektronica uit het middenstuk van de hoorn, terwijl het mond- en het oorstuk nog steeds op het toestel vastzaten. Het was duidelijk dat er op dat moment niet getelefoneerd kon worden. Snel zette hij het apparaat terug op de balie en zei vriendelijk: 'Oké, eh... bedankt hoor, tot ziens.'

'Hé, verdorie, m'n mobieltje zit in m'n andere jas,' zei Hilde kwaad, terwijl de auto over de Franse snelwegen naar het zuiden zoefde. 'Als ze ons proberen te bellen, zijn we niet eens bereikbaar. Lekker handig.'

Paul gaf geen antwoord. In gedachten verzonken staarde hij naar de weg. Hilde hield het stuur zo stevig vast dat haar knokkels wit waren.

'Die rotkinderen ook,' schold ze opeens. 'Vooral van Mark

valt het me tegen. Die is verdorie al twaalf! Naar Sinterklaas in Spanje; hoe verzint ie 't. En dan zo'n jochie als Pietertje ook nog meenemen, dat is helemaal het toppunt. En Kim pikt doodleuk geld uit m'n bureau, alsof dat maar normaal is.'

Met een nijdige blik scheurde ze langs een slome duikelaar in een krakkemikkige Renault, die naar haar idee wat te langzaam aan de kant ging.

'En waar zijn we nou helemaal mee bezig?' foeterde ze. 'Allemaal voor zo'n stelletje ondankbare snotneuzen. Ik heb eigenlijk zin om gewoon naar huis te gaan en ze in hun sop gaar te laten koken.'

'Maar schat, dat kunnen we toch niet maken,' wierp Paul tegen. 'En thuis wilde je met alle geweld naar Spanje.'

'Ja!' schreeuwde Hilde woedend. 'En nu wil ik naar huis.'

Meteen gaf ze een wilde ruk aan het stuur. De auto schoot de vluchtstrook op en kwam daar slippend en met piepende banden tot stilstand. Paul keek naar zijn vrouw, die als in trance voor zich uit staarde. Hij begreep dat hij maar beter even z'n mond kon houden.

Minutenlang bleven ze zo zitten. Opeens legde Hilde met een diepe zucht haar hand op Pauls knie en keek hem met een treurige glimlach aan. Haar ogen waren vochtig.

'Ik hou van je,' zei ze zachtjes. 'Het werd me even te veel. Ik denk dat ik gewoon bang ben.' Ze legde haar hoofd op zijn schouder. 'Waar zouden ze nu zijn?'

Paul sloeg zijn armen om haar heen en drukte haar tegen zich aan. 'Ik weet 't niet, schat...' fluisterde hij. 'Maar we zullen ze wel vinden.'

Met hun hoofden dicht tegen elkaar staarden ze naar de auto's op de snelweg, die in een nooit eindigende stoet voorbijraasden, op weg naar het zuiden.

De grote wielen van een ossenkar rolden piepend en knarsend over een verlaten asfaltweg. De oude voerman kneep zijn ogen tot spleetjes tegen het felle licht van de lage Spaanse winterzon.

De ossen sjokten onverstoorbaar door, terwijl naast hen een gif-groene auto in hetzelfde tempo voortsukkelde.

Achter het stuur zat Willem. Naast hem hing de Knijpkat half uit het raam om een stuk papier aan de oude man op de bok te tonen. Het was een foto van Sinterklaas en Zwarte Piet, die hij uit een speelgoedfolder gescheurd had.

Omdat ze in Nederland op het internet en in de bibliotheek niets over de mogelijke verblijfplaats van de Sint konden vinden, hadden ze bedacht dat ze in Spanje met een foto wellicht meer kans hadden om iets te weten te komen. Daarbij kwam dat ze geen van beiden Spaans spraken en dan bespaart zo'n plaatje een hoop moeilijke uitleg. Om toch ook iets te kunnen zeggen als dat nodig was, hadden ze bovendien uit een toeristenboekje een paar toepasselijke zinnen geleerd.

'*Kasa San Niekolas, waar, eh... donde?*' vroeg Cor aan de voerman, die zwijgend naar het plaatje keek.

'*Donde?*' herhaalde hij hoopvol.

De oude man mompelde wat onverstaanbare Spaanse woorden en gebaarde naar de weg die zich voor hen uitstrekte.

'Nou, is dat effe duidelijk,' snauwde Willem. Hij drukte het gaspedaal nijdig in, waardoor de auto als een raket vooruit-schoot.

'Hé, kalm aan, idioot,' brulde Cor, die nog half uit het raam hing. Haastig liet hij zich terugzakken op zijn stoel.

'Halve gare,' schold hij. 'Ik had er wel uit kunnen vallen.'

Willem haalde zijn schouders op en greep met zijn vrije hand naar z'n pakje sigaretten.

'Ik zei 't toch,' bitste hij. ''t Heeft totaal geen zin om bij elke dorpsgek te stoppen. We gaan gewoon door naar de eerstvolgende beetje behoorlijke plaats.'

Ruim anderhalf uur lang volgden ze onafgebroken de zich voortslingerende weg, langs uitgestrekte, zonbeschenen velden, slaperige gehuchten en rotsachtige heuvels. Terwijl Willem de ene sigaret na de andere rookte, zat Cor diep weggezakt in zijn stoel voor zich uit te staren naar het glooiende landschap.

'Wat een groot land hè, Spanje,' mompelde hij, bij het zien van de zoveelste heuvelrug.

Willem wierp een geërgerde blik op zijn maat en slaakte een diepe zucht. Enkele tellen later passeerde de auto een bord waarop stond: Torrebaliza 18 km.

'We moeten een plek vinden om te slapen,' zei Mark. Ze waren op goed geluk door het stadje gelopen en stonden tot hun verrassing opeens aan zee. De branding kabbelde rustig in het goudgele licht van de late zon, die al bijna achter de huizen verdween.

Pietertje knielde meteen in het zand om met drijfhout en andere rommel een fort te bouwen. Kim en Mark gingen naast hem zitten en staarden peinzend naar de horizon. De ondergaande zon gaf al geen warmte meer en spoedig zou het te koud worden om buiten te blijven. Maar waar konden ze heen?

Op de boulevard liepen nog wat mensen, maar het strand was vrijwel verlaten. Rechts van hen stak de betonnen pier van de haven een eind de zee in. Op de punt stonden een jongen en een meisje elkaar te omhelzen. Links was een man bezig met het repareren van een houten bootje. De slagen van zijn hamer klonken hol over het lege strand. Precies toen de laatste zonnestraal verdwenen was, raapte hij zijn gereedschap bij elkaar en slenterde op zijn dooie gemak weg.

Kim stond op. 'Ik ga even bij die haven kijken,' zei ze.

Mark knikte afwezig. Hij was aan het piekeren over de mogelijkheden voor een slaapplaats. Als ze naar een hotel gingen, zouden ze snel door hun geld zijn en het was bovendien maar helemaal de vraag of er aan kinderen kamers verhuurd zouden worden. Ze konden het natuurlijk ook gewoon zomaar aan iemand op straat vragen, maar wie weet waar ze dan terecht zouden komen; tenslotte mochten ze van pa en ma nooit met onbekenden meegaan. Misschien was een lege schuur of een garage nog wel de beste oplossing.

Terwijl haar broer op het strand zat te peinzen, bekeek Kim

de vissersschepen die in de haven aangemeerd lagen. Haar aandacht werd getrokken door een kleine, houten boot, die wat weggedoken lag tussen de grotere vaartuigen. Zijn vrolijk gekleurde verf was gebladderd en hij zag er verlaten uit, alsof hij al een tijdje niet gebruikt was. Na een korte blik om zich heen klauterde ze op het dek.

Nieuwsgierig opende ze een luik en ondanks de onfrisse geur van dooie vis die eruit opsteeg, daalde ze het smalle trapje af. In het schemerduister van het ruim viel haar oog op enkele opgerolde dekens die op een ruwe houten brits lagen. Blijkbaar hadden de vissers het wel eens koud op zee.

Nog geen minuut later stond ze weer op de betonnen pier en riep triomfantelijk naar haar broertjes: 'Hé kom, we kunnen hier slapen, in een boot.' In zichzelf grinnikend gilde ze erachteraan: 'En 't ruikt er lekker naar vis!'

Het boek

Het valt niet mee om in Spanje te vragen waar Sinterklaas woont als je geen Spaans spreekt. Nadat ze 's ochtends vroeg in de haven onder een kraan geprobeerd hadden de visgeur een beetje weg te wassen, waren ze naar de hoofdstraat in het centrum gelopen. Aangetrokken door de heerlijke geur kochten ze eerst bij een bakker een paar broodjes en daarna probeerde Mark de voorbijgangers in het Engels aan te spreken. Hij liet Kims tekening zien en vroeg dan: *'Doe joe noo wer Seent Nikolaas is?'*

Al snel kreeg hij door dat de mensen bij het zien van het plaatje over 'San' begonnen en daarom probeerde hij het wat Spaanser met: *'Wer is San Nikolas?'*

Maar ook dat werkte niet. Niemand snapte het en niemand wist het. Het was om moedeloos van te worden.

Ook Willem en Cor begon de moed in de schoenen te zakken. Ze hadden misschien al wel honderd keer het plaatje van de Sint laten zien, maar hoewel men hem soms wel herkende, leek geen mens te weten waar hij woonde.

Leunend tegen hun auto, die in de schaduw van een vijgenboom geparkeerd stond, keken ze vermoeid naar de hoge palmen, de fraaie huizen, de hotels en de terrasjes langs de zonnige boulevard. Het werd al warm en ze begonnen dorst te krijgen. Puffend haalde Cor een groezelige zakdoek te voorschijn en veegde daarmee het zweet van zijn voorhoofd.

Willem klampte ondertussen een wat oudere Spanjaard aan, die op zijn gemak langs kwam wandelen. Hij groette beleefd met '*Boewenos dias senjoor*' en toonde hem vervolgens de foto van de Sint.

'*Kasa San Nikolas, donde estaa?*' vroeg hij met een zo vriendelijk mogelijke grijns op zijn gezicht.

De man keek argwanend naar de buitenlander met de glimmende zonnebril. Hij haalde zijn schouders op en antwoordde in gebroken Engels dat ze in Spanje heel wat Sinten hadden, maar dat de verblijfplaats van deze speciale Sint hem onbekend was. Hij voegde eraan toe dat een eindje terug een paar kinderen hem ook al naar die figuur gevraagd hadden. Was daar soms iets mee?

Willems houding veranderde op slag. De kille toon waarop hij vroeg waar die kinderen precies waren, was zo dreigend, dat de man alleen maar geschrokken in de richting van het centrum wees en daarna maakte dat hij wegkwam.

'Kom mee,' snauwde de Rubber naar zijn maat, terwijl hij in de auto stapte. 'We gaan kijken. Dit stinkt.'

Om zich heen speurend, reden ze de kant op die de man hun gewezen had. Naarmate ze de hoofdstraat naderden, werd het verkeer drukker en ook het aantal voetgangers nam toe. Stapvoets reed Willem langs het trottoir, zich niets aantrekkend van het ongeduldige getoeter van andere automobilisten.

Ongeveer halverwege de winkelstraat ontdekten ze aan de overkant tussen de voorbijgangers opeens een jongen van een jaar of twaalf, die een mevrouw aansprak en haar vervolgens een stuk papier liet zien. Naast hem stonden een kleiner jongetje en een meisje, die er net als hij eerder Hollands dan Spaans uitzagen.

Willem stopte onmiddellijk en stapte uit. Cor volgde zijn voorbeeld. Een verkeerslicht was net op groen gesprongen en over de daken van de passerende stroom auto's heen hielden de mannen de drie kinderen in de gaten, tot er een kans zou komen om over te steken.

Op dat moment keek Kim toevallig hun richting op. Het eerste wat ze herkende, was de gifgroene auto met de paardentrailer en meteen daarop zag ze de twee mannen. Haar adem stokte in haar keel. Ze greep Mark bij zijn mouw en gilde: 'Kom mee, daar zijn die kerels van 't paard, die inbrekers. Daar!' Haar vinger priemde in de richting van de twee mannen.

Die begrepen dat ze op de een of andere manier herkend waren, al snapten ze niet hoe dat kon. Met zijn hand als stopteken opgeheven naar de naderende auto's begon Willem de straat over te steken. Begeleid door het geluid van piepende remmen en woedend getoeter haastte de Knijpkat zich achter zijn maat aan.

Kim had ondertussen Pietertje bij de hand gegrepen en was er als een speer vandoor gegaan. Ook Mark zette het op een lopen, stomverbaasd nagekeken door de Spaanse mevrouw. Het drietal zigzagde als voetzoekers tussen de wandelaars door, langs benen, kinderwagens en tassen vol boodschappen. De inbrekers hadden wel langere benen, maar daarmee kwamen ze op het drukke trottoir niet veel sneller vooruit. Vooral Cor botste met zijn omvangrijke postuur voortdurend tegen mensen op. Willem maaide met zijn armen iedereen opzij die op zijn weg kwam, alsof hij aan het zwemmen was.

Mark keek al rennend achterom. Hij zag dat de voorste achtervolger nu toch langzaam terrein begon te winnen. Het kon niet lang meer duren voor de man hen zou inhalen. Ze moesten iets doen, maar wat?

In volle vaart sleurde Kim Pietertje plotseling een hoek om, een vrijwel verlaten zijstraatje in. Mark volgde hen op de hielen. Fout, bedacht hij in een flits. Geen mensen. Hier hebben ze ons zo te pakken.

Vlak voor zich zag hij bij een donker portiek een berg grote plastic zakken met afval staan.

'Gauw, verstop je. Hier!' riep hij en dook er meteen achter weg.

Nog geen drie tellen later ploften Kim en Pietertje hijgend naast hem. Snel trokken ze de stinkende zakken over zich heen en wachtten vervolgens, bewegingloos weggedoken, op het geluid van rennende voetstappen.

Het bleef echter doodstil. In het schemerduister onder de vuilniszakken keken de drie elkaar verbaasd aan. Waar bleven die kerels?

Die bevonden zich op dat moment nog in de drukke winkelstraat, te midden van een grote groep woedende wandelaars. Een enorme Spanjaard had gezien hoe een oud vrouwtje lelijk gevallen was doordat Willem haar ruw opzij duwde, en zonder aarzelen had hij de langsrennende dader in zijn nek gegrepen en hem simpelweg van de grond getild. Cor, die wat achterop geraakt was, kwam naar adem happend tot stilstand bij de boze menigte, en toen hij midden in het opstootje zijn maat als een vochtig theezakje aan de vuist van een krachtpatser zag hangen, besloot hij onmiddellijk om zich zo bescheiden mogelijk op de achtergrond te houden.

Het kostte Willem heel wat moeite de opgewonden menigte ervan te overtuigen dat hij een stel jeugdige diefjes aan het achtervolgen was, die zijn dure fototoestel gestolen hadden. Hij bezwoer de mensen dat hij heus echt nooit de bedoeling had

gehad om iemand pijn te doen en dat het hem natuurlijk ont-
zettend speet.

Enigszins onwillig liet de Spanjaard hem zakken. De Rubber
haalde opgelucht adem toen hij weer grond onder zijn voeten
voelde en masseerde uitgebreid zijn pijnlijke nek. Als bewijs van
zijn goede wil trok hij zijn portemonnee en stak het gevallen
vrouwtje wat geld toe, dat ze na enig aarzelen aannam.

De kolos vond het allemaal maar matig. Hij gromde nog een
paar niet al te vriendelijk woorden en liep weg. Ook de andere
mensen gingen weer verder, nog mopperend en met donkere
blikken in de richting van de onbehouwen vreemdeling.

Willem trok zijn kleren recht en stopte zijn shirt weer in zijn
broek.

'Zo, waar was je nou, lafaard?' snauwde hij, toen hij Cor in de
gaten kreeg. 'Aan jou heb ik ook helemaal niks, hè.'

Hij keek naar het straatje waarin de kinderen verdwenen
waren. Het had weinig zin om hen nu nog achterna te gaan; die
waren er natuurlijk al lang en breed vandoor.

'Dat grietje...' zei hij peinzend tegen zijn maat, 'dat was 't
grietje dat die nacht in dat kantoor was, toen we Sinterklaas op
't dak zagen. Ik weet 't zeker. Maar hoe komt ze in vredesnaam
hier terecht? En wat is ze van plan? Dat zou ik wel eens willen
weten.'

Pas na een hele tijd durfden ze uit hun schuilplaats te voorschijn
te komen.

'Ik ga niet terug hoor,' zei Kim. 'Misschien staan ze ons op te
wachten.'

Mark keek aarzelend naar de sombere oude gevels in de smalle steeg. Ze zagen er nogal onvriendelijk uit en hij had geen idee
waar ze terecht zouden komen als ze hier verder liepen. Eigenlijk
ging hij liever weer terug naar de grote winkelstraat, maar aan de
andere kant kon Kim natuurlijk ook wel gelijk hebben. Als die
kerels daar nog stonden, was het natuurlijk stom om terug te
gaan.

'Oké,' zuchtte hij. 'Laten we dan maar die kant op gaan.'

Ze liepen het bochtige straatje verder in, tot ze bij een kruising met een ander straatje kwamen. Op goed geluk sloegen ze linksaf en al snel hadden ze geen enkel idee meer waar ze zich bevonden. Er leek geen einde te komen aan de wirwar van kromme hobbelige steegjes en brokkelige, witgekalkte huizen met kleine duistere ramen. Af en toe kwamen ze zwartgeklede oude vrouwtjes tegen, die hen met donkere ogen nieuwsgierig aankeken.

'Volgens mij zijn we hier al geweest,' klaagde Mark, toen ze op de zoveelste T-splitsing terechtkwamen.

Kim keek onderzoekend om zich heen. 'Nee hoor,' zei ze. 'Kijk maar, dat ding daar heb ik nog niet eerder gezien.'

Ze wees op een grote grijze steen in de muur van een bouwvallig pand. Ondanks het door de tijd verweerde oppervlak, kon ze de sierlijke staartster die erin uitgehakt was nog duidelijk herkennen. De woorden eronder waren echter nauwelijks meer leesbaar. Met haar vingers streek ze over de letters en las langzaam voor wat er stond: *Per aspera ad astra.*

'Ja, heel mooi hoor,' zei Mark ongeïnteresseerd. 'Maar welke kant gaan we op?'

Kim keek roerloos naar de steen. Haar blik was strak gericht op de vreemde woorden en een wonderlijk gevoel bekroop haar. 'De kant van de ster,' zei ze opeens en wees naar een smalle doorgang tussen twee huizen.

Enigszins aarzelend betraden ze het nauwe steegje. Het enige geluid dat de doodse stilte doorbrak, kwam van hun voetstappen, die hol tegen de muren weerklonken. Hoog boven hen leunden de gevels zo dicht naar elkaar over, dat het bijna avond leek.

Mark keek onrustig om zich heen. De geheimzinnige sfeer beviel hem niet en ook Pietertje voelde zich niet erg op zijn gemak. Alleen Kim, die voorop ging, leek nergens last van te hebben. Het was bijna alsof ze naar iets op zoek was.

Na een bocht bleek het steegje echter dood te lopen. Van haar stuk gebracht staarde Kim naar de grauwe stenen muur die hun de doorgang versperde. Mark was alleen maar geïrriteerd en liet zich vermoeid op de houten vensterbank van een winkeltje zakken.

'Ik ben 't zat,' mopperde hij.

'Ik ook,' zei Pietertje, terwijl hij naast zijn broer plaatsnam.

Kim liep naar de muur en raakte hem aan. Op datzelfde moment klonk achter hen een zware stem, die in een plechtig, ouderwets soort Nederlands zei: 'Gegroet jongelieden. Kan ik jelui wellicht ergens mee van dienst zijn?'

Geschrokken draaide Kim zich om, en Mark en Pietertje sprongen op van de vensterbank alsof iemand onverwachts een ijsklontje in hun nek had laten glijden.

In de deuropening van het winkeltje stond een oude man met een witte baard, die hen over zijn knijpbrilletje nieuwsgierig opnam. Hij was gekleed in een driedelig donkergrijs pak met geruite sloffen. Een zilveren horlogeketting hing dwars over zijn buik en op zijn hoofd droeg hij een zwart mutsje. Hij deed Kim een beetje denken aan de antieke foto van haar overgrootvader, die boven het bureau van haar moeder hing. De man knikte vriendelijk.

'Is er iets dat ik voor jelui kan doen?' herhaalde hij zijn vraag.

Zonder nadenken antwoordde Kim: 'Ja meneer, we willen naar Milagroso.'

De man staarde haar met opgetrokken wenkbrauwen aan.

'Zo, zo, kijk eens aan, Milagroso,' zei hij op peinzende toon, alsof hij niet zeker wist wat hij daarmee aan moest. 'Welaan, treedt dan maar even binnen, jongelui.'

Hij draaide zich om en ging hen voor, het winkeltje in. Kim volgde hem zonder aarzelen en ook Pietertje stapte over de drempel naar binnen. Alleen Mark wist niet goed wat hij moest doen.

Wat was dat voor een vreemde vent, en wat een rare plek voor een winkeltje? Hij bekeek de etalage, waarin achter het niet al te schone glas enkele oude boeken en vergeelde landkaarten lagen. Goed beschouwd zag het er eigenlijk allemaal nogal onschuldig uit. Na een laatste blik op het verlaten steegje, stapte ook hij door de deuropening naar binnen.

Toen hun ogen enigszins aan het halfduister van het winkeltje gewend raakten, merkten ze dat ze werden omringd door ontelbaar veel boeken. Van die dikke, oude, donkere boekwerken met de titel in dof geworden goud op hun verweerde ruggen. Overal waren er boeken: in kasten, op planken, op stoelen en in hoge stapels op de vloer. Het leek wel of de muren van boeken gemaakt waren. De dikke stoflagen en spinnenwebben deden vermoeden dat ze er al jaren lagen, misschien wel eeuwen. Rollen perkament en vergeelde landkaarten lagen her en der verspreid, alsof iemand ze gedachteloos rondgestrooid had. Een enorme wereldbol – bruin van ouderdom – stond tussen allerlei dozen, potten en flessen op een toonbank.

De oude man leidde hen door een lage deur naar een ruimte achter het winkeltje. Bij het licht van een grote schemerlamp zagen ze daar een ongelooflijke verzameling van de meest uiteenlopende voorwerpen: van een echte opgezette Dodo tot een model van de Eiffeltoren en alles wat je daartussenin maar kunt verzinnen. Oude en nieuwe dingen, uit alle landen en tijden. Ze keken hun ogen uit. Tot zijn verbazing ontdekte Mark zelfs een gloednieuwe computer, die boven op een antieke kist met ridderfiguren was gezet. En weer lagen er overal boeken. Vooral rond de versleten leren leunstoel, die midden in het vertrek onder de lamp stond.

'Neemt naar genoegen plaats, jongelieden, geneer je niet,' zei hun gastheer en maakte een uitnodigend gebaar in de richting van de bonte wanorde.

Kim keek om zich heen, maar er waren nergens andere stoelen te zien. Waar moest ze in vredesnaam op gaan zitten? Toen ze merkte dat Pietertje zijn keus al gemaakt had en op het zadel van een houten kermispaard klom, besloot ze zelf maar op een van de stapels boeken plaats te nemen. Mark volgde haar voor-

beeld. Zijn baseballpet hing hij over het bronzen hoofd van Ludwig van Beethoven.

De oude heer had zich in de krakende leunstoel laten zakken. Uit zijn vestzakje haalde hij een zilveren horloge te voorschijn en keek daarop hoe laat het was.

'Zo, zo, ja, ja,' begon hij. 'Heel genoeglijk. Jeugdige bezoekers, dat is een lange tijd geleden. En wat, als ik dat vragen mag, zijn jelui namen?'

'Ik ben Mark,' zei Mark.

'En ik Kim,' zei Kim.

'En dat is Pietertje,' zeiden ze allebei en wezen op hun broertje, dat alleen oog had voor de schatten om hem heen.

De oude heer streek met zijn hand over zijn baard.

'En jelui wilt naar Milagroso,' vervolgde hij. 'Dat is warempel niet bepaald een alledaags reisdoel. Graag zou ik vernemen waarom jelui daarnaartoe wilt.'

Kim zag zijn vriendelijke ogen, die haar nieuwsgierig aankeken. Haar gevoel zei haar dat dit zeker niet iemand was die haar zou uitlachen of een klein kind zou noemen. Ze haalde diep adem en begon te vertellen over haar belevenissen tijdens de inbraak. Over de verschijning van de Sint op de daken en het plan van de inbrekers om het paard te stelen. Over de reis naar Spanje en het onverwachte opduiken van beide kerels in de winkelstraat. Niets sloeg ze over.

'En toen kwam u,' eindigde ze haar verhaal. 'En eh, nou zitten we hier.'

De oude heer knikte met een ernstig gezicht en zei peinzend: 'Ach, ach, zo, zo, een uitermate kwalijke affaire. Maar wellicht kan ik jelui een helpende hand bieden.'

Met enige moeite kwam hij overeind uit zijn stoel. Hij schoof een antieke typemachine terzijde en begon, in zichzelf mompelend, druk te zoeken tussen de hoog opgestapelde bergen met spullen. Al spoedig was hij daarin bijna geheel verdwenen; alleen zijn rug was nog zichtbaar. Minuten verstreken. Wat hij zocht was blijkbaar niet zo makkelijk te vinden.

Pietertje kreeg al snel genoeg van het wachten. Hij klom van zijn paard en begon rond te snuffelen tussen de vele voorwerpen. Kim fluisterde boos: 'Dat kun je niet maken, joh.' En ook Mark gebaarde nijdig dat hij op moest houden, maar hij trok zich van hun protesten totaal niets aan.

Uit een omgekeerde Romeinse helm viste hij verrast een rol plakband, en wat voor plakband! Van dat echte industriële spul, tweezijdig en héél sterk. Zijn ogen zochten meteen naar een geschikt voorwerp om de plakkracht op te proberen en algauw ontdekte hij een porseleinen kop en schotel, die op een laag tafeltje naast de leunstoel van hun gastheer stonden. Na een snelle blik op de rug van de oude man om te zien of de kust veilig was, griste hij het kopje van het tafeltje om de onderkant met de tape te bewerken.

'Pieter!' klonk de zware stem streng.

Geschrokken zette hij het kopje terug en gluurde betrapt opzij naar de oude heer, van wie nog steeds alleen de rug te zien was. Onder de spottende blikken van zijn broer en zus klauterde hij uiteindelijk maar weer op z'n paard.

Enige ogenblikken later kwam de oude heer puffend en enigszins rood aangelopen te voorschijn met een dik boek in zijn handen. Hij blies het stof eraf en legde het op een lessenaar.

'Kijk jongelieden, deze foliant zocht ik. Komt maar eens hier bij me staan.'

Hij toonde hun de fraai bewerkte leren kaft met gouden letters.

'*Nicola-us episcopus*, bisschop Nicolaas: het levensverhaal van de Sint.'

'Hé, dat stond ook op dat zegel,' riep Kim enthousiast.

'Nee, dat was ep-us,' herinnerde Mark zich. 'O, maar wacht es, dat is zeker een afkorting of zo?'

'Bravo, Mark,' zei de oude heer waarderend, terwijl hij het boek opensloeg. 'Welaan, we zullen eens bezien wat de inhoud ons te bieden heeft.'

Hij bladerde tot hij een bladzijde gevonden had waarop een landkaart stond. Midden in de afbeelding was heel klein een kasteel getekend.

'Ziet hier, deze kaart toont ons de weg naar Milagroso, het kasteel van Sint-Nicolaas. Op geen enkele moderne kaart zullen jelui dit kunnen vinden. En, weest gewaarschuwd, het is nog een lange reis. Ik zal jelui een vellum meegeven waarop ik de route zal aangegeven.'

Uit een doos met opgerolde stukken perkament trok hij er een te voorschijn en legde het opengevouwen op een tafel. Het bleek een kaart van Spanje te zijn. Vervolgens gaf hij daarop met een kroontjespen aan hoe ze verder moesten reizen.

'Welaan,' sprak hij, toen hij klaar was. 'Dit is de weg naar Milagroso. Geheim, ingewikkeld en gevaarlijk. Maar houdt steeds goed in gedachten, jongelui... *per aspera ad astra*: slechts door het overwinnen van moeilijkheden bereikt men de sterren.'

Met de bus

'Wat staat er nog meer in dat boek,' vroeg Kim nieuwsgierig.

De oude heer streek glimlachend over zijn baard.

'Zoals ik reeds zei, het gehele leven van de Sint. Hier, kijk maar.'

Hij sloeg enkele bladzijden om, die in een sierlijk handschrift beschreven waren.

'Dat kan ik niet lezen,' zei Kim teleurgesteld.

'Nee, eilaas,' antwoordde haar gastheer. 'Dit is Latijn, en jij hebt dat op jouw school niet geleerd. Maar dat hindert niet, want er staan ook zeer fraaie afbeeldingen in.'

Hij bladerde even en legde het boek daarna open. Bewonderend keken Mark, Kim en Pietertje naar een prachtige schildering van drie kinderen, die in hun blootje in een houten vat zaten. Sint-Nicolaas stond ernaast en strekte zijn hand over hen uit, terwijl aan de andere kant een dikke vent in een hoek wegkroop.

'Een fraai tafereel, dunkt me,' zei de oude heer. 'Dit is het verhaal van een laaghartige herbergier, die drie kinderen vermoordde en hun lichamen in een kuip stopte. Sint-Nicolaas ontmaskerde hem echter en wekte de drie weer tot leven.'

Kim voelde bij dit verhaal even een rilling over haar rug lopen. Ook zij waren met z'n drieën, bedacht ze, en wat stond hen nog te wachten?

De oude heer sloeg enkele bladzijden om. 'En dit schepsel hier...' zei hij ernstig, 'is nog altoos een grote vijand van de Sint. Een vileine feeks genaamd Donja Aranéa.'

Met grote ogen keken ze naar de angstaanjagende schildering van een soort heks. Sint-Nicolaas stond tegenover haar in een hoek en beschermde met zijn mantel een groep kinderen die in vodden gekleed waren.

De oude heer wees op de naam die onderaan de bladzijde stond: *Doña Aranéa.*

'Kijk hier, jongelui, zo pleegt men het woord "donja" in het Spaans te schrijven, met een kleine slinger boven de n. Jelui moet weten dat in Spanje een echte dame wordt aangesproken met *doña*. Dit monster is echter allesbehalve een dame. Heur naam Aranéa betekent spin, en zo is ze dan ook: als een giftige spin die heur slachtoffers ledig zuigt. Ooit ontvoerde ze talloze arme kinderen en dwong hen met geweld diep onder de grond als slaven in heur goudmijnen te werken, tot de arme schapen er dood bij neervielen. De Sint slaagde er echter in de kinderen uit heur klauwen te bevrijden. Edoch, sedert die dag wil deze heks nog slechts één ding boven alles, en dat is wraak op hem nemen. Zij haat de Sint met heel heur verdorven hart en wil niets liever dan hem vernietigen. Gelukkig wordt hij goed bewaakt door zijn trouwe Pieten, en door de Hoeder.'

'Wie is dat?' vroeg Mark verbaasd.

Hun gastheer sloeg weer een bladzijde om.

'Hier zien jelui hem: de Hoeder, of in het Spaans, *El Custodio*.'

Op de schildering zagen ze een oude man met een lange witte baard. Onder zijn grauwe, harige mantel droeg hij een grove bruine kiel en een ruwe, vaak verstelde broek. Terwijl om hem heen zijn schapen rustig graasden, keek hij, leunend op een herdersstaf, uit over een weids landschap met vlakten en bergen.

'De Hoeder waakt over het land,' zei de oude heer. 'Gelukkig maar, want de Doña is levensgevaarlijk.'

Ver daarvandaan sloeg Doña Aranéa woedend met haar vuist op tafel.

'Wát mislukt?!' krijste ze in het Spaans. 'Stelletje idioten. Jullie deugen ook nergens voor. Ik zou jullie stuk voor stuk aan mijn varkens moeten voeren.'

Briesend van kwaadheid en met schuim om haar mondhoeken keek ze naar de kerels die voor haar stonden: een onplezierig zootje dat je in het donker niet graag tegen het lijf zou lopen. Stuk voor stuk ruwe vechtersbazen, die door de Doña ingezet werden als soldaten in haar privé-legertje. Maar met heel hun stoere uiterlijk stonden deze heren nu als beteuterde schooljongetjes voor de kwade oude vrouw.

'Maar ziet u, 't prebleem is dat ze ons te goed kenne,' zei de leider van het stel, een grofgebouwde reus met een boksersneus en een litteken dwars over zijn mond, die door zijn mannen 'El Bronco' genoemd werd. 'We hebbe 't eindeloos geprobeerd, mevrouw, maar as we ons maar effe in de buurt van 't kasteel wage, hebbe ze 't gelijk in de gate. Dat komt door die rottige Custodio, ziet u.'

Doña Aranéa keek hem met een giftige blik aan.

'Ik zie niks,' snauwde ze. 'Wat ik zie is een stel waardeloze sukkels. Maak dat je wegkomt, of ik doe jullie wat.'

Ze stampte woedend op de vloer en haar ogen spoten vuur.

Halsoverkop haastten haar werknemers zich het sombere vertrek uit. De Doña staarde broedend naar de deur die door de laatste gesloten werd.

'Ja, ja, ze kennen ons te goed,' fluisterde ze. Haar ogen vernauwden zich tot spleetjes. 'Ik zal naar nieuwe middelen moeten zoeken.'

'Hé, achterin is het boek nog helemaal leeg,' merkte Kim verwonderd op.

De oude heer keek haar geamuseerd aan over zijn leesbril.

'Dat spreekt toch voor zich, Kim,' zei hij opgewekt. 'De geschiedenis van Sint-Nicolaas is immers bij lange na nog niet ten einde.'

Hij sloeg het boek dicht, rechtte zijn rug en liep naar de deur waar ze door binnengekomen waren.

'Ik geloof dat het nu zo onderhand tijd wordt dat jelui op pad gaat,' deelde hij mee en wenkte hen vriendelijk hem te volgen.

Bij de winkeldeur gekomen, gaf hij hun alledrie een hand en zei: 'Mag ik jelui dan een goede en voorspoedige reis toewensen. Weest vooral zéér voorzichtig met de Doña. Zij is een spin met lange poten.'

Kim wist niet goed wat ze moest antwoorden. 'Eh... dank u wel...' begon ze, maar de oude heer onderbrak haar.

'Al goed, al goed,' zei hij, een hand opheffend. 'Past goed op jeluizelve en op elkander. En vergeet nooit: *Per aspera ad astra*.'

Na deze woorden sloot hij de deur achter hen en verdween in het schemerduister van de winkel. Enigszins overdonderd keken de drie elkaar aan.

'Kom op,' riep Kim opeens enthousiast. 'Naar Sinterklaas!'

Ze zette het op een lopen, het steegje uit, gevolgd door haar beide broertjes. Bij de steen met de ster vlogen ze de hoek om en renden in volle vaart het straatje in waar ze vandaan gekomen waren. Kim genoot van het wilde gevoel van opwinding; ze zou zo wel door willen rennen tot het kasteel van de Sint.

'Wacht even, Kim,' klonk het plotseling hijgend achter haar.

Met tegenzin hield ze in en draaide zich ongeduldig om.

'Ik heb m'n pet vergeten,' pufte Mark. 'Ik ga 'm even halen.'

Hij haastte zich terug naar het steegje, maar tot Kims verwondering bleef hij bij de hoek staan.

'Hé, hier was 't toch?' riep hij, om zich heen kijkend.

'Ja, sukkel, naar rechts,' antwoordde ze ongeduldig, terwijl ze samen met Pietertje naar hem toe liep.

'Dat kan helemaal niet, 't is verdwenen,' zei Mark. Met een ongelovige blik wees hij op een solide stenen muur.

Verbijsterd staarde Kim naar het huis dat op de plek stond waar het steegje was geweest. Ze voelde aan de ruwe stenen; die waren echt. Dat huis moest er al jaren staan.

'Het was toch hier, bij die ster,' zei Mark, niet erg op zijn gemak.

Kim keek gespannen naar de grote steen. 'Ja,' fluisterde ze. 'Maar kijk, de staart staat nu de andere kant op.'

Aarzelend stak ze haar hand uit en raakte de ster aan.

'Zouden we 't allemaal gedroomd hebben?' vroeg ze, meer aan zichzelf dan aan de anderen.

'Nee hoor,' zei Pietertje en haalde triomfantelijk uit zijn broekzak de rol tweezijdig plakband te voorschijn.

Veel gemakkelijker dan ze verwacht hadden, vonden ze een uitweg uit het doolhof van nauwe straatjes en tegen het middaguur liepen ze weer tussen het winkelende publiek in de hoofdstraat. Op voorstel van Mark gingen ze langs het postkantoor om nog een keer te proberen naar huis te bellen. Net als de dag ervoor nam er niemand op en toen ze het mobiele nummer van hun moeder belden, kregen ze de voicemail. Mark zei snel dat ze het goed maakten en verbrak toen de verbinding.

Teleurgesteld stapten ze weer naar buiten en kochten in een winkeltje voor ieder een mars. Kauwend op dit middagmaal bestudeerden ze, op een bank in een plantsoentje gezeten, het perkament van de oude heer.

'We moeten eerst naar die plaats hier zien te komen,' wees Mark. 'Villacordilla. Waarschijnlijk gaat daar wel een bus heen, dat zou best kunnen. Dan moeten we nu eerst uitzoeken waar de bushalte is.'

Een Zweeds meisje met een grote rugzak wees hun in het Engels de weg naar een busstation. Daar aangekomen kochten ze in een winkel gauw nog wat snoep, broodjes en drinken voor onderweg.

'Ik heb 't heet. Ik wil een ijsje,' zeurde Pietertje.

'Je drinkt maar wat hoor,' zei Mark. 'Dat is ook koud. We moeten nu eerst de goede halte zoeken.'

'Ja, maar we moeten niet aan iedereen die kaart laten zien,' vond Kim. 'Je kan nooit weten.'

Ze pakte een balpen uit de rugzak, schreef de naam van de plaats over op een stukje papier en toonde dat aan een dikke man in een uniform, die met zijn armen over elkaar voor een witgeschilderd kantoortje stond. Over zijn enorme snor keek hij de drie buitenlandse kinderen gewichtig aan en gebaarde met zijn wijsvinger dat ze hem moesten volgen.

Hij bracht hen naar een halte waar al enkele mensen stonden te wachten. Aan een paal hing een roestig bordje waarop de naam 'Villacordilla' bijna niet meer te lezen was. De man wenkte Mark.

'Ticket,' zei hij met nadruk en wees daarbij naar zijn kantoortje.

Een kwartier later zaten ze in de bus. De chauffeur sloot de deur en reed met een scherpe bocht het station uit.

'Kijk, hij zwaait naar ons,' zei Kim en stak haar hand op naar de snor, die hen bij de halte stond uit te wuiven.

Zwetend zocht de Knijpkat in het handschoenenkastje naar het plaatje van Sinterklaas.

'Ik moet het hier toch ergens hebben,' mompelde hij kwaad.

Een jonge vrouw met een tas vol boodschappen stond nieuwsgierig door het geopende raampje naar hem te kijken. Hoewel ze niet begreep wat hij van haar wilde, was ze blijkbaar wel bereid om even te wachten tot de vreemdeling gevonden had wat hij zocht. Willem trommelde daarentegen ongeduldig met zijn vingers op het stuur.

'Vraag 't dan zonder dat prentje, zweetpoot,' snauwde hij. 'Je heb toch een mond. 't Was jouw idee. Jij moest zo nodig stoppen, alleen omdat ze zo'n leuk smoeltje heeft.'

Met een rood gezicht wendde Cor zich tot de wachtende vrouw en stelde de vraag die hij onderhand van buiten kende: *'Kasa San Niekolas, donde estaa?'*

Ze keek hem verbaasd aan.

'Ah, Nicolás,' riep ze opeens en begon toen in rap Spaans antwoord te geven.

Cor grijnsde beleefd en maakte een hulpeloos gebaar om duidelijk te maken dat hij niets van de woordenvloed begreep. Dat was echter allerminst een probleem voor de Spaanse. Ze schudde hem met haar vrije hand aan zijn schouder en richtte toen haar wijsvinger naar de bergen die boven de daken in de verte zichtbaar waren.

'Hé, Willem, kijk daar,' riep Cor enthousiast en wees naar een bergtop, waarop de contouren van een kasteel met torens zichtbaar waren.

'Nicolás,' herhaalde de vrouw opgewekt en begon toen schaterend te lachen. Op dat moment reed een bus langs. Het was de bus naar Villacordilla.

Het duurde bijna een uur voordat de auto over het nauwe, steile bergweggetje eindelijk de top bereikte waar het kasteel lag. Toen na het ronden van de laatste bocht het bouwwerk plotseling in zicht kwam, staarden de Rubber en de Knijpkat echter stomverbaasd naar de gehavende muren en torens die voor hen opdoemden.

''t Is toch niet waar hè?' tierde Willem pisnijdig. ''n Ruïne!'

Vloekend reed hij het laatste stukje tot aan de grote toegangspoort. Ooit moesten onder de grote stenen boog machtige, versterkte deuren gezeten hebben die de toegang tot de burcht afsloten, maar nu was er niets meer dan een groot open gat waardoor iedereen zo naar binnen kon lopen.

'Mooi is dat,' brieste Willem. 'Rijden we dat hele eind naar boven over een rottig ezelpad en wat vinden we? Een berg puin!'

Cor was ondertussen uitgestapt en liep naar de poort.

'We kunnen allicht effe kijken,' vond hij. 'We zijn er nou toch. Wie weet wat we nog tegenkomen.'

Met een zucht hees Willem zich uit de auto en volgde zijn partner onder de poort door. 'Zo meteen dondert 't hele zootje nog in mekaar,' mopperde hij en keek misprijzend naar de vervallen, door onkruid overwoekerde muren. Verveeld wierp hij een blik door een gat dat ooit een raam geweest moest zijn.

'Hola!' klonk een doordringende stem, recht in zijn gezicht.

Als door een wesp in zijn neus gestoken sprong de Rubber naar achter. Vanuit de opening in de muur keek een bruinverweerd hoofd hem lachend aan. Het was van een oude man met een gerimpeld gezicht en een lange witte baard.

'Hola!' herhaalde de grijsaard vrolijk en verdween weer uit het zicht. Enkele tellen later stapte hij door een ander gat naar buiten. Zijn kleren waren nauwelijks meer dan lompen, die om zijn middel door een touw bijeengehouden werden. Een groepje schapen drentelde nieuwsgierig achter hem aan.

'Buenas tardes,' groette de herder de beide mannen.

'Boewenas tardus,' antwoordde Willem narrig. Het liefst had hij die vogelverschrikker een schop gegeven, maar hij hield zich in en vroeg: *'San Nicolás?'*

De oude man begon te lachen. *'No soy santo, no,'* riep hij.

'Wat zegt ie?' vroeg Cor naderbij komend. 'Is hij geen sint?'

De herder klopte zich op zijn borst. *'Soy Nicolás, sí. Nicolás el Custodio.'* Daarop barstte hij in luid gelach uit.

Kwaad staarde Willem naar de vrolijke grijsaard.

'Wat zegt ie dan?' vroeg Cor, die het niet meer volgen kon.

'Dat ie wel Nicolaas is, maar niet de goeie,' snauwde Willem. 'Schiet op, bal gehakt. We gaan.'

Woest draaide hij zich om en struikelde over een schaap.

Scheldend en tierend krabbelde hij weer overeind en beende naar de auto, achtervolgd door het gelach van de Hoeder.

'Kijk, daar staat weer een campingbordje,' zei Hilde tegen Paul, die met een zonnebril op achter het stuur zat. 'Nog anderhalve kilometer; we zijn er bijna.'

Ze vouwde de kaart dicht, borg hem weg en keek op haar horloge.

'Twee uur,' merkte ze op. 'Laten we hopen dat ze geen uitstapje zijn gaan maken of zo.' Haar vingers trommelden ongeduldig op de armsteun. 'Kijk, hier linksaf.'

Paul remde en sloeg de aangegeven zijweg in. Het was een stoffig pad, tussen dennenbomen door, dat ze volgden tot ze een groot bord zagen waarop stond: 'Camping Torrebaliza'.

In het kantoortje van de receptie informeerden ze hoe ze de familie Neuteboom konden vinden en enkele minuten later stopte de auto naast de blauw-witte caravan.

Meneer en mevrouw Neuteboom zaten onder de luifel wat te drinken. Stomverbaasd lieten ze hun wijnglazen zakken en keken met grote ogen naar het bestofte voertuig, waar hun buren uit te voorschijn kwamen.

'O, Hilde,' snikte mevrouw Neuteboom, terwijl ze enigszins wankel overeind kwam. 'En Paul,' voegde ze eraan toe.

Er werd gezoend en handen geschud. Meneer Neuteboom sleepte klapstoelen aan en zijn vrouw kwam met twee extra wijnglazen aanzetten. Ze had tranen in haar ogen van alle emotie.

'O jongens, wat vreselijk,' verzuchtte ze, terwijl ze wijn tapte uit een tien liter mandfles. 'We zijn zó geschrokken toen de politie hier kwam. Die arme kinderen toch. Wie weet waar ze nu zijn.'

'Ze zijn hier in Spanje,' verklaarde Hilde stellig. 'Er was een briefje van Mark, waarin hij schreef dat ze naar Spanje gingen, en ook nog eentje van Kim.'

'Maar hebben jullie nou echt niks vreemds gemerkt?' vroeg Paul dringend. 'Jullie hadden 't wel over snoeppapiertjes, maar was er verder niets?'

Meneer Neuteboom zette zijn wijnglas neer.

'Ja, eh...' zei hij aarzelend. 'Nadat de politie weg was, zag ik dat het achterraam van de caravan vastgeplakt was met plakband en...'

'Plakband?' onderbrak Paul hem en keek gespannen naar Hilde.

'Pietertje!' riepen ze tegelijkertijd.

Een spoor

'*You understand? My children are missing,*' riep Paul voor de zoveelste keer tegen de agent, die in een kantoor van het politiebureau tegenover hem zat. De man begreep echter nog steeds niet wat de Hollanders wilden.

'*Momentito,*' zei hij en gebaarde dat de bezoekers rustig moesten blijven zitten. Zelf stond hij op en liep de deur uit.

'Wat gaat ie doen?' vroeg Hilde. Paul haalde zijn schouders op.

'Geen idee. Volgens mij snapt ie totaal niet waar we 't over hebben.'

Terwijl hij terneergeslagen een kalender bekeek die scheef aan de muur hing, zocht Hilde iets in haar tas. Ze haalde een foto te voorschijn en staarde triest naar de vrolijk lachende gezichten van haar kinderen.

'Ik kan er nog steeds niet bij...' zuchtte ze, 'dat ze werkelijk zomaar zijn weggegaan zonder wat te zeggen.'

Paul schoof zijn stoel wat naar achter en keek haar sceptisch aan.

'Ja, wat wil je?' zei hij. 'Ze snapten natuurlijk donders goed dat we ze anders nooit van ze leven hadden laten gaan.'

Hilde beet op haar lip en knikte peinzend.

'Dat weet ik wel. Maar dan nóg; dat ze zoiets echt doen. Dat hebben ze toch niet van ons? Ik begrijp 't gewoon niet.' Ze richtte een vragende blik op haar man.

Die staarde zwijgend terug, met opgetrokken wenkbrauwen. Hildes ogen zochten de foto weer.

'Als er maar niks met ze gebeurd is,' zei ze zachtjes. Paul hoorde hoe haar stem een beetje trilde. Hij legde zijn hand op haar arm en gaf een bemoedigend kneepje.

'Schatje, het zal echt wel goed komen,' troostte hij. 'Je zal zien, straks staan ze zomaar opeens weer voor onze neus.' Opbeurend voegde hij eraan toe: 'Weet je nog, vorig jaar, toen Zoefie ook vanzelf weer terugkwam?'

Vol afschuw keek Hilde hem aan, maar voor ze kon reageren, kwam de politieman weer binnen, gevolgd door een mannetje met zwarte kraaloogjes en een alpinopet op. Nadat de agent in het Spaans iets tegen zijn metgezel had gezegd, richtte deze zich in min of meer verstaanbaar Nederlands tot het wachtende echtpaar.

'Koetemiddak. Iek ben tolluk. Die polisie vertel maai dat oe varrekens naar Espanje brengen wiel. Dat mak niet. Dat ies verboten.'

Verontwaardigd sprong Hilde overeind.

'Wat is dít nou weer?' riep ze verhit. ''t Gáát helemaal niet over varkens. Hoe kómt die man erbij? M'n kinderen zijn verdwenen. Hij moet m'n kinderen opsporen! Hier, kijk dan!'

In haar opwinding duwde ze de foto bijna tegen de neus van de tolk.

Voordat het mannetje iets kon zeggen, griste de agent het kiekje uit Hildes hand en bekeek het nadenkend. Daarna begon hij de bezoekers via de tolk allerlei vragen te stellen en vervolgens dook hij in een kast waar hij druk door allerlei mappen bladerde. Na een minuut of twee kwam hij met een triomfantelijk gezicht weer te voorschijn en toonde een print van een politiebericht. Het was het bericht over hun verdwenen kinderen.

Met zijn wijsvinger op het papier tikkend, verzekerde de agent hun dat ze nu zelf konden zien dat alles in orde was. Overal werd er uitgekeken naar hun kinderen en ze moesten zich vooral niet ongerust maken; het stond immers in de computer.

Vertwijfeld keek Hilde haar man aan met een blik van 'Zie je nou? Ik zei 't wel!'

Paul kreeg echter op dat moment een idee. Hij pakte een schrijfblok en een balpen die op het bureau lagen en schreef:

VERMIST: 3 HOLLANDSE KINDEREN
NAMEN: MARK - KIM - PIETER.
WANNEER U DEZE KINDEREN ZIET, GRAAG TELEFONEREN
NAAR DE POLITIE IN TORREBALIZA OF IN UW EIGEN
WOONPLAATS.

Daarna vroeg hij aan de tolk of die zo vriendelijk wilde zijn dit tekstje in het Spaans te vertalen. Dat bleek geen probleem te zijn en binnen enkele minuten was de vertaling gereed.

'Zo, diet ies et, menier, met die telefoonnoemer ook van die polisie erbaai,' zei het mannetje gedienstig.

'Geweldig, dank u,' zei Paul. 'En weet u misschien ook waar ik ergens fotokopieën kan maken?'

'Ja, ien die postekantoor. Iek zal oe daar brengen.'

Op dat moment trok de agent de tolk aan zijn jasje en bromde iets in het Spaans. Het mannetje knikte en wendde zich toen weer tot de bezoekers.

'Die polisie wiel dat mooi skrijven op die kompjoeter.'

Een kwartier later bracht de tolk hen met de keurig uitge-printe tekst naar het postkantoor. Ze bedankten hem hartelijk, waarbij Hilde hem een bankbiljet toestopte dat hij eerst zeer beslist weigerde, maar even later toch in zijn jaszak propte met een gezicht alsof het om een vuile zakdoek ging.

Nadat het mannetje ervandoor was gegaan, plakten ze de foto van de kinderen onder de tekst van het opsporingsbericht, wis-selden papiergeld voor een flinke stapel munten en maakten vervolgens zoveel kopieën dat de papierlade van het apparaat moest worden bijgevuld.

'Zo,' sprak Hilde strijdlustig. 'En nu Spanje volplakken.'

Willem stuurde de auto langzaam over een met palmen omzoomde weg en keek ondertussen speurend om zich heen.

'Hier moet 't toch ergens zijn,' mompelde hij. 'Wat zei die knakker ook weer? Iets van na de derde kruising aan de linkerkant bij een groot blauw hek?'

Cor knikte bevestigend en hield ondertussen alle zijpaden goed in de gaten. 'Volgens mij hebben we al vier kruisingen gehad...' zei hij onzeker, 'maar van sommige weet je gewoon niet of 't echte zijn. Ze geven 't nogal waardeloos aan.'

Opeens veerde hij op en riep: 'Kijk daar is 't!'

Willem remde en stopte langs de kant van de weg. Vermoeid staarde hij naar het gebouw dat achter het hek zichtbaar was. Een enorme schildering op de voorgevel toonde een opgewekt kijkende Sint-Nicolaas met een geopend sardienenblikje in zijn handen. Daarnaast stond met grote letters te lezen: *San Nicolás – Las sardinas más ricas en lata.*

'We zitten niet goed,' zei Cor. 'Dat is een fabriek.'

'Nee, je meent 't?' smaalde Willem venijnig. 'Volgens mij is dat toch echt het paleis van Sinterklaas hoor.'

Opeens brulde hij woedend: 'Natuurlijk zitten we niet goed, broekhoest! Of heb je Sinterklaas wel eens sardientjes zien strooien? Hoe is 't in vredesnaam mogelijk? Bij jou vergeleken is een ingeblikte vis nog een wonder van intelligentie!'

Woest trapte hij op het gaspedaal en scheurde in een wolk van stof en grind de weg op.

Nadat ze een grote rol plakband hadden gekocht, waren Hilde en Paul flink aan het plakken gegaan. Een groot deel van de winkelstraat in het centrum hadden ze al afgewerkt.

'Daar moet er ook een,' zei Hilde, naar de overkant wijzend. 'Bij dat bureau daar.'

Achter een naar vis stinkende vrachtwagen langs staken ze over en liepen door de glazen toegangsdeur het kantoor van de Torrebaliza Tourist Information binnen. Paul toonde het biljet aan de juffrouw achter de balie, die met een nagelvijl haar metallic groene nagels zat te bewerken, en vroeg in het Engels of hij het op het raam mocht plakken. De jongedame gaf nog een laatste streek met de vijl en richtte toen een verveelde blik op het papier. Opeens klapte ze haar lange zwarte mascarawimpers wijd open. Ze sprong van haar kruk, bekeek de foto nog eens goed van dichtbij en barstte vervolgens als een onweersbui los in een stortvloed van boze Engelse woorden.

Geschrokken deinsden Hilde en Paul achteruit. Na enige tijd begrepen ze uit de woordenbrij dat hun kinderen hier geweest waren, maar dat de juffrouw absoluut niets wilde zeggen voordat de kapotte telefoon betaald was.

'Voor iemand die niets wil zeggen, zegt ze nogal veel,' vond Hilde. 'Wat bedoelt ze eigenlijk met die telefoon?'

Alsof ze het verstaan had, zette het meisje de overblijfselen van het toestel met een klap op de balie en toonde verontwaardigd de beschadigde hoorn.

'Lijm,' constateerde Paul.

'Pietertje,' knikte Hilde.

Zuchtend betaalden ze het bedrag dat de juffrouw noemde. Die stopte het geld met een voldaan gezicht weg, nam weer plaats op haar kruk en staarde de bezoekers aan alsof de zaak naar tevredenheid afgehandeld was.

Geërgerd vroeg Paul haar of ze nu misschien ook nog van plan was te zeggen wat ze over hun kinderen wist. Bijna beledigd keek ze hem aan, haalde toen berustend haar schouders op en vertelde dat de kinderen haar hadden gevraagd naar een plaats in Spanje waar ze nooit van gehoord had, iets als *Milagrero* of *Milamores*; in ieder geval iets met 'Mila' en nog wat.

'Nou, dat was ook mooi zonde van het geld,' mopperde Paul toen ze even later weer door de winkelstraat liepen. 'Ik kan me

90

levendig voorstellen dat Pietertje dat mens te grazen heeft genomen; gelijk heeft ie. Wat een mega-tuthola was dat zeg! We hadden haar gewoon met die telefoon moeten laten zitten.'

Dat was Hilde echter helemaal niet met hem eens.

'Welnee, zeurpiet,' zei ze opgewekt. 'We weten nou immers dat ze hier in dit plaatsje geweest zijn en dat ze naar een plaats willen die met "Mila" begint. Niet gek toch, voor een eerste dag zoeken? Ze hadden ook ergens duizend kilometer hiervandaan uit de caravan kunnen stappen, waar of niet?'

'Ja, als je 't zo bekijkt,' gaf Paul toe.

Iets verderop stond hun auto aan de overkant van de straat geparkeerd. Hij haalde de sleutels uit zijn zak.

'Maar wat doen we nu?' vroeg hij. 'Ze zijn misschien al op weg naar dat Miladinges, dat weten we niet. Maar ze kunnen ook hier nog wel ergens rondlopen. En als ze al op weg zijn, hoe zijn ze dan gegaan?'

In gedachten verzonken stak hij de straat over.

'Ho!!' schreeuwde Hilde. Ze sprong naar voren en sleurde hem nog net voor een aanstormende bus weg. Een luid gepiep van remmen weerklonk. De chauffeur stak zijn ongeschoren hoofd uit het raam en begon hun in het Spaans uitgebreid de huid vol te schelden met woorden die je niet hoefde te verstaan om te begrijpen wat hij bedoelde. Toen echter na een tijdje achter zijn bus een toeterconcert van ongeduldige automobilisten losbarstte, beëindigde hij met tegenzin zijn tirade. Hij wierp nog een laatste nijdige blik op die idiote toeristen en gaf een dot gas. Met de bibbers nog in haar lijf keek Hilde de bus na, die ronkend om een hoek verdween.

'Een bus,' mompelde ze afwezig.

'Ja, dat was een bus. Hoezo?' vroeg Paul, nog wit van de schrik.

'Nou, denk eens even na,' zei Hilde opgewonden. 'Grote kans dat ze met een bus gaan, suffie. Kom op, er is hier vast ergens een busstation.'

Terwijl Paul de auto nog niet eens geparkeerd had, was Hilde er al uitgesprongen. Hoopvol liet ze het opsporingsbiljet aan enkele chauffeurs zien, die op het busstation rondhingen, maar de mannen schudden stuk voor stuk ontkennend hun hoofd. Een van hen wees haar echter op een dikke figuur in een uniform, die wat verderop gewichtig aan de punten van zijn grote snor stond te draaien.

Hilde stapte op de man af en toonde hem het papier met de foto. De snor herkende de kinderen onmiddellijk en begon enthousiast en met veel grote gebaren een verhaal in het Spaans af te steken. Vervolgens gebaarde hij dat ze hem moest volgen en bracht haar naar de halte waar op het verroeste bordje nog vaag de naam 'Villacordilla' te lezen was. Haastig graaide Hilde pen en papier uit haar tas en schreef de naam over. Voordat de snor besefte wat er gebeurde, gaf ze hem twee dikke klapzoenen op zijn lubberwangen en rende terug naar de auto.

'Ze zijn met de bus mee,' riep ze al van ver. 'Pak de kaart. Ik weet waar ze heen zijn.'

Rond diezelfde tijd zat de Knijpkat op een muurtje een sinaasappel te pellen. Het was al laat in de middag en hij begon knap honger te krijgen. Willem zat in de auto, met het portier open, geërgerd in een reisgids over Spanje te bladeren.

'Allemaal ouwe rommel,' mopperde hij. 'Kastelen, paleizen, musea, kerken, noem maar op. En alles heet Sint dit of Sint dat, maar niks heet Sint-Nicolaas. Wat heb ik aan die troep?'

Hij was net van plan het boek opzij te leggen, toen zijn oog opeens op een foto viel van een middeleeuws gebouw.

'Hé, krijg nou wat,' riep hij uit. 'Een Sint-Nicolaaskerk. Moet je luisteren.' Hij keek even op om te zien of zijn maat inderdaad luisterde en begon toen de bijbehorende beschrijving voor te lezen.

'*De weg voert door een heuvelachtig landschap met af en toe olijfbomen en wijngaarden,* bla, bla, bla, enzovoorts... *naar het slaperige stadje Villacordilla, waar het lijkt of de tijd stil is blijven staan.*

Vooral in het oudste gedeelte ademen de nauwe, bochtige straatjes en de typische huizen nog de sfeer van vervlogen eeuwen. De laatromaanse Sint-Nicolaaskerk in het centrum is de moeite van een bezoek zeker waard.'

Hij keek de Knijpkat triomfantelijk aan en tikte met zijn vinger op het boek.

'Kom op, bolle,' commandeerde hij. 'Pak de kaart en kijk waar dat Villacordilla ligt. Misschien is het dit keer bingo!'

In het vlammend oranjerode licht van de ondergaande zon reed de bus over een bochtige weg door het heuvellandschap van de Spaanse hoogvlakte. Pietertje zat onderuitgezakt met wijdopen mond te gapen. Naast hem lag een lege chipszak. Hij vond het allemaal wel mooi en aardig in zo'n geheimzinnig vreemd land, maar het leek of er nooit een einde kwam aan die stomvervelende busreis. Ze waren al langs ontelbaar veel dorpen gekomen en het ging maar door. Bovendien draaide zijn maag een beetje door alle chips en snoep.

'Wanneer zijn we er nou es?' vroeg hij klagend, voor de honderd-en-zoveelste keer.

'Dat heb ik al gezegd,' zuchtte Mark. 'Ik weet 't niet. Ga slapen, dan heb je nergens last van.'

'Maar ik kan niet slapen, want 't is nog veel te licht,' zeurde Pietertje weer. 'En ik kan ook niet lekker liggen, want 't hobbelt.'

Mark begon er net over te denken om het joch met zijn eigen rol plakband de mond te snoeren, toen er opeens voor in de bus een akelig gekraak en geknars klonk. De hele bus begon te schokken en te trillen.

Onmiddellijk stuurde de chauffeur zijn voertuig naar de kant en stapte haastig uit om te onderzoeken wat er aan de hand was. Hoestend en rochelend door de vettige, zwarte rook die onder de motorkap vandaan kwam, ontdekte hij al snel dat van verderrijden geen sprake kon zijn. Ze zouden op hulp moeten wachten.

''t Wordt al nacht,' zei Mark bezorgd. 'Dat zal dus wel tot morgen gaan duren. Wat doen we?'

'Nou, we kunnen in de bus blijven slapen,' stelde Kim voor. 'Maar we hebben geen dekens of zo, en dan is 't misschien wel te koud.'

De weinige andere passagiers stonden ondertussen voorin druk met de chauffeur te overleggen. Uit zijn gebaren meende Mark op te maken dat hij hun voorstelde om te gaan lopen. Dat bleek inderdaad zo te zijn, want even later pakten de mensen hun bagage en stapten uit.

'Kom op,' zei Kim. 'We gaan gewoon achter ze aan.'

Mark pakte de rugzak en met z'n drieën sjokten ze in de vallende schemering achter het groepje aan. Gelukkig zagen ze na een paar bochten een dorpje liggen, maar tegen de tijd dat ze de eerste huizen bereikt hadden, was het al donker geworden.

De passagiers liepen naar een kleine bar aan een door enkele straatlantaarns verlicht pleintje en gingen daar naar binnen. Kim bleef echter aarzelend voor de deur staan. In het kille licht van een paar tl-buizen zag ze aan een tafel een groepje mannen met bruinverweerde gezichten, die wat zaten te roken en te drinken. Ze zagen er onguur uit, met hun armoedige kleren en hun stoppelbaarden.

'Daar ga ik niet in hoor,' zei ze beslist.

'Maar 't is daar binnen tenminste warm,' protesteerde Mark. 'Wat wou je dan, een hotel? Dat kun je in dit gat wel vergeten hoor.'

Kim keek naar de eenvoudige lage huizen die om het pleintje lagen. Mark had gelijk, dit was duidelijk weer zo'n piepklein boerendorp, zoals ze er onderweg al zoveel gezien hadden. Hoe moesten ze hier een plek vinden om te slapen? Misschien moest ze toch maar naar binnen gaan, al was het natuurlijk maar de vraag of ze daar de hele nacht konden blijven. En wat dan?

Terwijl ze besluiteloos stond te piekeren, kwam opeens een van de mannen naar buiten. Hij wierp een korte, onderzoekende blik op de drie kinderen en liep daarna haastig weg over het plein.

'Is er nog chips?' vroeg Pietertje.

Mark zette de rugzak op de grond, haalde er een zakje uit te voorschijn en gaf hem dat.

'Dit zijn de laatste, sukkel. Je hebt in de bus alles opgegeten.'

Pietertje pakte het zakje en trok het open.

'Hier, willen jullie ook?' vroeg hij in een ongekende aanval van vrijgevigheid.

Mark en Kim namen ieder een handje. Kauwend op hun chips stonden ze op het verlaten plein in het gelige licht van een lantaarn.

'Nou, wat doen we?' vroeg Mark na een tijdje. Kim haalde onzeker haar schouders op.

'Misschien is er ergens een hooiberg,' opperde ze.

'Ja, gaaf hé,' riep Pietertje meteen helemaal enthousiast. 'Laten we gaan zoeken.'

Op dat moment kwam er een jongetje van een jaar of acht aanlopen, dat hen verlegen aankeek. Het ventje zei iets in het Spaans en wees vervolgens naar een huis aan de overkant van het plein, waar in de verlichte deuropening de gestalte van een vrouw zichtbaar was. Ze wenkte naar hen.

'Volgens mij wil ze dat we komen,' zei Kim verbaasd.

Mark keek weer naar het jongetje, dat hem nog steeds stond aan te staren. Het idee van een warme huiskamer trok hem wel aan en wie weet konden ze daar ook iets te eten krijgen.

'Kom op, laten we gaan,' zei hij, de rugzak oppakkend. 'Ik barst van de honger.'

Villacordilla

Kim opende haar ogen. Een paar tellen lang staarde ze verdwaasd naar de houten balken boven haar hoofd, maar toen daagde ineens weer de herinnering aan wat er de vorige avond gebeurd was. Ze waren binnen gevraagd door een Spaanse boerin die medelijden met hen had. Kim had zich een beetje geschaamd voor haar wantrouwen toen ze merkte dat de boer een van die ruige kerels uit de bar bleek te zijn. Hij was speciaal naar huis gegaan om aan zijn vrouw te vertellen dat er drie buitenlandse kinderen in hun eentje op het plein stonden.

Ze probeerde zich het woord te herinneren dat de boerin steeds maar had herhaald. *Pobresietos* of zoiets, en daarbij trok ze dan een gezicht alsof ze ieder moment in huilen kon uitbarsten.

Kim keek opzij en zag dat Mark en Pietertje nog sliepen. Ze lagen naast haar in een groot bed van donker gelakt hout. Hoewel de gordijnen dicht waren, kon ze aan het licht dat door de kier viel zien dat het al ochtend moest zijn. Ze gaapte eens lekker lui en bedacht genietend hoe verrukkelijk ze geslapen had na die avond in het Spaanse boerengezin.

Samen met negen kinderen en de beide ouders hadden ze op houten banken om een grote tafel gezeten. De kleine, dikke boerin had grote dampende pannen op tafel gezet met rijst, bonen en stukken vlees. Zelfs Pietertje had het voor de verandering lekker gevonden. En wat hadden ze ook een lol gehad met die kinderen. Hoewel ze geen woord van elkaar konden verstaan, waren ze met z'n allen bijna van de bank gerold van het lachen.

Na het eten had hun gastheer door middel van gebaren

gevraagd waarom ze in hun eentje door Spanje reisden en daarop had Mark hem het perkament van de oude man uit het winkeltje laten zien. Verbaasd had de boer zijn eeltige vinger over de kaart laten glijden, de hele weg tot aan Milagroso. Bij het zien van die naam fronste hij zijn wenkbrauwen, alsof hij diep moest nadenken. Omdat een van de kinderen net weer gekkigheid uithaalde, had Kim verder niet zo op hem gelet, maar even later was hij zonder iets te zeggen verdwenen.

Na het eten had de boerin hen naar dit grote bed gebracht. Wat er verder gebeurd was, kon Kim zich absoluut niet meer herinneren, zo slaperig was ze geworden bij het zien van de heerlijke, schone, witte lakens.

Er werd zachtjes geklopt. De deur ging voorzichtig open en de boerin kwam binnen met een stapeltje keurig gevouwen kleren, die ze op een stoel legde. Toen ze zag dat Kim wakker was, gebaarde ze dat ze haar broers moest wekken en zich moesten aankleden. Daarna sloot ze de deur weer.

Een klein halfuur later kwam het drietal gewassen en gekamd in hun schone kleren de keuken binnen, waar de boer aan tafel koffie zat te drinken met een andere man. Hij knikte vriendelijk en wenkte dat ze moesten gaan zitten. Vervolgens werden er grote kommen warme melk voor hen neergezet, waarin een flinke scheut inktzwarte koffie ging en een heleboel suiker. Er lagen ook enkele geurige, versgebakken broden op tafel. De boerin maakte duidelijk dat ze er een stuk af moesten scheuren, om het daarna in de koffie te soppen. Ondertussen liepen haar eigen kinderen in en uit; die waren ondanks het vroege uur blijkbaar al klaar met ontbijten.

Toen de kommen leeg waren, stond hun gastheer op en gebaarde dat ze hem en de andere man naar buiten moesten volgen. Voor het huis stond in de ochtendzon een vrachtwagen geparkeerd, volgeladen met kisten en balen.

'Villacordilla,' zei de boer en wees op de auto. 'Milagroso,' voegde hij eraan toe en zwaaide met zijn arm om aan te geven in welke richting het lag.

Compleet verrast keken ze hem aan en Kim begreep opeens waarom hij de vorige avond zo plotseling verdwenen was. Dit betekende dat ze niet hoefden te wachten tot de bus gerepareerd zou zijn. Breed grijnzend aaide de boer Pietertje over zijn bol.

De man naast hem, die de bestuurder bleek te zijn, opende het portier en klom in de cabine. Met een oorverdovend lawaai en dikke zwarte rookwolken kwam de motor tot leven.

Kim keek om naar de boerin, die hoofdschuddend in de deuropening stond toe te kijken. Snel liep ze naar het lieve mens toe om haar te bedanken.

'*Pobrecíta*,' snikte de boerin en drukte het kleine Hollandse meisje aan haar brede Spaanse boezem. Onder een ratelende stroom van onverstaanbare woorden kreeg Kim een stel natte zoenen op haar beide wangen. Mark probeerde alleen een hand te geven, maar ook hij werd uitgebreid omhelsd en gekust. Nadat hij zich bevrijd had, was het de beurt aan Pietertje. Zijn broer en zus konden hun lachen niet inhouden, toen zijn benauwde gezicht tussen de royale borsten van hun gastvrouw verdween.

Nadat ze van alle kinderen en zelfs van de nieuwsgierig toegestroomde buren afscheid hadden genomen, klommen ze op hun plaatsen voorin naast de chauffeur. De boer en de boerin stonden met hun negen kinderen voor het huis te zwaaien naar de drie reizigers, die uit het zijraam hingen en net zo lang terugwuifden tot ze hen niet meer konden zien.

Hilde deed langzaam één oog open en keek over het randje van haar slaapzak. Verblind staarde ze recht in het stralende licht van de ochtendzon, die door de ramen in de auto scheen. Het licht viel ook op de verwarde haardos van Paul, die naast haar nog vredig lag te snurken.

Loom draaide ze haar hoofd om en slaakte opeens een oorverdovende gil, toen ze de grote schaapskop zag die haar door het zijraam strak aanstaarde. Hevig geschrokken schoot Paul rechtovereind.

'Wat is er?' stamelde hij slaapdronken.

'Een schaap,' piepte Hilde.

'Een wat?' kreunde haar man.

'Een schaap! Er stond een schaap voor 't raam.'

'Ik zie niks,' zei Paul geïrriteerd. Hij draaide zich om en gaf meteen zelf een schreeuw van schrik toen hij het baardige, gerimpelde gezicht zag, dat hem door de andere zijruit aankeek. Het lachte vriendelijk.

Nadat zijn bonzende hart weer enigszins tot bedaren was gekomen, draaide Paul het raampje open.

'¿Queréis comer?' vroeg de oude man met de lange witte baard, terwijl hij een kruik en een stuk brood omhoog hield.

Een paar minuten later zaten de beide reizigers in het vroege zonnetje aan de kant van de weg met de bejaarde herder te ontbijten. Hij sprak alleen maar Spaans, maar uit zijn woorden begrepen ze toch wel dat hij Nicolás heette. Nicolás el Custodio om precies te zijn.

'Hebben we toch nog Sinterklaas ontmoet,' lachte Hilde. 'Wat een heerlijk brood, hè?'

'Ja, gigantisch,' zei Paul, terwijl hij met zijn hand zijn lippen afveegde. 'En dan die schapenmelk; die moeten we thuis ook es halen.'

De herder sneed een homp kaas af en stak die in zijn mond. Volkomen ontspannen wierp hij een blik op zijn schapen, die tussen de rotsen en struiken vredig aan het grazen waren.

'Toch wel jammer dat we geen Spaans spreken,' zei Hilde.

Ze glimlachte naar de ruige, oude Spanjaard tegenover haar. Op de een of andere manier gaven zijn vriendelijke ogen met hun lachrimpeltjes haar het gevoel dat hij alles ook zonder woorden begreep.

Plotseling stond ze op, liep naar de auto en kwam terug met een van de opsporingsbiljetten, die ze aan de herder overhandigde. De oude man bestudeerde het papier aandachtig en keek haar toen nieuwsgierig aan.

Aarzelend zocht Hilde naar woorden of gebaren waarmee ze duidelijk kon maken wat ze al ontdekt hadden, maar toen dat niet goed lukte, pakte ze haar pen en tekende achter op het papier aan de ene rand drie poppetjes en aan de andere kant Sinterklaas. Met een stippellijn maakte ze duidelijk dat de drie kinderen naar die figuur op weg waren. Ten slotte schreef ze onder de Sint: 'Mila...?'

De oude man knikte nadenkend en streek met zijn hand over zijn lange witte baard.

'Milagroso?' vroeg hij opeens. *'San Nicolás?'*

Hilde slaakte een opgewonden kreet en gaf haar man zo'n zet dat hij bijna omviel.

'Milagroso,' riep ze. 'Paul, dat moet het zijn!'

Kort daarna scheurde de auto over de heuvelachtige weg in de richting van de bergen. Toen Paul de herder op de kaart had willen laten aanwijzen waar dat Milagroso ergens lag, had de oude man zijn hoofd geschud. Met zo'n ding kon hij blijkbaar niets beginnen. Wel had hij naar bergtoppen gewezen, die aan de horizon te zien waren, en vervolgens met weidse gebaren duidelijk gemaakt dat ze daaroverheen moesten.

'Misterio', had hij een paar maal nadrukkelijk herhaald.

En nu waren ze dan op weg naar dat mysterie achter de bergen.

'Ik hoop maar dat we goed gaan,' zuchtte Hilde. 'Die oude man was nou niet bepaald erg precies met z'n aanwijzingen.'

'Voorlopig is er maar één weg,' zei Paul opgewekt, terwijl hij een bocht nam. 'Dus erg fout kunnen we niet zitten.'

Zonder vaart te minderen, passeerde hij een lege bus, die half in de berm geparkeerd stond. Intuïtief keek Hilde om en zag nog net het bordje met 'Villacordilla' achter de voorruit.

'Stop, dat is de bus,' riep ze.

Onmiddellijk trapte Paul op de rem, zodat ze slippend over het asfalt tot stilstand kwamen. Nadat hij de wagen achteruit vlak voor de bus aan de kant gezet had, stapten ze nieuwsgierig uit en bekeken het verlaten voertuig.

'Nou, hier worden we niet veel wijzer van,' meende Paul. 'Als ze hier al inzaten, zijn ze er nu in ieder geval weer vandoor. Laten we maar verdergaan.'

Even later reden ze een boerengehucht binnen, waar ze op het dorpsplein bij een barretje stopten.

'Ik heb trek in koffie,' zei Hilde. 'Jij ook? Kunnen we meteen vragen of ze iets over die bus weten.'

Ze pakte een van de opsporingsbiljetten en liep, gevolgd door Paul, het kroegje in. Tot haar verbazing had ze de foto nog maar nauwelijks aan de vrouw achter de bar getoond, of het mens begon druk te roepen en te gebaren en binnen een mum van tijd stonden er minstens tien andere vrouwen en nog enkele mannen om hen heen. Een kleine dikke boerin greep Hildes hand.

'Pobrecitos,' herhaalde ze voortdurend en wees daarbij nadrukkelijk op de foto en daarna op zichzelf.

Verrast keken beide ouders elkaar aan.

'Ze zijn hier geweest,' zei Paul gespannen. Hilde knikte. Het was duidelijk dat die vrouw haar kinderen ontmoet had.

Hoewel het nog wel even duurde voor ze erachter kwamen wat al die door elkaar pratende Spaanse dames te zeggen hadden, begrepen ze uiteindelijk dat de kinderen hier geslapen hadden en vervolgens met een vrachtauto verdergereisd waren, richting Villacordilla.

'Milagroso?' vroeg Hilde hoopvol aan de kleine dikke vrouw.

Die haalde echter haar schouders op en maakte met haar handen een vragend gebaar. *'Misterio,'* antwoordde ze.

Pablo, de chauffeur van de vrachtwagen, bleek een aardige man te zijn, die veel lachte en bovendien een paar woorden Engels sprak. Om de tijd te doden wees hij hen regelmatig op bijzondere dingen langs de route, zoals een grote adelaar die op een boomstronk zat, of een rots die eruitzag als een droevig gezicht met een grote kromme neus, maar ondanks dat vonden ze de reis toch vreselijk lang duren.

Het liep dan ook al tegen de middag toen ze eindelijk Villacordilla binnen reden. Via een aantal bochtige straten kwamen ze in het centrum op een groot plein met mooie bomen, waar Pablo zijn wagen naast een stenen waterpomp parkeerde, schuin tegenover een bar.

'*Joe kom, drink en iet,*' zei hij uitnodigend, terwijl hij het portier opengooide en uitstapte. Blij de benen te kunnen strekken, klommen zijn passagiers uit de cabine en volgden hem de bar in.

'Ik wil cola,' mekkerde Pietertje.

Pablo moest lachen, want het woord cola had hij begrepen.

'*Okee, joe kola en tortielja,*' beloofde hij en wenkte de barman.

'We hebben nog genoeg geld,' zei Mark. 'Ik vind dat we ook voor hem moeten betalen.'

Kim knikte instemmend, terwijl ze dorstig de flesjes frisdrank bekeek die in de koelvitrine stonden.

Willem parkeerde de auto op het plein, in de schaduw van een grote boom, naast de oude stenen waterpomp.

'Dat noemen ze winter,' mopperde hij. 'Hier is 't hopelijk wat koeler. Gooi open die deur, druiloor.'

Hij zette zijn zonnebril af, wiste met een papieren zakdoekje het zweet van zijn voorhoofd en liet ondertussen zijn blik speurend over het plein glijden.

'Volgens mij is dat daar die sinterklaaskerk,' merkte hij tevreden op en wees naar de andere kant van het plein, waar onder het dichte bladerdak van de bomen enkele stenen traptreden en een donker portaal zichtbaar waren, en erboven een nogal stompe toren.

'Zou best 'ns kunnen...' beaamde Cor, zijn droge lippen likkend, 'maar zullen we eerst hier even wat gaan drinken?' Hij wees naar de bar.

'Kom op, man,' drong hij aan toen de Rubber niet reageerde. 'Ik sterf van de dorst en die kerk blijft daar vast nog wel een paar eeuwen staan.'

'Joh, drollebak, zeur toch niet zo,' snauwde Willem geïrriteerd. 'Lurk maar aan die pomp als je dorst heb.'

Hij zette zijn bril weer op, stapte uit en begon het plein over te steken in de richting van de kerk. Cor wierp nog even een spijtige blik op de bar en haastte zich toen zuchtend achter zijn maat aan.

Het witgeschilderde bordje naast het donkere kerkportaal vermeldde inderdaad *Iglesia de San Nicolás*. Langzaam bestegen de beide mannen de uitgesleten treden, die naar de zware houten deuren leidden. Ze bekeken de grote stenen bogen erboven, waarin de middeleeuwse steenhouwers allerlei figuren gebeiteld hadden, die met hun stenen ogen strak voor zich uit staarden.

Willem duwde tegen een klein poortje, dat in een van de grote deuren aangebracht was. Met een zacht gepiep draaide het open. Hij bukte zich en stapte het erachter gelegen, koele schemerduister binnen. Cor volgde aarzelend, want de weeë geur van kaarsvet die hem tegemoetkwam, gaf hem een onrustig gevoel.

'Ik heb 't hier niet zo op, Willem,' fluisterde hij, terwijl hij benauwd om zich heen keek.

'Man, leg nou es niet zo eindeloos te zeveren,' siste zijn maat. 'Je bent toch niet bang voor spoken? Kom op, dweil.'

Langzaam liep hij de kerk in. Cor volgde hem enkele stappen over de donkere grijze stenen, maar bleef toen abrupt staan. In het licht, dat in smalle bundels door de kleine ramen naar binnen viel, waren de versleten letters van de grafstenen die de vloer bedekten duidelijk zichtbaar. Zenuwachtig schuifelde de Knijpkat weer terug naar de deuren.

De Rubber liep ondertussen via het middenpad tussen de rijen houten banken door naar voren. Zijn ogen zochten naarstig naar mogelijke aanwijzingen. Nu ze eindelijk wat gevonden hadden dat met de Sint te maken had, wilde hij niet het risico lopen iets over het hoofd te zien. Er moest hier in zo'n gebouw, dat er al eeuwen stond, een aanwijzing te vinden zijn, dat kon gewoon niet anders. Wie weet woonde die ouwe baas wel ergens achter de kerk. Dat zou pas mazzel zijn.

Voor in de ruimte stond, schuin achter het altaar, een groot beeld van Sint-Nicolaas opgesteld dat hem vanuit het halfduister aanstaarde, en over de gehele lengte van de kerk waren hoog tegen de pilaren beelden van allerlei andere sinten geplaatst die hun ogen strak op oneindig gericht hielden.

Willem keek nerveus om zich heen. Er was niets bijzonders te zien, maar toch werd hij bekropen door een gevoel van onrust. Hoewel hij wist dat het niet kon, kreeg hij sterk de indruk dat de ogen van de beelden hem bij iedere stap volgden. Ingespannen bekeek hij het gezicht van een heilige, maar daar was niets aan te zien.

'Ik lijk wel gek,' bromde hij nijdig. 'Wat een onzin.'

Toch bleef hij het akelige gevoel houden dat er tientallen ogen op hem gericht waren, maar zodra hij terugkeek, staarden levenloze, geschilderde ogen met een nietsziende blik in de verte. Hij kreeg het er benauwd van. Zijn raspende ademhaling was het enige hoorbare geluid onder de stenen gewelven.

Bewoog daar iets? Het beeld van Sint-Nicolaas stond nog steeds roerloos vooraan in de kerk. Hoewel, roerloos? Vanonder de mijter priemden donkere ogen in zijn richting. Hij voelde het zweet in zijn nek prikken. Woest keek hij om zich heen naar de andere beelden, maar steeds waren er weer die ontwijkende blikken. Het was om gek van te worden. Ze hadden naar hem gekeken; hij wist het zeker.

'Durf dan, stelletje lafaards,' schreeuwde hij hees. De echo van zijn stem galmde luid door de ruimte, maar het enige antwoord was een doodse stilte.

Machteloos stond de Rubber in het middenpad. Hij voelde zijn hart bonken. De ogen van de Sint leken te gloeien in het duister en ook de andere beelden keken hem aan. Ja, nu wist hij het zeker, ze keken hem aan!

'Hou op, hou op,' krijste hij opeens.

In paniek draaide hij zich om en stormde de kerk uit.

Voorovergebogen, met zijn handen op zijn knieën, stond hij even later op het plein naar adem te happen.

'Hé Willem, wat was er nou?' vroeg Cor zenuwachtig.

Het duurde even voor zijn maat kon antwoorden.

'Hou je waffel, papzak,' bracht hij er moeizaam uit.

Langzaam kwam de Rubber overeind en staarde naar het donkere portaal van de kerk.

Dreigend wees hij met een vinger in de richting van het gebouw.

'Er moet hier wat zijn,' siste hij. 'Ik weet 't zeker; ik voel 't.'

De Doña

Speurend naar aanwijzingen liep de Rubber langzaam om de Nicolaaskerk heen, maar het gebouw leek nog geen zin te hebben om welk geheim dan ook prijs te geven. Hij liet zich daar echter niet door ontmoedigen. In het smalle straatje naast de kerk, dat er – op een paar rondscharrelende mussen na – verlaten bij lag, bekeek hij boven een dichtgemetseld poortje een gebeitelde steen, waarop de woorden *Nicolaus Episcopus* en het jaartal 1534 nog vrij duidelijk leesbaar waren. De tekst sloeg op de Sint, dat was wel duidelijk, maar voorlopig kon hij er weinig mee.

Cor kreeg ondertussen een sik van al het geslenter. Het was warm en hij had dorst.

'Jemig, Willem, wat denk je dan te vinden?' zei hij klagend.

'Kop houen, jij,' commandeerde de Rubber, terwijl hij verderliep.

Nu werd het Cor echter te veel. 'Hou zelf je kop, sukkel!' schreeuwde hij. 'Ik ben 't zat om de hele tijd achter jouw chagrijnige porum aan te sjokken. Jij vond dit zo'n gouwe tip, hè? Jij zou die wonderknol wel eens effe jatten, hè? Nou, krijg 't schele schompus met dat rotpaard van je. Er is hier nog geen dooie

105

hond die weet waar die "San Niekolas" van jou ergens uithangt.'

Zijn gezicht stond op oorlog, maar Willem was daar totaal niet van onder de indruk.

'Laat ik je één ding vertellen, broekhoest,' siste hij venijnig. 'Ik zál dat beest te pakken krijgen, hoe dan ook. En als 't je niet bevalt dan donder je maar op. Begrepen, vetbuil?'

Voordat Cor iets terug kon zeggen, klonk er een akelig lachje, dat hol tegen de muren van het straatje weerkaatste. Geschrokken draaiden de beide mannen zich om en zagen op enkele meters afstand een gezette, oude vrouw staan, die hen loerend opnam. Ze was geheel in het zwart gekleed en had een bleek, gepoederd gezicht. De blik in haar ogen was zo onheilspellend, dat zowel Cor als Willem onwillekeurig een stap naar achter deden.

'Wel, wel, wat hoor iek daar?' sprak ze in het Nederlands, maar met een zwaar Spaans accent. 'Die heren wielen San Nicolás bezoeken, sí? Enne, vooral zijne paard.'

Weer liet ze dat afschuwelijke lachje horen, waardoor zelfs bij Willem de nekharen rechtovereind gingen staan.

'Een hele goede idee,' vervolgde ze zacht. 'Kom.'

Zonder te kijken of de mannen haar volgden, draaide ze zich om en liep het straatje uit, in de richting van het plein.

De Knijpkat en de Rubber aarzelden. De vreemde verschijning had hen volkomen verrast. Geen van beiden had veel zin om achter het mens aan te gaan, maar ja, wat moesten ze anders? Ze scheen de Sint te kennen. Na een laatste blik op de zware muren van de kerk, besloot Willem het er maar op te wagen; wat kon zo'n oud wijf tenslotte voor kwaad doen? Hij zette zijn zonnebril recht en volgde de zwarte gestalte naar het plein. Met een diepe zucht stapte Cor achter zijn maat aan. De oude vrouw stak het plein over en ging een straatje in naast de bar, op enige afstand gevolgd door Willem en Cor.

Het drietal was nog geen halve minuut om de hoek verdwenen, of de deur van de bar werd geopend en Pablo, Mark, Kim en

Pietertje kwamen naar buiten. Terwijl ze naar de vrachtwagen liepen, bleef Kim opeens stokstijf staan.

'Kijk daar,' siste ze gespannen. 'De auto van de inbrekers!'

Mark zag de gifgroene wagen nu ook, met de paardentrailer erachter, geparkeerd in de schaduw van de bomen, aan de andere kant van de waterpomp. En ook Pietertje staarde met grote ogen naar het voertuig.

Zoekend keek Mark in het rond. Hier en daar liepen er wel mensen over het plein, maar de twee kerels waren gelukkig nergens te bekennen. Ook Kim keek schichtig om zich heen en trok hem zenuwachtig aan zijn mouw.

'Wat doen we?' fluisterde ze.

'Snel maken dat we wegkomen,' antwoordde Mark. 'Ze mogen ons niet inhalen. Kom op.'

Haastig renden ze naar de vrachtauto en klauterden in de cabine, waar Pablo al achter het stuur op hen zat te wachten.

'En jor liettel brodder?' vroeg hij met verbaasd opgetrokken wenkbrauwen.

Kim en Mark keken geschrokken om zich heen. In alle opwinding waren ze ervan uitgegaan dat Pietertje achter hen aan was gekomen. Snel stapte Mark weer uit en liep om de wagen heen, maar waar hij ook keek, er was geen spoor te bekennen van zijn *liettel brodder*. Nijdig vroeg hij zich af wat meneer nou weer aan het uitspoken was. Hij gebaarde vragend naar Kim, maar die gaf aan dat ze hem vanaf haar hoge zitplaats ook niet zag.

Opeens sloeg de angst Mark om het hart. Zouden die kerels zijn broertje te pakken hebben? Paniekerig wilde hij net Pablo te hulp gaan roepen, toen het kleine stuk ongeluk opeens doodleuk vanachter de pomp aan kwam lopen.

'Wat was je aan 't doen?' snauwde Mark over z'n toeren.

'O, niks,' antwoordde Pietertje luchtig, terwijl hij kalm in de cabine klom.

'Schiet op, sukkel,' siste Mark en klauterde haastig achter hem aan. Hij trok het portier dicht en grijnsde schaapachtig naar

Pablo, die lachend zijn duim omhoogstak en de motor startte. Met veel geraas en gerammel draaide de vrachtwagen uit de parkeerplaats en reed het plein af.

'Kijk,' zei Hilde, 'daar waar die vrachtwagen wegrijdt, daar is een barretje, en bovendien staat de auto dan ook lekker in de schaduw.'

Paul reed langzaam naar de overzijde van het plein en stopte naast de pomp op de vrijgekomen parkeerplaats.

'Wat een hitte,' pufte hij. 'En dat noemen ze hier winter. Eerst wil ik daar in die bar een heel groot glas met iets heel kouds drinken en daarna gaan we de affiches ophangen.'

In een somber, met bruin behang en veel donker hout afgewerkt vertrek, zaten de Rubber en de Knijpkat op ongemakkelijke, hoge stoelen tegenover de oude vrouw, die zelf op een met zwart fluweel beklede zetel had plaatsgenomen. Haar vadsige hand streelde traag de kop van een zwarte kat, die op haar schoot lag te spinnen. Ondanks het kopje thee dat hun door een bediende was aangereikt, voelden de beide heren zich allerminst op hun gemak.

De oude vrouw had hen door steile, smalle straatjes omhoog geleid, tot boven de laatste huizen van het stadje. Daar was de weg geëindigd bij een hoge muur, waarin een zware metalen poort ongewenste bezoekers tegenhield. Nadat ze door een vijandig kijkende portier waren binnengelaten, hadden ze opeens een groot huis voor zich gezien, dat tegen de helling aangebouwd was. Zelfs in het volle zonlicht was het grauw en afwijzend geweest, met donkere ramen die hen dreigend aanstaarden.

De oude vrouw was de beide mannen voorgegaan door een grote marmeren hal naar het met zware gordijnen halfverduisterde vertrek waar ze nu zaten. Toen ze zwijgend tegenover hen op haar zetel had plaatsgenomen, was onmiddellijk vanuit een hoek een zwarte kat te voorschijn gekomen, die geluidloos op haar schoot gesprongen was. Om haar heen slopen nog meer zwarte katten rond, die de bezoekers met oplichtende groene ogen aanstaarden.

Er was nog geen woord gezegd. De koude ogen van de vrouw waren strak op haar gasten gericht. Na enige tijd knikte ze langzaam, alsof ze een besluit genomen had, en begon te spreken.

'Main naam ies... Doña Aranéa. Iek juulie kan hellepen. Dat ies ook ien main belang. Ik wiel afrekenen met die vreselieke... eh... kiendervriend.'

Het laatste woord spuugde ze bijna uit en terwijl ze zich naar voren boog vroeg ze bijtend: 'Hoe juulie wielen zaine paard stelen?'

Doordringend keek ze hen aan. Willem haalde nerveus zijn schouders op en mompelde: 'Nou eh... dat zien we wel... als we d'r zijn.'

Doña Aranéa leek ter plekke te ontploffen en haar ogen schoten vuur. *'Idiotas,'* krijste ze. 'Denken juulie dat juulie zo maar naar bienen kuunt lopen om die paard te stelen?'

Dreigend stak ze haar vinger uit naar de beide mannen, die zich geschrokken tegen de stoelleuning aandrukten.

'Zaine hellepers pakken juulie zo. Juulie kunnen nieks tegen de Pieten. En ook niet tegen die boze paard. Zonder mai juulie hebben geen kans. Alleen iek weet hoe juulie die paard kunnen pakken.'

Ze stond bruusk op van haar zetel, waardoor de kat haastig op de grond moest springen. Met een klagelijk 'miauw' verdween hij in de schaduwen achter een gordijn. De Doña opende een zware eikenhouten kast en haalde uit een lade twee leren zakjes waaraan dunne koorden bevestigd waren.

'Hier. Iek geef juulie main magische *maliferi*. Maar luister goed. Eén ies voor die paard. Die moet om die hals hangen tegen die paard aan. Dan die ies mak als een lam. *No problema.* Die andere *malifer* ies voor die Sient Nicolás. Die moet ien die kleren bai zain hart. Anders hai voelt dat juulie zain paard pakken. Met die zakje hai voelt helemaal nieks.'

Met een dreigend gebaar tilde ze de buideltjes aan de koorden omhoog, tot vlak voor de gezichten van de Rubber en de Knijpkat.

'En wij dan,' vroeg Willem terugdeinzend. 'Zijn die dingen niet gevaarlijk voor ons?'

Met een schrille lach pakte de Doña een van de buideltjes en wees met de lange nagel van haar wijsvinger op een knopje dat uit de bovenkant stak.

'Hier ies die gehaim,' siste ze. 'Als jij die pien eruit trekt, dan ies die zakje gevaarlaik. Niet vergeten dus, die pien eruit trekken. Anders hai werkt niet.'

Willem knikte begrijpend. Het zat hem niet lekker dat hij zich door het oude wijf bang had laten maken en daarom zei hij met een gezicht alsof hij dagelijks dit soort magische spullen gebruikte: 'Een soort eh... handgranaat dus. Gewoon de pin eruit en hopla! Maar eh... mevrouw Aranéa, nou nog wat anders. Hoe vinden we die Sint?'

Zijn gastvrouw legde de buideltjes op het tafeltje naast de theekoppen en keerde terug naar haar zetel. Onmiddellijk kwam de zwarte kat weer te voorschijn en sprong op haar schoot.

'Iek zal op ene landkaart die weg tekenen,' zei ze. 'Het ies een moeilaike weg over die bergen. Die kasteel heet Milagroso. Daar ies die Sient en zaine paard.'

Willem knikte nadenkend. 'Ja, da's allemaal heel mooi, mevrouw eh... Aranéa, maar eh... als we bij dat kasteel zijn, hoe moet dat dan?'

De ogen van Doña Aranéa vernauwden zich tot spleetjes.

Fracasado,' krijste ze tegen de verschrikt terugdeinzende Rubber. 'Moet iek alles doen? Dat zou jai toch zellef doen als jai daar was? Nou, doe jai dat dan! Jai dief, steel zaine paard.'

Venijnig voegde ze eraan toe: 'Zonder die stomme paard hai kan nooit meer die kiendervriend spelen.'

Met een loerende blik staarde ze naar de twee mannen, die als bange schooljongetjes op hun stoelen zaten.

'Neem juulie die *maliferi* maar en gebruik juulie die goed,' zei ze en wees daarbij met een gebiedend gebaar naar het tafeltje. Onder haar strenge blik stak Cor aarzelend zijn hand uit en pakte de leren zakjes op.

'Maar eh, zijn die dingen dan niet gevaarlijk voor zo'n ouwe man,' vroeg hij nog bezorgd. 'Met z'n hart en zo?'

Doña Aranéa keek hem spottend aan. Terwijl ze de kop van de kat streelde, speelde er een onheilspellende glimlach om haar mond.

'Nee hoor,' zei ze zacht. 'Dat ies volkomen ongevaarlaik.'

Vanaf het opsporingsbiljet dat met enkele stukken plakband op de voorkant van de pomp geplakt was, keken drie kinderen vrolijk lachend de wereld in. Eronder, op een stenen richel, zaten hun ouders triest over het plein van Villacordilla te staren, terwijl ze lusteloos op een broodje chorizoworst kauwden.

'En nu?' vroeg Paul.

Hilde haalde zwijgend haar schouders op; er was weinig dat ze op dit moment konden doen. Terwijl ze de biljetten aan het ophangen waren, hadden ze aan heel wat voorbijgangers de weg naar Milagroso gevraagd, maar niemand leek er ooit van gehoord te hebben.

111

'We kunnen gewoon doorrijden naar de bergen,' opperde Paul. 'Volgens die oude herder moest 't ergens daarachter zijn.'

Hilde wilde antwoorden, maar op hetzelfde moment werd ze onderbroken door kwade mannenstemmen die in het Nederlands luid tekeergingen. Verbaasd stond ze op om te zien wat er aan de hand was.

Aan de andere kant van de pomp waren Willem en Cor in hun auto razend en tierend bezig zich te bevrijden van het plakband dat overal aan bevestigd was. Het stuur, de stoelen, de deurknoppen, alles was beplakt. Als ze één hand losgerukt hadden, zat de andere weer ergens aan vast; het was om gek van te worden. Opeens merkte Willem dat een man en een vrouw hen nieuwsgierig door het open raam stonden te bekijken.

'Kunnen we helpen,' vroeg Paul. 'Wat is het probleem?'

Voordat de Rubber kon antwoorden, greep Hilde haar man bij de arm.

'Plakband,' riep ze opgewonden. 'Kijk dan.'

Nu zag Paul het ook. Met ingehouden adem staarde hij naar de lange, plakkerige stroken, die maar één ding konden betekenen.

'Wacht even,' riep Hilde en rende weg. Binnen een paar tellen was ze terug met een van de affiches en toonde het papier aan de twee mannen in de gifgroene auto.

'Heeft u deze kinderen gezien?' vroeg ze hoopvol.

'Hé...' begon Cor, maar Willem kapte hem onmiddellijk af.

'Nee, sorry, die kennen we niet,' zei hij kortaf. 'En eh... we kunnen dit verder zelf wel regelen. Dank u.'

Met een ruk trok hij zijn handen los, startte de motor en reed, ondanks al het plakband aan zijn stuur, zo snel als hij kon het plein af.

'Die vent liegt dat ie barst,' riep Paul nijdig. 'Kom op, dan gaan we erachteraan.'

Op de voet gevolgd door Hilde rende hij naar hun eigen auto. Geen van beiden zag de gezette, in het zwart geklede oude vrouw, die op enkele meters afstand vanuit de schaduw van een boom alles nauwlettend gevolgd had, en dus merkten ze ook niet dat het mens een teken gaf aan een kerel achter de waterpomp.

Paul wilde juist de motor starten, toen er schuin achter hem een luid gesis klonk. Geschrokken keek hij om en zag tot zijn verbijstering een man met een mes in de hand rustig weglopen, terwijl hij op hetzelfde moment voelde hoe de auto scheef naar achter wegzakte. Met een schreeuw van woede gooide hij het portier open en sprong naar buiten om de kerel achterna te gaan. Die draaide zich echter kalm om en toonde hem zwijgend het mes.

Als verstijfd bleef Paul naast de onklaar gemaakte auto staan. Zijn hersens sprongen op tilt en een misselijkmakend gevoel verkrampte zijn maag. De man zag de angst in zijn ogen en grijnsde minachtend. Hij keerde zich om en verdween op zijn gemak in het straatje naast de bar.

'Wat was dat nou?' vroeg Hilde ontdaan, terwijl ze haastig om de auto naar haar man toe liep.

'Eh... geen idee,' antwoordde Paul, nog totaal overdonderd. 'Een of andere dorpsgek die hier een beetje met een mes loopt te zwaaien.'

Opeens viel zijn blik op de oude vrouw, die nog steeds in de schaduw onder de boom stond. Haar donkere ogen staarden hem zo intens kwaadaardig aan, dat hij de angst weer door zijn maag voelde trekken. Ook Hilde had de vrouw nu in de gaten gekregen. Met ingehouden adem staarde ze naar het bleke, bepoederde gelaat en er trok een rilling over haar rug toen de zwarte ogen zich ook op haar richtten.

Plotseling draaide de vrouw zich om en liep het plein af, als in trance nagekeken door Paul en Hilde. Zelfs nadat ze in het zijstraatje bij de bar verdwenen was, bleef het nog even doodstil, alsof de dreiging van haar aanwezigheid als een geluidloze echo op het plein bleef naklinken.

'Wat was dat?' fluisterde Hilde ten slotte, nog hevig onder de indruk van de angstaanjagende verschijning.

Paul keek nerveus om zich heen.

'Ik weet 't niet,' zei hij met een stem, die hees klonk van spanning. 'Maar volgens mij moeten we als de bliksem maken dat we hier wegkomen.'

'En de kinderen dan?' riep Hilde radeloos. 'Die kunnen we toch niet zomaar in de steek laten?'

Paul aarzelde. Ze had natuurlijk gelijk, maar waar waren de kinderen? Hier, in dit stadje, of op weg naar dat Milagroso?

'Luister, lieverd,' zei hij gespannen. 'Volgens mij moeten we achter die twee Hollandse kerels aan, want die zijn in contact geweest met de kinderen. Dat rare oude wijf en die vent met dat mes hebben er waarschijnlijk helemaal niks mee te maken. Dat zijn misschien gewoon een stelletje dorpsgekken die niet van vreemdelingen houden. Echt, volgens mij hebben we de beste kans als we achter die kerels aan gaan. Wie weet zijn dat wel de dieven waar Mark over schreef; mij verbaast onderhand niks meer. En een Nederlandse auto met een paardentrailer valt op. Die moeten we kunnen vinden.'

Ondertussen was Doña Aranéa in een slecht humeur op weg naar huis. Terwijl ze enigszins moeizaam tegen de steile straatjes omhoogliep, viel haar oog op een van de opsporingsbiljetten, die Hilde en Paul her en der hadden opgeplakt. Woest rukte ze het papier van de muur, scheurde het in stukken en gooide de snippers op de grond. Daarna vervolgde ze nijdig grommend haar weg. Niets mocht haar plannen in de war schoppen.

Wat later in de middag was Pablo, tot verwondering van zijn passagiers, ergens midden tussen uitgestrekte velden opeens een stoffig boerenerf op gereden. Toen hij de vrachtwagen voor de boerderij stopte, was er in de deuropening een vrouw verschenen die hem vriendelijk begroette en nadat hij uitgestapt was, waren de twee binnen de kortste keren in een druk gesprek verwikkeld geraakt.

De boerin was een kleine, taaie vrouw met een versleten spijkerjasje en een halflange zwarte rok, waaronder een paar groene rubberlaarzen uitstaken. Het was moeilijk te schatten hoe oud ze was, want de zuidelijke zon had haar gezicht door de jaren heen gerimpeld en verweerd en het de diep donkerbruine kleur gegeven van iemand die altijd buiten werkt. Volgens Pietertje was ze wel honderd, maar Kim dacht meer aan zestig of misschien vijftig. Naar Marks idee moest ze, net als hun moeder, zo ongeveer rond de veertig zijn. Hoewel tussen haar glanzend zwarte haren hier en daar al een sprietje grijs zat, kon haar blinkende rij tanden zo meedoen in een tandpastareclame.

De kinderen stonden er beetje voor spek en bonen bij. Ze begrepen niets van het gesprek, dat met veel drukke gebaren in het Spaans gevoerd werd, en besloten daarom maar wat rond te kijken op het erf. Er stond een geit aan een touw, die schichtig aan hun handen snuffelde toen ze dichterbij kwamen. In een stal scharrelden wat niet al te schone varkens rond en verder liepen er overal kippen.

Na een minuut of tien werden ze door Pablo geroepen. Hij wees op de boerin en zei: *'Sjie bring joe toe Milagroso.'* Vervolgens wees hij in de richting van de bergen en maakte met grote gebaren en een paar Engelse woorden duidelijk dat ze daaroverheen moesten.

'Joe kerfoel, lissen toe hur,' waarschuwde hij met opgeheven vinger.

Daarna nam hij afscheid. Hij gaf hun een hand, klom in zijn vrachtwagen, zwaaide nog even en reed ten slotte luid toeterend in een grote stofwolk de weg op.

Toen hij achter een glooiing uit het zicht verdwenen was, keek de boerin de drie bezoekers vrolijk aan. Haar donkere ogen gleden nieuwsgierig van de een naar de ander. Ze wees naar zichzelf en zei: 'Pepita.'

'Eh... Mark,' zei Mark.

'Kim,' zei Kim.

'Pietertje,' zeiden ze samen en wezen op hun broertje, dat juist hard rennend achter een luid kakelende kip aan zat.

Milagroso

Met veel gepiep en gekraak wrong Pepita's oude rammelkar zich door een scherpe bocht langs een ravijn. Grind spatte onder de banden vandaan en verdween stuiterend in de diepte. Kim kneep haar ogen dicht. Ze hield zich krampachtig vast aan een armsteun en durfde bijna niet te ademen.

Naarmate ze hoger in het gebergte kwamen, werd de weg smaller en bochtiger: eigenlijk was het meer een pad voor ezels dan voor auto's. De ruige natuur was letterlijk adembenemend en Kim kreeg het onplezierige gevoel dat haar haren van angst steeds steiler overeind gingen staan.

Nog voor de zon opkwam waren ze – met een volle picknickmand op de achterbank – van de boerderij weggereden, uitgezwaaid door Pepita's man, Manuel. Mark was eerst nog argwanend om het voertuig heen gelopen.

'Nou, hou jij je plakband maar klaar,' had hij Pietertje geadviseerd, toen de boerin hen wenkte om aan boord te klimmen. 'Niet te filmen zeg, wat een lijk! Dat zouden pappa en mamma moeten zien; die kregen op slag een rolberoerte.'

De auto was inderdaad een hoogbejaard geval, waarvan verschillende onderdelen met touw en ijzerdraad bijeengehouden werden. De koplampen dansten tijdens het rijden alle kanten op en het spatbord van het linkerachterwiel was helemaal verdwenen. Het was in feite ongelooflijk dat de wagen niet uit elkaar viel. De linnen kap, of wat daar nog van over was, lag ingevouwen achter de stoelen, waardoor de passagiers een onbelemmerd

116

uitzicht hadden op de woeste pieken van het gebergte. Met wapperende haren zaten ze om zich heen te kijken.

Het leek wel een rit in de achtbaan op de kermis. Het ene moment klom de wagen steil omhoog, ingesloten door onherbergzame hellingen. Het volgende moment, voorbij een bocht, hadden ze opeens een schitterend uitzicht over een eindeloos landschap van ravijnen en bergtoppen. Meteen daarna doken ze weer tussen loodrechte wanden de diepte in.

Pepita scheen het allemaal heel gewoon te vinden en ze zat dan ook aan het stuur alsof ze even boodschappen ging doen. Af en toe keek ze lachend opzij naar haar passagiers en wees achteloos naar een berggeit die over de rotsen wegsprong, of naar een roofvogel die hoog boven hun hoofden cirkelde, wachtend op een prooi.

De bergen leken totaal verlaten. Dorpen of huizen zagen ze niet. Slechts eenmaal ontmoetten ze een tegenligger en dat was natuurlijk precies op een smal, steil stuk. Pepita wuifde vrolijk naar de andere chauffeur en liet, tot grote ontzetting van Kim, de auto achteruit het pad af rijden, tot aan een iets breder gedeelte, waar ze elkaar konden passeren.

Na enkele uren rijden kwamen ze bij een ronde, open plek tussen grillige rotswanden. De boerin stopte aan de rand van dit ooit door mensenhanden uitgehakte plein en wees recht voor zich uit naar een grote, scherp gepunte granieten kolom in het midden. Precies over de punt van de steen waren in de verte twee spitse bergpieken zichtbaar, die scherp afstaken tegen de lucht. Ze stonden zó dicht bij elkaar dat het leek alsof een reus met zijn bijl één berg in tweeën gekliefd had.

'Milagroso,' zei Pepita opgewekt.

Nieuwsgierig keken ze haar aan. Bedoelde ze dat Milagroso achter die vreemde berg lag?

''t Is net de hoed van Sinterklaas,' zei Pietertje.

'Dat heet een mijter, dombo,' verbeterde Kim, maar ze zag het nu ook. De twee bergtoppen hadden inderdaad de vorm van het bekende spitse hoofddeksel van de goedheiligman.

'Wacht even,' riep Mark opgewonden. Hij graaide in de rugzak en haalde het perkament van de oude heer te voorschijn.

'Hier, kijk, nou snap ik 't. Ik vroeg me al af waarom er een mijter getekend stond bij de bergen, maar dit is 'm; we zitten goed. Dit is echt de weg naar Milagroso, 't kan niet anders.' Opgetogen wees hij de plek aan.

Kim en Pietertje zagen het ook. Hij had gelijk; dit moest de goede weg zijn.

'Oké,' riep Mark enthousiast en toonde het perkament aan Pepita.

Die knikte lachend en riep: *'Vamos.'*

De auto zette zich weer in beweging en tufte rochelend langs de granieten kolom naar de overzijde van het plein. Aan hun linkerhand zagen ze een vrij brede, goed begaanbare weg, maar Pepita reed rechtdoor naar een smaller pad dat omhoogliep in de richting van de mijterberg. Na zo'n honderd meter boog het met een scherpe bocht naar rechts af, maar tot verbazing van de kinderen volgde hun gids de weg niet. Ze reed stug rechtdoor de helling op, hobbelend over de ongelijke bodem die bezaaid was met keien.

Ongerust keek Mark om zich heen. Dit kon toch niet goed zijn? Door de voorruit zag hij vage sporen, die aangaven dat er al eerder auto's gereden hadden, maar een echt pad kon je het niet noemen. Pepita leek echter volkomen zeker van haar zaak. Lachend wees ze in de richting van de mijterberg en riep vrolijk: *'Milagroso, oké!'*

Toen de auto even later hotsend en bonkend over de top van de helling kwam, zagen ze plotseling vlak voor zich een brede kloof die hun de doorgang volledig versperde. Hoewel er nergens een pad of een brug te bekennen was, minderde de boerin echter absoluut geen vaart. Alsof er een gladde, brede asfaltweg voor haar lag, sjeesde ze de helling af, precies tussen twee enorme rotsblokken door. De rand van de kloof kwam razendsnel dichterbij.

Vertwijfeld ging Mark overeind staan. Wat deed dat idiote mens nu? Ze konden nooit meer op tijd stoppen!

Kim gilde het uit.

Pietertje werd lijkbleek en staarde met uitpuilende ogen naar de gapende diepte voor hem.

'Stop! Stop!!' schreeuwde Mark wanhopig, maar Pepita reed gewoon door en riep luid lachend: *'Oké, oké.'*

In een oogwenk was het gebeurd. Terwijl de wagen over de rand van de kloof schoot kneep Kim haar ogen dicht. Nu ga ik dood, flitste het door haar heen.

Na een paar tellen merkte ze dat ze het pruttelgeluid van de motor nog steeds hoorde en heel langzaam deed ze haar ogen weer open. De boerin zat aan het stuur en keek haar vrolijk lachend aan.

'Milagroso, oké,' grinnikte ze en stak een eeltige duim op.

Verbijsterd ging Kim rechtop zitten. Naast haar stond Mark met een ongelovige blik voor zich uit te staren.

'We... we rijden door de lucht,' stamelde hij zwakjes.

Ook Pietertje kwam weer tot leven. Nog wit van schrik ging hij naast zijn broer overeind staan. Nieuwsgierig wierp hij een blik over het randje van de auto naar beneden, maar onmiddellijk trok hij zijn hoofd weer terug.

'D'r zit helemaal niks onder,' piepte hij.

Kim keek om zich heen. Het was waar: ze reden recht boven de kloof. Maar hoewel ze het met haar eigen ogen zag, kon ze nog niet geloven dat het werkelijk zo was. Het was te ongelooflijk om te kunnen bevatten. Het ene moment dacht ze dat ze te pletter stortte en het volgende moment reed ze als een vogel door de lucht, hoewel, die rijden meestal niet tijdens het vliegen. Bij die stomme gedachte schoot ze opeens gierend in de lach. Ze kon niet meer stoppen. Alle opgekropte spanning brak ineens los en de tranen liepen over haar wangen.

Verbaasd keken de beide broers naar hun zusje. Daarna keken ze elkaar aan en barstten prompt ook in lachen uit. Breed grijnzend stak Pepita haar duim weer op en riep luid: *'Milagroso, oké!'*

Midden in de lucht stopte ze de auto. Ze stapte uit en wenkte de kinderen hetzelfde te doen.

'Oké, oké,' riep ze, want dat was nou eenmaal het enige buitenlandse woord dat ze kende.

Aarzelend lieten haar passagiers zich uit de auto zakken. Ze voelden wel dat ze ergens op stapten, maar wat het was konden ze niet zien. Onder hun schoenzolen gaapte angstaanjagend de peilloze diepte van het ravijn. Mark stampte met zijn voet. Het onzichtbare spul leek even hard te zijn als steen.

'Zou het een soort brug zijn?' vroeg hij aan Kim, terwijl zijn ogen onderzoekend de omgeving afspeurden. 'Kijk, daar komen we vandaan.'

Hij wees naar de twee grote rotsblokken, die ver achter hen als een soort poort aan de rand van de kloof stonden.

'Ja, en daar gaan we naartoe,' zei Kim. Recht onder de mijterberg was de donkere opening van een grot of een tunnel zichtbaar.

'Alto!' riep Pepita opeens. Ze greep Pietertje bij zijn bloesje en trok hem achteruit. Niet naar opzij lopen gebaarde ze, alleen in de richting van de mijterberg. Om uit te leggen wat het gevaar was, deed ze alsof ze voorover in een afgrond stortte. Hoewel Pietertje hard moest lachen om de gekke gezichten die ze daarbij trok, waagde hij zich toch niet meer bij de auto vandaan.

''t Is dus een brug,' constateerde Mark. 'Een onzichtbare brug naar Milagroso. Kom op, instappen, dan gaan we.'

Het gat in de rotswand bleek een tunnel te zijn; een aardedonkere gang door het binnenste van de mijterberg. Na de zonnige warmte buiten leek het alsof ze een ijskast binnen gereden waren en al snel schoven de drie rillend dichter tegen elkaar aan.

Omdat de koplampen niet meer werkten, moest Pepita een zaklantaarn gebruiken. Met een stuk ijzerdraad bevestigde ze de lamp aan een uitsteeksel op de motorkap, zodat ze haar handen vrij had om te schakelen en te sturen. Bocht na bocht reden ze door de inktzwarte duisternis, die slechts verbroken werd door het lichtstraaltje van de lantaarn. Al snel hadden ze er totaal geen idee meer van hoelang de ondergrondse tocht duurde. Het kon tien minuten zijn, of twintig, of nog meer; ze wisten het niet. Er was alleen nog maar de eindeloze beklemmende duisternis.

Ze slaakten dan ook een hartgrondige zucht van opluchting toen ten slotte, na een schijnbare eeuwigheid, het eind van de tunnel in zicht kwam. Een golf van aangenaam warme, heerlijke buitenlucht spoelde hun tegemoet, en knipperend tegen het felle licht keken ze om zich heen.

De wagen reed over een groot, uit de bergwand gehakt plein, dat voor de uitgang van de tunnel lag. Pepita stopte aan de overzijde en wees met een breed gebaar naar het zonbeschenen, weidse landschap dat zich voor hen uitstrekte. Het deed Kim een beetje denken aan een kalenderfoto, maar dit hier was echt.

Blij weer gewoon buiten te zijn, sprong Mark uit de auto, gevolgd door Kim en Pietertje. Vanaf het hoge rotsplein keken ze als betoverd uit over het prachtige land. De zacht glooiende heuvels aan de voet van de mijterberg gingen geleidelijk over in een golvende vlakte die zich uitstrekte tot de kartelrand van bergen aan de horizon. De akkers die het land bedekten, vormden een mozaïek van gele en bruine tinten dat op sommige plaatsen onderbroken werd door het groen van bomen en bossen. Boerderijen lagen als kleine stippen verspreid over de velden. Tussen dit alles door kronkelde een glinsterende rivier, op weg naar een onbekende bestemming.

Midden in het landschap lag een dorpje. En daarachter, iets hoger…

'Kijk daar, dat kasteel,' zei Kim. Mark en Pietertje hadden het ook gezien.

'Zou dat 't zijn?' vroeg ze gespannen.

Pepita lachte; ze begreep precies wat Kim bedoelde. Met een plechtig gezicht beantwoordde ze de vraag: *'Castillo Milagroso. San Nicolás.'*

Onder een stralend blauwe hemel reden ze tussen de akkers over de smalle landweg die naar Milagroso voerde.

'*El pueblo,*' zei Pepita terwijl ze de afslag nam die naar het dorp voerde. Het leek erop dat ze hun eerst nog even wat van de omgeving wilde laten zien voor ze naar het kasteel gingen.

Over een bruggetje reden ze de hoofdstraat van het plaatsje binnen. Zo te zien was de boerin hier wel vaker geweest, want de mensen staken groetend hun hand op als ze de auto langs zagen komen. Sommigen wierpen nieuwsgierige blikken naar de drie jonge passagiers, die dan al even nieuwsgierig terugkeken.

Met een rustig gangetje tuften ze door de smalle hoofdstraat. In de verte, recht voor hen uit, waren boven de lage, roodbruine pannendaken van de huizen de hoge torens van het kasteel als een soort bakens zichtbaar. Er was op dit middaguur bijna geen verkeer. Alleen een bestelwagen, die bij een bakkerij stilhield, en een modderige tractor, die met veel geraas om een hoek verdween. Een eindje verderop stapte een bejaarde vrouw moeizaam van de stoep en begon langzaam de straat over te steken. Pepita stopte en knikte haar bemoedigend toe.

'Kijk daar es,' siste Kim opeens en wees recht naar voren.

Vanuit een zijstraat was plotseling een fietser verschenen. Met open mond staarden ze naar de Zwarte Piet, die met een boodschappentas aan zijn stuur de weg overstak. Zo te zien had hij het best naar zijn zin, want hij floot vrolijk voor zich uit.

'Zwarte Piet!' gilden ze alledrie tegelijk.

De Piet keek met een ruk opzij. Zijn ogen sperden zich wagenwijd open en vol ongeloof staarde hij naar de zwaaiende kinderen, die hem vanuit een auto in het Nederlands toeriepen. Hij bleef hen aanstaren, ook toen hij op zijn fiets achter de hoek van een huis uit het zicht verdween.

Er klonk een akelig gekraak en meteen daarop fladderden luid kakelende kippen in doodsangst alle kanten op. Mark, Kim en Pietertje sprongen uit de auto en holden naar de plek waar de ongelukkige wielrijder verdwenen was. Daar zagen ze uit de overblijfselen van een kippenhok zijn zwarte hoofd te voorschijn komen. Hij lachte enigszins verdwaasd en zei: 'Hoi.'

De Piet krabbelde eerst zelf overeind en trok vervolgens de fiets en de tas onder de puinhoop vandaan. Zijn boodschappen hadden de klap blijkbaar niet overleefd, want een straaltje stroperige brij droop uit de gescheurde tas op de grond. Met een vies gezicht gooide hij hem tussen de gebroken latten en het verkreukelde kippengaas. Daarna keerde hij zich nieuwsgierig naar de toeschouwers, maar kans om eens rustig te informeren hoe drie Hollandse kinderen in Milagroso terechtkwamen kreeg hij niet, want een roodharige vrouw kwam jammerend het huis uit snellen. Met heftige gebaren vuurde ze een knetterende stroom Spaanse woorden af op de onvoorzichtige fietser, die ondertussen vergeefse pogingen deed haar te kalmeren.

Het duurde wel een paar minuten voordat de dame zo buiten adem raakte dat ze haar mond even hield en van die pauze maakte de Piet snel gebruik om zich aan het buitenlandse bezoek voor te stellen.

'Hallo, ik ben Yoyo,' zei hij, terwijl hij hun alledrie een hand gaf.

Een voor een noemden ze hun naam en Pietertje voegde er bovendien trots aan toe dat hij al zes was.

Yoyo knikte grijnzend.

'Ik heb momenteel even een probleempje,' verklaarde hij. 'Carmelita vertelde me namelijk zojuist in haar toespraakje, dat ze wil dat ik hier blijf om het hok te repareren en alle kippen weer te vangen.'

Hij wierp tersluiks een zijdelingse blik op de vrouw, die zich klagend over de resten van het bouwsel boog.

'Zie je,' vervolgde hij, 'ze is namelijk nogal dol op haar kippetjes. Maar tijdens de ontmoeting met haar kippenhok is mijn voorwiel ingrijpend van vorm veranderd en ik heb geen zin om het hele eind naar huis te moeten lopen. Jullie zijn zeker op weg naar het kasteel?'

Mark knikte. 'Ja, met die mevrouw,' zei hij en wees naar Pepita, die op een afstandje stond toe te kijken.

Yoyo liep snel naar de boerin, gaf haar een hand en begon zachtjes in het Spaans met haar te praten. Terwijl Pepita glimlachend knikte, richtte de Piet zich weer tot de jeugdige bezoekers.

'Zo, da's geregeld. Ik rij met jullie mee, maar ik moet het alleen nog eventjes aan Carmelita vertellen.'

Hij keerde zich naar de vrouw, die met over elkaar geslagen armen naast haar voormalige kippenhok stond en hem dreigend aankeek. Voor hij drie woorden gezegd had, barstte ze weer los in een luide scheldpartij.

'*Vamos,*' zei Pepita grijnzend.

Gevolgd door de kinderen liep ze terug naar de auto. Nauwelijks had ze het vehikel gestart of Yoyo kwam om de hoek rennen, achtervolgd door de woedende kippenhoudster. Met een enorme sprong wierp hij zich op de achterbank, terwijl Pepita op hetzelfde moment flink gas gaf. Haastig kroop de Piet overeind en riep in het Spaans nog een en ander naar de snel uit het zicht verdwijnende Carmelita, die hem met gebalde vuisten stond na te wuiven.

'Ik heb haar gezegd dat ik later nog wel terugkom,' legde hij grinnikend uit, 'maar ik geloof niet dat ze het ermee eens is.'

Het was van het dorp tot het kasteel nog een minuut of vijf rijden. Yoyo maakte van de gelegenheid gebruik om hen van alles te vragen over hun tocht naar het land van de Sint, maar naarmate het kasteel meer in zicht kwam, kreeg hij steeds minder antwoord. Vol ontzag staarden Kim en haar broers naar de sterke muren en de hoge torens, waarop vlaggen wapperden met hetzelfde embleem als op het lakzegel: een mijter met linten en drie ballen.

De auto reed tussen twee stenen pilaren de oprijlaan op en kwam voor de grote houten poort pruttelend tot stilstand. Yoyo stapte uit en trok aan de bel. Een luikje ging open en een gerimpeld, zwart gezicht loerde nieuwsgierig naar de bezoekers. Vervolgens werd het luikje weer gesloten en een ogenblik later zwaaiden de deuren open. Langzaam reed Pepita onder het stenen gewelf van het poortgebouw door, het binnenplein op.

'Hoi Porto,' riep Yoyo vrolijk naar de bejaarde Portierpiet. 'We hebben bezoek.'

De oude man knikte vriendelijk. Mark en Kim keken elkaar aan; ze konden het bijna niet geloven. Milagroso, het kasteel van de Sint. Ze waren er.

Siësta

'Mag ik weten waar jullie vandaan komen en wat jullie hier komen doen?' Het onverwachte geluid van een scherpe stem weerkaatste tegen de muren van het voorplein. Geschrokken draaiden de kinderen zich om.

Een magere Zwarte Piet met een grote uilenbril was geluidloos achter hen verschenen. Hij was gekleed in een zwart fluwelen wambuis en broek en ook zijn schoenen en baret waren zwart. Alleen zijn kraag was hagelwit. Boven een stapeltje mappen en papieren dat hij in zijn armen hield, staarden zijn ogen, die door de bril enorm vergroot werden, de jeugdige bezoekers koel aan. Van hun stuk gebracht wisten die niet meteen wat ze moesten zeggen.

'O hallo, Franco,' kwam Yoyo haastig tussenbeide. 'Dit zijn drie kinderen –'

'Ja, dat zie ik zelf ook wel,' onderbrak zijn collega hem kortaf. 'Ik ben niet blind en ook niet achterlijk. Mijn vraag was waar ze vandaan komen en wat ze hier doen. En dat zou ik graag van henzelf horen, als je 't niet erg vindt.'

Yoyo snoof verontwaardigd. 'Hé, maak 't nou 'n beetje zeg,' protesteerde hij. 'Zie je dan niet dat ze hartstikke moe zijn. Ze hebben net een lange reis achter de rug en dan ga jij hier even politieagentje lopen spelen. 't Zijn geen misdadigers!'

Franco keek hem afkeurend aan.

'Ik speel geen politieagentje,' zei hij scherp, 'maar ik ben hier als secretaris toevallig wél verantwoordelijk voor de gang van zaken. Dat jij nooit verder kijkt dan je neus lang is, betekent nog niet dat iedereen zo is. Deze minderjarigen zijn hier zo te zien zonder begeleiding van ouders of voogden gekomen. Misschien zijn ze wel van huis weggelopen, wie zal 't zeggen? Daar weet jij niets van, en het is ook niet jouw taak als Dakpiet om dat te weten! De Sint en ik zullen dat uitzoeken en dan worden er passende maatregelen genomen.'

Pepita stond ondertussen nog naast haar auto. Ze begreep niets van het Nederlands en keek verbaasd van de ene Piet naar de andere. De bejaarde Piet die het gezelschap had binnengelaten, schuifelde hoofdschuddend terug naar het poorthuis.

Kim voelde zich verward en in haar hoofd buitelden vragen over elkaar heen. Dit was totaal niet de ontvangst die ze verwacht had en haar blije gevoel was opeens verdwenen. Ja, 't was natuurlijk wel waar wat die Piet zei: ze waren op reis gegaan zonder iets tegen hun ouders te zeggen, maar dat was toch niet hetzelfde als van huis weglopen, of toch wel? Daar was ze nu eigenlijk niet meer zo zeker van. En wat zouden haar vader en moeder ervan vinden? Met grote mensen wist je 't maar nooit: die dachten altijd iets anders dan jijzelf en omdat ze groot waren vonden ze altijd dat ze gelijk hadden. En de Sint? Daar moest ze nu maar even niet aan denken. Misschien werd ie wel vreselijk kwaad! Maar wat had ze dan moeten doen? Ze kon die twee inbrekers toch niet zomaar hun gang laten gaan? En wat bedoelde die engerd eigenlijk met 'passende maatregelen'?

Haar gedachten werden onderbroken door de stem van Mark, die enigszins hakkelend probeerde Franco's vraag te beantwoorden.

'Nou eh... we zijn gekomen om... Sinterklaas te waarschuwen, dat er twee kerels zijn die eh... z'n paard willen stelen.'

De gebrilde Piet keek hem aan alsof hij het de meest belachelijke leugen vond die hij in tijden gehoord had.

'Zo, en weten je ouders daarvan?' vroeg hij argwanend.

Mark sloeg zijn ogen neer. 'Nee,' zei hij timide.

Snel voegde hij eraan toe: 'Maar we hebben wel een briefje achtergelaten.'

Franco wierp een triomfantelijke blik op Yoyo en richtte zich daarna weer op strenge toon tot de kinderen. 'Van huis weggelopen dus. Ik vermoedde al zoiets. En natuurlijk geen moment gedacht aan jullie ouders, die nu radeloos van angst thuis op jullie zitten te wachten. Mooi is dat.'

Kim voelde even de neiging om te protesteren, maar toen bedacht ze dat die engerd ergens ook wel gelijk had. Haar vader en moeder waren vast hartstikke ongerust en dat was uiteindelijk háár fout.

'Zo, genoeg gekletst,' vervolgde Franco. 'We weten hier heel goed hoe we met jullie soort kinderen om moeten gaan, dat zullen jullie wel merken. Vooruit, pak je spullen en kom mee.'

'Ja maar...' begon Yoyo, maar voor hij verder kon praten, legde een strenge blik van de uilenbril hem het zwijgen op.

Terwijl Mark naar de auto liep om de rugzak te pakken, zag hij hoe Pepita hem vragend aankeek. De boerin begreep dat er een probleem was, maar waar het precies om ging was haar niet duidelijk. Onder haar vriendelijke blik voelde Mark een brok in zijn keel schieten. Vermoeid als hij was na de lange, uitputtende tocht werd deze rottige ontvangst hem een beetje te veel en hij kon wel janken. Het liefst zou hij weer bij Pepita in de auto stappen en zo hard mogelijk wegrijden.

De boerin stapte naar voren en pakte de jongen bij zijn schouders. Terwijl ze hem bemoedigend toelachte, sloeg ze haar armen om hem heen. Mark slikte en vocht tegen de tranen die achter zijn ogen prikten. De stevige omhelzing van de pezige armen deed hem goed.

Ook Kim en Pietertje omhelsden op hun beurt de kleine, vriendelijke Spaanse, die hen veilig door de gevaren van het gebergte geloodst had, en al spraken ze haar taal niet, de boerin begreep zo ook wel wat ze wilden zeggen.

Franco stond ondertussen ongeduldig toe te kijken. Het liefst had hij gezegd dat het zo wel genoeg was, maar onder de dreigende blikken van Yoyo hield hij zijn mond.

Uiteindelijk kwam dan het moment waarop Pepita in haar auto stapte. Vriendelijk lachend groette ze Yoyo, maar Franco keurde ze daarentegen geen blik waardig. Nadat de motor reutelend tot leven was gekomen, stak ze nog eenmaal haar eeltige duim op en riep: *'Oké!'* Daarna reed ze – uitbundig nagezwaaid door de kinderen – de poort uit.

Franco ging hen voor de trappen van het bordes op en leidde hen door de grote dubbele voordeur naar een marmeren hal. Van daaruit bracht hij hen naar een soort wachtkamertje.

'Ga zitten,' commandeerde hij kortaf. 'En jullie wachten hier tot de Sint tijd heeft, want op het ogenblik houdt hij siësta. Of weten jullie niet wat dat is?'

Zijn gasten bleven hem zwijgend aankijken, maar Franco liet zich daar niet door van de wijs brengen.

'Dat is Spaans voor middagslaapje,' legde hij ongevraagd uit. 'Iedereen hier houdt siësta, dus ik raad jullie aan om héél stil te zijn. En denk er goed om,' voegde hij er dreigend aan toe. 'Ik slaap nooit. Ik hou jullie in de gaten.'

Na een laatste strenge blik door zijn uilenbril liep hij de kamer uit en deed de deur achter zich dicht. Een paar minuten gingen in doodse stilte voorbij.

Opeens fluisterde Kim: 'Als die ene een Dakpiet is, dan is deze zeker een Zeurpiet.'

Alledrie schoten ze in de lach en Pietertje sprong meteen van zijn stoel. Hij liep naar het raam om naar buiten te kijken, want het idee dat hij opgesloten zat, beviel hem helemaal niet. Kim liep naar de deur en duwde voorzichtig de kruk naar beneden.

'Niet op slot,' zei ze tevreden tegen Mark, die met zijn handen in zijn zakken midden in het vertrek stond, en terwijl ze hem aankeek verscheen op haar gezicht een ondeugend lachje.

'Heb jij zin om hier te wachten?' vroeg ze uitdagend.

'Nou, nee, niet echt,' antwoordde hij, om zich heen kijkend in de kale kamer. Er stonden alleen een paar stoelen, een tafel en een leeg kastje, dus veel was er niet te beleven.

'Ik wil hier ook niet wachten,' klaagde Pietertje. 'Ik heb dorst.'

Mark begreep wat zijn zus wilde en keek haar onzeker aan.

'En als die Zeurpiet straks terugkomt, wat dan?' vroeg hij, maar Kim kon daar niet mee zitten.

'Nou, wat zou dat?' schamperde ze. 'We hadden gewoon dorst. Hij kan ons toch niet zomaar opsluiten? Jemig, we zijn geen boeven of zo. We mogen best wat gaan drinken hoor.'

Naar de deur lopend voegde ze eraan toe: 'Kom op, dan gaan we.'

'Joh, wacht nou even,' zei Mark nog steeds bezorgd. 'Je kunt toch niet gewoon maar door het kasteel gaan lopen? Straks zien ze je.'

'Welnee,' grijnsde Kim overmoedig. 'Ze liggen allemaal te pitten, dat hoorde je toch. Kom op man.'

In een oogwenk was ze over de drempel gestapt en gebaarde haar broers haar te volgen. Pietertje wachtte geen moment, maar Mark aarzelde nog. De aanblik van het kale kamertje gaf echter de doorslag en met een zucht haastte hij zich achter de twee anderen aan.

Een witgepleisterde gang leidde het drietal dieper het kasteel in, tot hij na een aantal bochten eindigde bij een wenteltrap, die hen naar een hoger gelegen verdieping voerde. Op hun tenen slopen ze over de gladde stenen vloeren, langs dichte deuren, schilderijen, gordijnen, tafeltjes, vazen en kasten, tot ze via een poort op een overloop belandden, boven aan een grote marmeren trap. Beneden zich, aan de voet daarvan, zagen ze een ruime, halfronde hal waarop een aantal deuren uitkwam. Pietertje begon ze meteen te tellen.

'Acht,' fluisterde hij.

Zo geluidloos mogelijk liepen ze de brede marmeren treden af. Kim wees haar broers op de reusachtige koperen kroonluchter die boven hen hing. In de goudgele bolling van het metaal zagen ze zichzelf weerspiegeld als drie kleine poppetjes met rare, grote hoofden op een oneindig rondlopende trap.

'Welke deur nemen we?' vroeg Mark zachtjes, toen ze beneden in de hal stonden.

'Maakt niet uit,' fluisterde Kim. 'We kiezen er gewoon eentje.'

Nauwelijks had ze dat gezegd of een van de deuren werd vanaf de andere kant geopend. Een grote stapel kartonnen ordners strompelde op twee zwarte benen puffend en kreunend de hal in. Aan de glimmend gepoetste zwarte schoenen te zien was het Franco, die de tijd van het middagdutje nuttig besteedde. De Zeurpiet was zo druk bezig met het in evenwicht houden van zijn lading, dat hij niet merkte hoe de drie weglopers bliksemsnel door een van de andere deuren verdwenen. Roerloos stonden ze achter de gesloten deur te wachten, maar er ging ruim een minuut voorbij zonder dat er wat gebeurde.

'Zullen we nou maar weer teruggaan,' fluisterde Mark nerveus, maar zijn zusje had daar totaal geen oren naar.

'Schijtebroek,' siste ze. 'Ben je bang of zo?'

Zonder op antwoord te wachten liep ze de korte gang door naar een volgende deur, die ze voorzichtig opende. Behoedzaam gluurde ze om het hoekje en toen ze zag dat de kust veilig leek stapte ze, gevolgd door haar broers, over de drempel.

Ze kwamen terecht in een grote, hoge ruimte, die deed denken aan een middeleeuwse ridderzaal, zoals je die in films ziet. Aan de muren hingen tapijten met kleurige voorstellingen uit het leven van de Sint en de balken van het spitse houten dak waren kunstig bewerkt en beschilderd, met veelkleurige ornamenten en bloemmotieven. Lange rijen tafels stonden in het midden opgesteld en op een verhoging stond een fraaie houten troon onder een baldakijn waarop het embleem van de Sint geborduurd was.

'Nnggrrrrrrrrrggrrrrr...'

Van schrik sprongen ze alledrie een meter achteruit en keken enigszins angstig in de richting waar het geluid vandaan kwam. Tot hun verbazing bleek het afkomstig te zijn van een enorm dikke Zwarte Piet, die aan het einde van de zaal in een grote houten stoel zat te slapen. Af en toe liet hij een flubberende snurk ontsnappen die klonk als het getoeter van een verkouden olifant. De koksmuts op zijn hoofd was een beetje scheefgezakt en zijn witte koksjas had hij losgeknoopt om zijn omvangrijke buik wat ruimte te geven. Aan de afmetingen te zien, moest de stoel waarop hij zat speciaal voor zijn brede achterste gemaakt zijn.

Met ingehouden adem slopen ze op hun tenen door de zaal naar een deur aan de andere kant. Zo zachtjes mogelijk deden ze die open en verdwenen in de daarachter liggende gang. Kims ogen glommen. Wie had ooit gedacht dat ze nog eens door het kasteel van Sinterklaas zou sluipen! Ze genoot van de spanning, terwijl ze geruisloos verderliep over een lange Perzische loper die de gladde stenen vloer bedekte.

Ze waren weer een trap op gegaan en bevonden zich juist halverwege een gang met genummerde deuren, toen ergens voor hen opeens het geluid klonk van een sleutel die omgedraaid werd.

Kim reageerde onmiddellijk en sprong zonder aarzelen op de dichtstbijzijnde deur af. Ze duwde hem open en stapte bliksemsnel de verduisterde kamer binnen die erachter lag, op de voet gevolgd door Mark en Pietertje. In hun haast hadden ze echter geen van drieën oog gehad voor het kleine embleem boven het nummer.

De Zwarte Piet die wat verderop uit een kamer kwam, keek even opzij toen hij een deur hoorde sluiten, maar omdat er niemand te zien was, besteedde hij er verder geen aandacht aan en liep de gang uit.

In het schemerdonker van de kamer stonden Kim, Mark en Pietertje roerloos achter de deur. Ze durfden nauwelijks adem te halen en luisterden gespannen naar eventuele geluiden op de gang. Waren ze op tijd weggeweest, of zou degene die uit die kamer kwam toch iets gemerkt hebben en op onderzoek uitgaan?

'Ahum.'

Het korte kuchje achter hen klonk luid in de stilte van de kamer. Geschrokken draaiden ze zich om en doordat hun ogen ondertussen al een beetje aan het donker gewend waren, konden ze vaag een gestalte onderscheiden die in een bed zat. Een arm werd langzaam uitgestrekt en opeens floepte er een lamp aan. Knipperend tegen het felle licht keken Kim en haar broers in het verbaasde gezicht van Sint-Nicolaas.

Welkom

Kim voelde haar hart in haar keel bonken. De onverwachte aanblik van de Sint in het bed had haar de adem compleet benomen en met openhangende mond staarde ze de oude man bewegingloos aan. Ook Mark en Pietertje stonden erbij alsof ze ter plekke bevroren waren.

'Goeiemiddag,' sprak de Sint met een verbaasd lachje. Zijn witte haren zaten door de war van het slapen en zijn mijter stond naast hem op een nachtkastje. Hij zat half overeind met een paar kussens in zijn rug en keek hen nieuwsgierig aan.

'Neem me niet kwalijk dat ik nog in bed eh... vertoef, maar ik moet eerlijk zeggen dat ik geen bezoek verwachtte.'

De kinderen staarden hem aan alsof hij zojuist in 't Chinees een gedicht voorgedragen had. Geen van de kinderen deed een mond open.

'Jullie spreken toch Nederlands,' informeerde de Sint voor de zekerheid. 'Of heb ik het mis?'

Kim voelde haar wangen gloeien. Ze haalde diep adem en slaagde er eindelijk in wat geluid te produceren.

'Ja, eh... nee eh...' hakkelde ze. 'We, eh... Nederlands, Sinterklaas.'

'Mooi zo,' zei de goedheiligman, terwijl hij nadenkend over zijn lange baard streek, die wit afstak tegen het rood van de deken.

'En misschien mag ik dan weten op wat voor wondere wijze jullie hier zo verrassend in mijn slaapkamer terechtgekomen zijn?'

Kim en Mark keken elkaar onzeker aan, want op die vraag was natuurlijk niet zomaar even een antwoord te geven. Wat moesten ze zeggen? Glimlachend bezag de Sint hun verwarring en hij wenkte met zijn hand.

'Komen jullie eerst maar eens even hier. Dat praat denk ik wat gemakkelijker dan zo vanuit de verte.'

Aarzelend schuifelden ze naar voren tot ze naast elkaar bij het bed stonden. De heilige leek hun verlegenheid nogal vermakelijk te vinden.

'Zo, da's beter,' zei hij monter en richtte zich vervolgens tot Kim. 'Laten we dan maar eens beginnen met een heel simpele vraag: Hoe heet je?'

'Eh... Kim, Sinterklaas,' antwoordde ze.

De Sint knikte zwijgend en bleef haar vol verwachting aankijken. Even werd ze daardoor van haar stuk gebracht, maar toen voegde ze eraan toe: 'En dit is Mark, en dat is Pietertje.'

'Hé, wacht eens even,' zei de oude baas, een hand opheffend. Hij fronste zijn wenkbrauwen en tikte nadenkend met een vinger tegen zijn neus.

'Kim, Mark en Pietertje,' mompelde hij peinzend voor zich uit. Opeens klaarde zijn gezicht op.

'Ha, ik weet 't al weer,' riep hij vrolijk. 'Jij bent Kim van de inbrekers. Ja, ja, het bejaarde geheugen is nog steeds in orde. Jij hebt me een brief gestuurd om me te waarschuwen en ik heb er toen eentje teruggestuurd om je te bedanken. En nu sta je hier opeens in mijn slaapkamer, dus er zal wel iets aan de hand zijn. Nou, ik ben benieuwd.'

Onder zijn vriendelijke blik voelde Kim haar onzekerheid verdwijnen. Hij kende haar immers en hij herinnerde zich de brief die ze geschreven had. Opeens was het niet zo moeilijk meer om iets te zeggen; het verhaal leek vanzelf te komen, alsof er vanbinnen een kraan opengedraaid werd. Bijna struikelend over haar woorden begon ze hem hun avonturen te vertellen. Over de twee inbrekers die naar Spanje vertrokken waren, over de reis in de caravan en over alles wat ze in Spanje meegemaakt hadden.

De oude man luisterde aandachtig, zonder haar ook maar één keer te onderbreken. Zijn gerimpelde gezicht stond ernstig en af en toe knikte hij peinzend. Alleen toen ze vertelde over Franco en hun sluiptocht door het kasteel leek het even alsof er achter zijn snor een glimlach te bespeuren was.

'Nou, en eh... toen zagen we u,' eindigde ze haar verhaal.

De Sint keek hen een voor een aan en slaakte een diepe zucht.

'Tja, wat moet ik daar nou mee?' bromde hij. 'Jullie zijn me wel een mooi stelletje hoor! Ik heb nog nooit eerder meegemaakt dat er kinderen helemaal hierheen kwamen om me ergens voor te waarschuwen. Op z'n zachtst gezegd is dat nogal bijzonder. Maar ja, aan de andere kant is dat van huis weglopen natuurlijk goed fout hè, dat snapt een kind.'

Kim voelde haar wangen weer rood worden. Schuldbewust sloeg ze haar ogen neer en ook haar beide broers staarden verlegen naar de grond. De oude heer bezag het drietal met een onderzoekende blik en draaide ondertussen peinzend aan de punten van zijn snor.

'Jullie zijn slim genoeg,' vervolgde hij. 'Volgens mij wisten jullie best wel dat het eigenlijk niet kon, maar hadden jullie gewoon geen zin om erbij na te denken. Het was natuurlijk veel leuker om aan zo'n spannend avontuur te beginnen, waar of niet?'

Mark had tot op dat moment gezwegen, maar nu kon hij het toch niet nalaten om iets te zeggen.

'Ja, maar eh... Kim wist écht niet hoe ze u anders moest waarschuwen hoor,' zei hij verdedigend. 'En ik wou haar niet in d'r eentje laten gaan, echt waar.'

De Sint keek hem met opgetrokken wenkbrauwen aan.

'Is dat zo?' vroeg hij sceptisch. 'Vertel me dan eens waarom je in die caravan geklommen bent? Als je thuis gebleven was, hadden je vader en moeder je natuurlijk gevraagd waar je zusje was, denk je niet? En dan zou Kim hier nu niet aan mijn bed staan, en Pietertje ook niet.'

Mark knikte beteuterd, terwijl de Sint een losse pluk van zijn baard gladstreek.

'Kijk, ik ben wel oud, maar niet achterlijk,' zei hij ernstig. 'Ik weet heel goed dat ieder kind wel eens wat uithaalt, dat hoort er gewoon bij. Maar verdorie, stiekem naar Spanje gaan! Hoe halen jullie 't in je hersens?'

Hij zweeg een moment en vroeg toen ineens zacht: 'En hoe denken jullie dat jullie vader en moeder zich nu voelen?'

Een bedrukte stilte was het enige antwoord. Ze durfden hem niet aan te kijken.

'Nou vooruit, genoeg hierover,' zei hij opeens. 'Ik geloof dat jullie wel snappen waar 't om gaat. Jij ook hè, Pieter?'

Het ventje gaf geen antwoord en staarde de oude heer alleen maar met wijdopen ogen aan. Blijkbaar was het hem allemaal even te veel geworden. Met een begrijpend lachje gaf de Sint hem een knipoog en stak daarna uitnodigend zijn hand uit. Toch duurde het nog even voordat Pietertje aarzelend zijn hand in die van de bejaarde heilige legde.

'Welkom op m'n kasteel, Pieter,' zei de Sint plechtig. 'En nu je hier eenmaal bent, zullen we er maar het beste van maken, vind je ook niet?'

Opgelucht knikte het ventje van ja. Iets zeggen lukte nog niet meteen, maar zijn gezicht stond al een stuk vrolijker.

Op dat moment ging naast het bed met luid gerinkel een wekker af.

'Tijd om op te staan,' zei de Sint. Hij wierp het dek opzij en zwaaide zijn benen over de rand van het bed. Terwijl het bezoek met een mengeling van ontzag en nieuwsgierigheid toekeek, ging de oude heer overeind staan en knoopte een koord om zijn wijde witte onderkleed. Daarna ging hij op een stoel zitten en vroeg: 'Mark, zou jij mij m'n schoenen even willen aangeven?'

Binnen een paar minuten stond de goedheiligman in vol ornaat voor hen, met zijn mijter op zijn hoofd en zijn mantel om zijn schouders. Hij liep naar een intercom die bij de deur aan de muur hing en drukte op een knop.

'Hallo, Pedro, ben je daar?' vroeg hij.

Even klonk er wat gekraak en toen antwoordde een stem: 'Jawel, Sint, zegt u het maar.'

'Zou je samen met Franco even naar mijn werkkamer kunnen komen? Ik ben er over vijf minuten. Schikt dat?'

'Geen probleem, Sint,' klonk de stem weer. 'We komen eraan.'

'Mooi zo, bedankt,' zei de heilige. 'Over en uit.'

Tevreden wendde hij zich weer tot de kinderen.

'Kom jongelui, dan zal ik jullie voorstellen aan Pedro, m'n Hoofdpiet. M'n secretaris kennen jullie al, begreep ik.'

Hij pakte zijn staf en liep naar de deur. Met zijn hand op de knop draaide hij zich nog even om.

'Zeg Kim, voor ik 't vergeet. Als je volgende keer gewoon een brief stuurt aan "Sint-Nicolaas in Spanje" heb ik hem binnen vier dagen. Dat scheelt je een hele reis.'

In de werkkamer stond Pedro hen naast een groot houten bureau al op te wachten. Ondanks zijn vrolijk gekleurde pieten-kleren had hij een indrukwekkend voorkomen. Zijn houding en manier van praten straalden gezag uit en in een donkergrijs pak met een stropdas zou je hem onmiddellijk als een directeur her-kennen. Hij was de manager van het hele bedrijf en stond als zodanig direct onder de Sint.

Franco stond naast hem in zijn zwartfluwelen pak. De secre-

taris zei niets, maar staarde door de dikke glazen van zijn uilenbril met een donkere blik naar de jeugdige bezoekers.

De Sint legde in het kort aan de twee Pieterbazen uit waarom de kinderen naar Milagroso gekomen waren. Franco leek nog steeds niet veel van het verhaal te geloven, maar Pedro knikte waarderend.

'Dus we krijgen twee paardendieven op visite,' zei hij toen de Sint uitgesproken was. 'Ik verwacht eerlijk gezegd niet dat ze in staat zullen zijn om de weg naar het kasteel te vinden, maar voor de zekerheid zal ik iedereen vragen extra goed op te letten.' Vol zelfvertrouwen voegde hij eraan toe: 'Die kerels hebben geen schijn van kans.'

De Sint wendde zich tot zijn secretaris.

'Franco, zou jij willen proberen de ouders van de kinderen te bellen om te vertellen dat ze in veiligheid zijn. Mark kan je het telefoonnummer wel geven.'

De Piet knikte kort. 'In orde, Sinterklaas, ik zal het meteen regelen. Maar, wat doen we ondertussen met deze drie eh... weglopers?'

Kim keek nijdig naar de vervelende Zeurpiet, maar de Sint glimlachte alleen. Vriendelijk antwoordde hij: 'Deze drie eh... ondernemende jongelui blijven vannacht hier logeren, als onze gasten, en we zullen zo snel mogelijk regelen dat ze weer naar hun ouders terug kunnen keren. Mark, wil jij hier even jullie naam, adres en telefoonnummer opschrijven.'

Nadat Mark de gevraagde gegevens op een schrijfblok genoteerd had, scheurde de Sint het bovenste blad er af en gaf het aan Franco. Die was duidelijk niet tevreden met de gang van zaken. Hij vond de Sint veel te vriendelijk voor zo'n stelletje ongehoorzame snotneuzen.

'Neem me niet kwalijk, Sinterklaas,' protesteerde hij, 'maar ik geloof dat die drie het eigenlijk vooral zien als een soort leuke, spannende vakantie, en dat is toch te zot voor woorden. Ze jagen hun ouders de schrik op het lijf en ze missen bovendien ook nog eens een hele week school.'

De Sint keek zijn secretaris ernstig aan.

'Dat weet ik,' zei hij kalm, 'en ik heb 't uitgebreid met ze besproken. Ze snappen heel goed wat er verkeerd is, maar ze deden het in de eerste plaats voor ons, en niet voor zichzelf. Bovendien is wat ze op deze reis leren naar mijn mening wel een paar verloren schooldagen waard. En als jij nu zorgt dat hun ouders gebeld worden, dan hoeven die niet langer ongerust te zijn. In orde?'

Franco bromde iets dat op 'Ja, Sinterklaas' leek. Hij wierp nog een ontevreden blik op de kinderen en haastte zich toen het vertrek uit. Nadat de secretaris verdwenen was, wendde de Sint zich met een ernstig gezicht tot de Hoofdpiet.

'Pedro, nog even wat anders. Waar kunnen we vannacht deze drie schoffies veilig opbergen, zodat ze er niet nog een keer stiekem vandoor gaan?'

Mark en Kim grinnikten, maar Pietertje keek wantrouwig. Wat bedoelde die Sint precies met 'veilig opbergen'?

Pedro zag hem kijken en ontblootte zijn tanden in een wrede grijns.

'O, da's absoluut geen probleem,' zei hij op dreigende toon. 'Ik stop ze wel in een van de torenkamers. Hopelijk houden ze van vleermuizen.'

'Ja ammehoela,' riep Pietertje verontwaardigd. 'Ga zelf maar in die toren zitten. Ik ga mooi niet.'

De gifgroene auto met de paardentrailer reed met een flinke vaart over een heuvelachtige weg. De zon was al een eind over zijn hoogtepunt heen, maar de hitte lag nog als een dikke deken over het land en hoewel de ramen geopend waren, gaf dat nauwelijks enige verkoeling. Willem hing verlept achter het stuur, flink uit zijn humeur, terwijl zijn compagnon naast hem diep onderuitgezakt zat te knikkebollen met de landkaart opengevouwen op zijn knieën. Nijdig gaf de Rubber hem een por tussen de ribben.

'Au,' riep Cor, wakker schrikkend. 'Wat is 'r?'

'Hou je kop erbij, zak patat,' beet Willem hem toe. 'Ik heb geen zin om voor de zoveelste keer mis te rijden.'

Geeuwend ging de Knijpkat rechtop zitten en wierp een duffe blik door het raam naar buiten.

'Kijk op die kaart, baggerkop,' schold zijn maat. 'Dat ouwe wijf heeft 't niet voor niks allemaal precies uitgetekend. Het enige wat jij hoeft te doen is links of rechts zeggen en zelfs dat doe je fout.'

'Ja, maar d'r klopt geen bal van,' klaagde Cor. 'Ik zie allemaal weggetjes die niet op die kaart staan en de dingen die er wel op staan, die zie ik niet.'

'Zoals wat dan?' snauwde Willem.

'Nou, hier heeft ze bijvoorbeeld een soort kip getekend. Maar hoe kan je nou bij een kip rechtsaf gaan?'

Het volgend moment zat de Knijpkat met kaart en al tegen de voorruit geplakt, want Willem stond boven op de rem.

'Stomme papzak,' schreeuwde hij, terwijl hij woest aan het stuur draaide. 'Dat is minstens tien kilometer terug! 't Is toch niet te geloven, wat een minkukel! Pal naast de weg staat een luid kakelende kippenboerderij met een reclamebord zo groot als een volwassen flatgebouw en dat ei hier vraagt zich af wat die kip daar moet!'

In een andere auto, op een andere weg, vele kilometers daarvandaan, zaten Paul en Hilde over hun kaart gebogen. Ze waren even gestopt om wat te drinken en een broodje te eten.

'Kijk, hier moeten we ongeveer zitten,' wees Hilde.

'En dat is nog steeds de goeie richting,' merkte Paul op. 'Westelijk naar de bergen.' Hij nam een slok van zijn lauwe cola om een droge hap brood mee weg te spoelen.

'Nou, dat weet ik nog zo net niet,' wierp zijn vrouw tegen, terwijl ze zoekend met haar vinger over de kaart ging. 'Dat Villacordilla lag toch ook tussen bergen?'

'Nee, niet echt,' antwoordde Paul kauwend. 'Dat waren meer een soort rotsachtige heuvels. Kijk, hier ligt een écht gebergte, volgens mij is dat 't.' Hij wees de bergketen aan die hij bedoelde, maar Hilde leek niet overtuigd en schudde twijfelend haar hoofd.

'Je gokt gewoon maar wat. Ik wou dat we die kerels met die paardenkar konden vinden.'

Met een zucht kwam ze overeind en liet zich vermoeid tegen de rugleuning zakken. Paul vouwde de kaart dicht en legde hem opzij. Zwijgend keken ze samen uit over het landschap van akkers en weiden, dat verzadigd in het zonlicht baadde. Een zacht windje streek over de lange grashalmen en deed de bladeren aan de bomen ritselen. Het was zo'n zeldzaam moment waarop de wereld volmaakt lijkt.

Vlak voor hen kwamen over een paadje tussen de velden een vrouw en een man hand in hand aangewandeld, vergezeld door drie kinderen, die spelend om hen heen huppelden. Met hun in het overvloedige tegenlicht nauwelijks te onderscheiden gezichten, leken ze bewegende beelden in een levend schilderij.

Hildes hand zocht die van Paul. Ze keek naar hem, maar hij bleef onbeweeglijk voor zich uit staren naar het in al zijn gewoonheid zo overweldigende tafereel. Ze legde haar hoofd op zijn schouder, maar nog steeds bleef zijn blik strak gericht op de naderende figuren. Pas toen de weg voor hen weer leeg was, liet hij zijn hoofd tegen het hare zakken en zuchtte diep.

'Zonder jou zat ik nu nog thuis te wachten,' zei hij schor. 'Dan had ik ze dus eigenlijk gewoon in de steek gelaten.'

'Wat een onzin,' protesteerde Hilde. 'Jij bent er veel vaker voor ze dan ik, dat weet je toch zelf ook wel.'

Paul grimlachte even. 'Maar blijkbaar niet als ze in de problemen zitten.'

Even bleef het stil, maar toen kwam Hilde ongeduldig overeind.

'Dat is niet waar. Jij doet de dingen op jouw manier. Ik ben veel kattiger dan jij en toevallig kwam dat nu wel goed uit. Maar dat betekent toch nog niet dat jij ze in de steek laat.'

Ze kneep in zijn hand. Hij knikte zwijgend.

'Ja ja, ik kom er al aan.' Pedro legde de telefoon neer en wendde zich tot de kinderen.

'Het spijt me, jongelui, maar ik moet er weer vandoor. Ik zie jullie straks wel bij het eten. Yoyo, wil jij onze gasten even de weg wijzen naar hun kamer?'

'Graag zelfs,' antwoordde de Dakpiet. Hij wenkte de drie hem te volgen en fluisterde: 'Mis ik lekker mijn aardappelschilbeurt.'

Pietertje had inmiddels begrepen dat de torenkamer geen gevangenis was en liep dus zonder mopperen met hem mee. Via een aantal gangen kwamen ze weer in de hal met de acht deuren terecht.

'Lekker duidelijk hier,' merkte Kim op. 'Hoe weet je nou welke je moet hebben?'

'Veel oefenen,' zei Yoyo en koos zonder aarzelen een van de deuren. Hij leidde hen weer verder door allerlei gangen tot ze helemaal de weg kwijt waren.

'Niet te filmen, wat een doolhof,' zuchtte Mark.

'Niet gering, hè?' grijnsde Yoyo. 'Ja, we hebben hier wel een paar kilometer gang om in te verdwalen.'

'Hoe oud is dit kasteel eigenlijk?' vroeg Kim, om zich heen kijkend.

Yoyo haalde zijn schouders op. 'Hm, nou, dat weet ik niet precies. In ieder geval wel dik uit de middeleeuwen.'

'Maar jullie hebben overal gewoon elektrisch licht en zo,' merkte Kim enigszins teleurgesteld op.

'Ja wat dacht je dan,' antwoordde de Dakpiet. 'Dat we hier nog bij het flakkerende licht van een kaars met een ganzenveer zaten te schrijven? Mens schiet op, we hebben telefoon, fax, tv, dvd, computers, internet, e-mail, de hele rataplan. Alleen geen bubbelbad.'

'Hebben jullie ook een lijmgeweer?' vroeg Pietertje.

'Een wát?' Yoyo staarde hem stomverbaasd aan.

'Hij bedoelt een kitspuit,' legde Kim uit. 'Onze buurman heeft zo'n ding, maar daar mag hij niet meer aankomen.'

'Z'n eigen schuld,' zei Mark. 'Hij ging ermee cowboytje spelen en toen zaten er zes jongetjes en een hond aan elkaar vast.'

Yoyo keek fronsend naar Pietertje, maar die was totaal niet onder de indruk. Breed grijnzend keek hij terug.

Al pratend kwamen ze door een gang langs een stuk of wat stoffige harnassen, die als versiering aan weerszijden tegen de muur stonden opgesteld. Pietertje stak meteen een hand uit naar een zwaard om te voelen of het scherp was, maar Yoyo greep hem snel bij zijn arm.

'Dat is geen speelgoed, jongeman,' vermaande hij hem. 'Kom maar gauw mee. Ik heb een beetje een omweg genomen, want ik wil jullie eerst even wat bijzonders laten zien.'

'Wat dan?' riep Pietertje.

'Dat zul je wel merken,' antwoordde de Dakpiet ontwijkend.

Nieuwsgierig volgden ze hun gids, tot ze aan het eind van een gang bij een gesloten deur kwamen waarop een bord bevestigd was met de mededeling: VERBODEN TOEGANG VOOR ONBEVOEG-DEN.

'Hier is 't,' fluisterde Yoyo geheimzinnig. Hij opende de deur en kondigde op plechtige toon aan: 'De speelgoedfabriek van Sinterklaas.'

De fabriek

Door de geopende deur zagen ze tot hun verbazing een reusach-tige hal vol met grote en kleine machines, werkbanken, hijsap-paraten, stellingen, schappen, kasten, rekken, dozen, kisten en noem maar op. Er klonk gebrom, gezoem, gesis, geratel en geklop. Zwarte Pieten in overalls stonden, liepen of zaten te wer-ken, en verder was er speelgoed, eindeloos veel speelgoed in alle denkbare vormen en kleuren. Het rolde in onderdelen uit machines, werd op werkbanken in elkaar gezet of was hoog opgestapeld om ingepakt te worden.

'Mooi hè?' zei Yoyo ernstig. 'Zullen we dan nu maar naar jullie kamer gaan?'

Ze keken hem ongelovig aan; dat meende hij toch niet?

Een brede grijns verscheen op het zwarte gezicht van de Dakpiet. 'Kom op, sukkeltjes,' grinnikte hij, 'dan gaan we kijken.'

Diep onder de indruk van het fantastische schouwspel daalden de drie achter Yoyo de trap af die naar de werkvloer leidde. Met grote ogen om zich heen kijkend volgden ze hem tussen de stellingen en machines door.

'En nu is het niet eens druk,' legde hij uit. 'Je zou het moeten zien als het bijna Sinterklaas is: dan is het een compleet gekkenhuis.'

Het speelgoed was er in alle soorten en maten, van het meest ouderwetse tot het allermodernste. Uit een grote tuit druppelden prachtig gekleurde glazen knikkers. Blaffende robothondjes kwispelden met hun antenne. Een Timmerpiet stond houten sjoelbakschijven te draaien en wat verderop soldeerde een Technopiet de elektrische bedrading van een modelvliegtuigje.

Terwijl Pietertje met een indianentooi op zijn hoofd het beschilderen van rubberen dinosaurussen bewonderde, liepen Mark en Kim onder een poort door waarop stond: AFDELING DIGITALE PRODUCTEN. Voor zich zagen ze een helder witte ruimte met glimmende metalen deuren die als opschrift hadden: TESTRUIMTE A, B, C, enzovoort. Aan de zijkant zaten Digipieten in witte pakken voor een lange rij beeldschermen computerspelletjes te ontwerpen. Een van hen zag de twee bezoekers binnenkomen.

'Hé, kijk daar es,' riep hij. 'Twee proefkonijnen, dat komt goed uit. Willen jullie m'n nieuwe 3D-doolhofspel even testen? 't Is bijna klaar.'

Voor Kim iets kon zeggen, was Mark al achter de joystick gekropen, maar tot zijn teleurstelling was hij binnen een minuut

144

af. De Digipiet sloeg hem bemoedigend op zijn schouder en deed toen razendsnel voor hoe het moest.

'Nou, zo goed ben ik nog lang niet hoor,' zuchtte Mark, diep onder de indruk.

'Geeft niks,' zei de Piet. 'Als je maar lol hebt. Persoonlijk vind ik een potje kwartetten ook leuk.'

Ze liepen de afdeling weer uit en vonden Pietertje vol vuur in actie met een brandweerauto, die hij op afstand kon besturen. Hij liet de lichtjes knipperen en kon zelfs de sirene laten loeien. Dat deed hij zo lang en zo hard, dat alle Pieten in de buurt begonnen te roepen dat het nu wel genoeg was. Hij had het dus prima naar zijn zin en het kostte Yoyo enige moeite om hem bij het ding vandaan te sleuren. Pas toen Kim hem een grote bont-gekleurde skippybal voorhield, stribbelde hij niet meer tegen en bonkte met grote sprongen over de ballentestbaan. Ondertussen had Mark iets verderop in een hoek een dartboard met pijltjes ontdekt en meteen daagde hij Yoyo uit voor een wedstrijdje.

Kim liet ze hun gang gaan. Nieuwsgierig liep ze verder door een smal pad tussen de machines en de werkbanken, dat haar via de vingerverf en de boetseerklei naar de poppenafdeling voerde. Zelf had ze maar één pop, want haar ouders waren bang geweest dat poppen te meisjesachtig waren. Ze hadden nooit goed kun-nen besluiten of ze haar als meisje géén pop moesten geven, of de jongens juist extra véél poppen en daarom had Kim alleen maar Moepie, een lappenpop uit de wereldwinkel.

Maar dit hier was andere koek. Duizenden poppen keken haar vanaf hoge stellingen glimlachend aan. Grote en kleine poppen met kleren in alle kleuren van de regenboog. Sommige hadden fraaie kapsels van echt haar, terwijl andere het moesten doen met een haarkleurig verflaagje over hun plastic schedel. Een tikje schuldbewust bedacht Kim dat ze thuis al meer dan een jaar niet naar Moepie had omgekeken, terwijl ze hier al die poppen prach-tig vond. Opgetogen liep ze tussen de stellingen door, want het leek wel of al de gezichtjes naar haar lachten. Ze kreeg de neiging om te zwaaien.

Opeens klonk achter haar een stemmetje: 'Mamma.'

Verbaasd draaide ze zich om, maar er was niets te zien; alle poppen zaten nog keurig op hun plaats.

'Mamma,' klonk het, nu van de andere kant.

Snel draaide ze haar hoofd om, maar weer kon ze niets ontdekken. Of toch? Glimlachten al die poppengezichtjes nu meer dan eerst, of verbeeldde ze zich dat maar?

'O hoi, daar ben je,' klonk het opeens. Yoyo kwam met haar broertjes aanlopen. 'Kom op, juffie, dan gaan we weer verder.'

Na een laatste onderzoekende blik op de poppen, volgde ze de Dakpiet tussen de stellingen door naar een andere grote hal, waaruit een wolk van heerlijke, zoete geuren haar tegemoetkwam.

De aanblik van de snoep- en banketafdeling was genoeg om ieder kind gek te maken. Overal op de stellingen, schappen en tafels lagen bergen van de meest verrukkelijke lekkernijen.

'Dit is alles wat er over is van dit jaar,' legde Yoyo uit. 'Het lijkt wel veel, maar dat is het niet hoor. Eind augustus beginnen we pas weer met de nieuwe productie, want de meeste spullen moeten natuurlijk vers gemaakt worden. Alleen aan kauwgom en dat soort snoep kunnen we eerder beginnen.'

Watertandend liepen ze tussen de stapels speculaaspoppen, taaitaai en ander snoepgoed. Als dit alleen maar restanten waren, hoe moest het hier dan wel niet zijn vlak voor Sinterklaas? Links zagen ze een enorme bak die nog halfgevuld was met kruidnootjes en rechts lag onder de tuit van een machine nog een hele berg dropmunten. Op een werkbank lagen Oudhollandse suikerbeesten in alle kleuren en maten naast hun gietvormen en daarnaast chocoladesintjes en -pietjes, gedeeltelijk al verpakt in gekleurd zilverpapier. Chocoladeletters waren gesorteerd op melk, puur of wit en ook nog eens op grootte en op alfabet. Marsepeinen appels, peren, kikkers, muizen, wortels en worsten zagen eruit om zo in te bijten. Overdonderd door de overvloed van dit paradijs stonden de drie te midden van alle heerlijkheden om zich heen te kijken.

'Het is jammer,' zei Yoyo, 'maar vóór het eten mag er niet gesnoept worden. Komen jullie mee?'

Zijn gasten lieten zich echter niet weer een keer door hem in de maling nemen en bleven staan waar ze stonden.

'Wat is er?' vroeg Yoyo met een gezicht alsof hij de onnozelheid zelve was. 'Oooo, jullie willen misschien toch iets kleins uitzoeken? Nou, vooruit dan maar, voor deze éne keer.'

Met een juichkreet stortte Pietertje zich onmiddellijk op de bergen snoep en begon zijn mond vol te proppen. Zijn zus en broer deden het iets rustiger aan. Mark pakte een gevulde speculaaspop en Kim nam een marsepeinen zwartepiet. Geërriteerd keek ze naar haar broertje, dat van gekkigheid niet wist waar hij al het snoep moest laten, terwijl zijn mond en broekzakken al uitpuilden.

'Doe gewoon man,' zei ze nijdig.

'’t Bag doch,' antwoordde hij met volle mond en ging ijverig door met graaien.

'Zullen we nu maar weer verdergaan,' kwam Yoyo tussenbeide en trok Pietertje aan zijn bloesje bij het snoep weg. Terwijl ze hun tocht door de verlaten hal vervolgden, stak Kim de marsepeinen zwartepiet tussen haar tanden en beet het hoofdje eraf. Vrijwel op hetzelfde ogenblik greep Yoyo reutelend naar zijn hals. Met een afschuwelijk vertrokken gezicht stamelde hij: 'M'n hoofd, m'n hoofd!'

Kim hield geschrokken haar pas in. Verbijsterd keek ze naar de kronkelende Piet en toen naar het onthoofde zwartepietje in haar hand. Ze kreeg het er benauwd van, vooral omdat de vreemde ervaring bij de poppen nog vers in haar geheugen zat.

Plotseling stopte Yoyo echter met kermen en langzaam verscheen er een brede grijns op zijn gezicht.

'Nou-hou,' zei Kim boos en lachend tegelijk.

'Ja, lelijke koppensneller!' plaagde Yoyo haar. 'Durf je wel hè, tegen zo'n kleintje.'

'Puh, tegen jou ook wel hoor,' antwoordde Kim en beet uitdagend in de marsepeinen piet.

Al lopend waren ze aan het eind van de hal gekomen.

'Kijk, hier wordt het strooigoed gemaakt,' verklaarde Yoyo en wees daarbij op een aantal machines die naast elkaar opgesteld stonden.

Pietertje rende eropaf en begon onmiddellijk handenvol tumtummetjes en zuurtjes uit een van de opvangbakken te graaien. Hij propte het spul eerst in zijn mond en omdat zijn twee broekzakken al vol zaten, stopte hij de rest in zijn achterzak en in de borstzak van zijn bloesje. Mark keek ondertussen nieuwsgierig naar een ander apparaat, waarop in een grote doorzichtige bol een roze brei borrelde.

'Dat is de kauwgommachine,' legde Yoyo uit.

Bij die mededeling begonnen Pietertjes ogen te glimmen. Hij liep onderzoekend om de machine heen en toonde daarbij veel interesse voor een grote rode knop waarop in zwarte letters het woord 'start' stond.

'Hé makker, nergens aankomen hoor,' waarschuwde de Piet hem. 'De afvoerleiding is niet aangesloten en als je 'm nu aandoet, spuit die plakkerige rommel zo over de vloer. Kom op, we gaan verder.'

Met zijn mond nog vol tumtummetjes graaide Pietertje uit een bak naast de machine nog snel enkele pakjes kauwgom mee en stak die bij gebrek aan ruimte tussen zijn sokken.

'En wat is dat?' vroeg Kim naar boven wijzend, waar een enorme metalen tank tot aan het dak reikte.

'O, dat is de pepernotenopslag,' legde Yoyo uit. 'We kunnen wagentjes onder die silo rijden om ze te vullen, en via die hele grote schuifdeuren daarachter kan er zelfs een vrachtwagen onder.'

Hij liep naar een paneel en haalde daarop een hendel heel even over. Meteen stroomde een dikke straal pepernoten uit een plastic slurf in een karretje dat eronder klaarstond.

Pietertje was er als de kippen bij om zijn snoepvoorraad nog wat aan te vullen, maar toen hij de pepernoten weg wilde bergen, merkte hij dat hij geen plaats meer had. Z'n wangen, z'n zakken en z'n sokken stonden al bol van de snoep en hij leek wel vijf maten dikker. Een beetje beteuterd stond hij met de buit in zijn handen.

Yoyo en Mark lachten hem uit, terwijl Kim haar broertje alleen maar vol walging bekeek. Het ventje liet zich door hun reacties echter niet van de wijs brengen. Met een gezicht alsof het heel gewoon was liet hij het lekkers van boven in zijn bloesje glijden.

'Nou, jij wordt van snoepen wel érg snel dik,' plaagde Yoyo hem en Mark merkte grinnikend op: 'Nu ben je pas écht zoet.'

Kim zag er echter het leuke niet van in. 'Klein kind,' snauwde ze. 'Doe normaal.'

'Einde van de rondleiding,' kondigde Yoyo aan. 'Kom op, dan gaan we naar jullie kamer.' Hij opende een deurtje in de grote schuifdeuren en stapte naar buiten.

Hijgend en puffend bereikten ze de top van de steile wenteltrap die tot helemaal boven in een van de torens liep. Alleen Yoyo leek, als getrainde Dakpiet, nergens last van te hebben.

'Wat een watjes,' spotte hij. 'Jullie lijken wel een stelletje bejaarde honden; die laten hun tong ook altijd over de vloer slepen. Nou ja, we hoeven nu in ieder geval niet meer te dweilen, dat scheelt.'

Met een sierlijke buiging opende hij een deur. 'En hier is dan het hondenpension voor de nacht. Ik hoop dat het naar uw zin is. Als u iets nodig heeft moet u maar blaffen.'

Kim stapte naar binnen en keek om zich heen. Ze zag een ronde kamer met twee ramen tegenover elkaar en daartussen tegen de muur een groot tweepersoonsbed.

'O, eh, Yoyo, eh...' zei ze aarzelend, 'hebben jullie misschien een apart bed voor Pietertje, want die ligt altijd de hele nacht te draaien.'

'Ja, omdat jij winden laat,' riep haar broertje verontwaardigd. 'Anders stik ik.'

'Hemeltje, een apart bed voor meneer,' mompelde Yoyo peinzend. 'Daar zeg je me wat, even denken hoor, eh... ja, ik weet al iets. Wat dacht je van dit logeerbed?'

Hij liep naar een grote houten dekenkist en opende met een sierlijk gebaar het deksel.

'Kijk meneer, dit super-de-luxe privé-bed zal speciaal voor u worden opgemaakt. Wat denkt u daarvan?'

'Ja, gaaf hé,' riep Pietertje, onmiddellijk enthousiast over de bijzondere slaapplaats voor hem alleen.

Ook Kim vond het een prima oplossing. Ze bekeek het inwendige van de kist en zei tevreden: 'Dan is ie meteen mooi opgeborgen.'

'En dat ding kan nog op slot ook,' voegde Mark er waarderend aan toe.

'Moet je durven!' gilde Pietertje. 'Gemene kinderbeul. Dan spoel ik je pet door de wc.'

Marks ogen werden plotseling groot van verbazing.

'Hé, hoe kom jij daaraan?' riep hij verbijsterd.

'Nou gewoon,' antwoordde Pietertje schouderophalend. 'Die lag hier, op dat tafeltje.'

Zijn grote broer staarde hem aan alsof het ventje ter plekke in een bos wortelen veranderd was.

'Maar... die had ik in dat winkeltje laten liggen,' zei hij niet-begrijpend. 'Geef es hier.'

Hij pakte de pet en onderzocht hem nauwkeurig, zowel vanbinnen als vanbuiten.

'Ja, dit is 'm,' constateerde hij uiteindelijk, met een stem waarin het ongeloof nog doorklonk.

'Weet je 't zeker?' vroeg Kim sceptisch.

'Ja,' zei Mark, en keek daarbij vragend naar Yoyo. 'Maar hoe komt ie hier eigenlijk?'

'Hallo, ik ben onschuldig hoor,' antwoordde de Piet. 'Vraag 't maar aan Franco. Die steekt zijn neus overal in; zelfs in zo'n zweetpetje.'

Mark stond nog een moment peinzend met de pet in zijn handen en zette het ding toen maar op zijn hoofd.

'Nou ja, ik heb 'm terug,' zei hij. 'Da's 't belangrijkste. Ik dacht al dat ik 'm voorgoed kwijt was.'

'Zo zie je maar weer, nooit wanhopen,' oreerde Yoyo opgewekt. 'De wonderen zijn de wereld nog niet uit.'

'Hé, moet je es zien hoe hoog we zitten,' riep Kim. 'Je kunt hartstikke ver kijken van hieruit.' Ze stond bij een van de ramen en bewonderde het weidse landschap rond het kasteel.

'Kun je Nederland zien?' vroeg Pietertje nieuwsgierig, maar die vraag leverde hem slechts hoongelach van zijn broer en zus op.

'Nou, 't kon toch,' reageerde hij beledigd.

'Kijk,' wees Yoyo, terwijl hij het raam opende. 'Hier beneden zijn de stallen en daar staat ook de schimmel, Amerigo.'

Met enige aarzeling bogen de kinderen zich over de hardstenen rand van de vensterbank en zagen diep beneden zich een binnenplaats, die tussen hun toren en de stallen gelegen was. Een Stalpiet leidde juist een kastanjebruin paard over de keien en het geklikklak van de hoefijzers weerkaatste tegen de muren.

'Jullie mogen er best naartoe gaan hoor,' zei Yoyo op zijn horloge kijkend, 'maar ik bedenk opeens dat ik voor het donker de kippen van Carmelita moet vangen. Ik haal jullie vanavond wel op voor het eten, oké?' Zonder op antwoord te wachten haastte hij zich de kamer uit.

Terwijl Mark zich lui achterover op het bed liet ploffen en Pietertje zijn snoep in de la van een kast stopte, bleef Kim bij het raam staan. Met haar hoofd tegen de koele muur leunend, liet ze haar blik over de daken van het kasteel glijden. In gedachten hoorde ze weer wat de Sint over haar ouders gezegd had. Die moesten nu inderdaad vreselijk ongerust zijn, dat kon niet anders. Was het maar mogelijk om alles weer gewoon terug te draaien, bedacht ze somber. Ze had alleen maar het paard willen redden, dat was alles, maar ja, nu kon ze er niks meer aan veranderen.

Opeens werd haar aandacht getrokken door een ruiter die af en toe zichtbaar was tussen de bomen aan de rand van een wei, niet ver buiten de kasteelmuren. Ondanks de afstand herkende ze de figuur onmiddellijk aan zijn mantel en zijn baard. Het was de Sint die daar rondjes reed. Paard en ruiter draafden rustig over het grasland langs de bomenrij. Het zonlicht speelde door de witte manen en deed het rood van de mantel gloeien.

'Ik ben misselijk,' kreunde Pietertje achter haar.

Nijdig draaide Kim zich om.

'Je eigen schuld, stom kind,' snauwde ze.

Vanaf het bed grijnsde Mark vol leedvermaak naar zijn broertje.

'Ach nee hè, een bedorven maagje,' plaagde hij. 'Hoe zou dát nou toch komen?'

'Nou-hou,' klaagde Pietertje, 'ik ben echt ziek. Ik heb een virus.'

'Nee, je bént een virus,' schold Kim .

'Nou, kom dan maar hier bij de wastafel,' zei Mark, die medelijden kreeg. 'Misschien kun je er wat uitgooien. Nee, niet op 't bed, sukkel!'

Kim liep de kamer uit.

'Succes ermee,' schamperde ze. 'En vergeet niet z'n kist goed op slot te doen.' Met een klap trok ze de deur achter zich dicht.

Klein en groot

Kim liep om de stallen heen en achter een koetshuis langs, tot ze bij een overkapping kwam waar een Stalpiet hooibalen aan het opsteken was. Op haar vraag hoe ze bij de plek kon komen waar de Sint met Amerigo aan het rijden was, wiste hij met een grote zakdoek het zweet van zijn voorhoofd. Zwijgend stak zijn vork in een baal hooi en bracht haar naar een smalle, hoge poort in de kasteelmuur, waar hij haar op een bochtig pad wees dat tussen bomen en dicht struikgewas verdween. Ze bedankte hem en liep verder in de aangegeven richting tot ze bij de weide kwam, waar ze aan de rand onder de overhangende boomtakken bleef staan.

'Niet bang zijn,' zei ze tegen zichzelf. 'Gewoon rustig blijven; de Sint is erbij dus er kan niks gebeuren.'

Maar ondanks haar pogingen om zo rustig mogelijk adem te halen, voelde ze haar hart behoorlijk tekeergaan.

De bejaarde ruiter kreeg zijn publiek al snel in de gaten. Hij wendde de teugel en kwam in een rustige galop over het grasland aanrijden. Luid snuivend stopte Amerigo vlak naast Kim, die ondanks haar voornemen om kalm te blijven toch door een gevoel van paniek overvallen werd en angstig terugdeinsde voor het enorme dier.

'Je hoeft niet bang te zijn hoor, echt niet,' zei de Sint terwijl hij zich uit het zadel liet glijden. 'Amerigo is wel groot, maar hij zal je nooit pijn doen.'

Liefkozend klopte hij de schimmel op de hals.

'Elke dag gaan we samen een uurtje rijden,' legde hij uit, 'anders worden we stijf en stram. Zeker op mijn leeftijd moet je het hele jaar door blijven oefenen voor het dakwerk in december, dat begrijp je natuurlijk wel.'

Amerigo schraapte ongeduldig met zijn hoef over de grond.

'Ja ja,' zei de Sint. 'Rustig maar, schobbejak. Ik zal jullie heus wel aan elkaar voorstellen hoor. Amerigo, dit is Kim.'

Het paard knikte met zijn hoofd en stak zijn neus snuffelend uit naar de bezoekster.

'En Kim, dit is Amerigo.'

Aarzelend stak ze haar hand uit en aaide het dier over de fluweelzachte neus.

'Eh... hoi... eh, Amerigo,' zei ze, ineens niet bang meer. Een beetje plechtig voegde ze eraan toe: 'Prettig om kennis met je te maken.'

De haren van de paardenneus kriebelden in haar hand en ze voelde de warme adem uit de grote neusgaten stromen.

'Sinterklaas, zou ik u even mogen storen?' vroeg een bekende stem. Ze keek om en zag Franco over het pad aan komen lopen.

'Natuurlijk, Franco,' antwoordde de Sint. 'Vertel maar.'

'Nou, ik heb eerst eindeloos geprobeerd om hun ouders te pakken te krijgen, maar dat lukte niet. Daarna heb ik de politie in Nederland ingeschakeld, maar die kunnen ook geen contact met ze krijgen. Misschien zijn ze er wel vandoor om hun kinderen te zoeken, wie weet?'

De Piet keek Kim aan alsof hij zeggen wilde: en dat is allemaal jouw schuld.

De Sint knikte en staarde peinzend voor zich uit.

'Hè, wat vervelend nou,' mompelde hij terwijl hij afwezig een baardhaar om zijn vinger draaide. 'Laat me es denken, wat kunnen we daaraan doen?'

Even bleef het stil. Toen knikte hij bedachtzaam en zei tegen zijn secretaris: 'Vraag maar aan Spido of hij de ouders kan opsporen. Als iemand ze kan vinden is hij 't wel. En wat onze drie gasten betreft, eh... die blijven natuurlijk hier bij ons, tot we weten waar hun ouders zijn. Regel jij dat even met Pedro?'

De Piet wierp een korte, zure blik op Kim en knikte.

'Zoals u wilt, Sinterklaas,' antwoordde hij stroef. Hij wilde zich omdraaien, maar de Sint hield hem met een handgebaar tegen.

'Een moment, Franco, ik blijf nog even hier met Kim. Zou jij zo vriendelijk willen zijn om Amerigo naar de stal mee te nemen? Of nee... wacht eens.' Hij wendde zich tot Kim. 'Je hebt nu kennis met hem gemaakt. Misschien vind je 't ook wel leuk om even op hem te rijden. Wil je 't proberen?'

Geschrokken staarde ze de bejaarde baas aan, want het voorstel overviel haar. Dit was wel even wat anders dan die zachte neus aaien. Aarzelend keek ze omhoog naar het grote witte paardenhoofd, dat hoog boven haar eigen hoofd uitstak. Zou ze 't doen? Wat kon er nou helemaal gebeuren? Maar ja, die rug, dat zadel, dat was toch wel erg hoog. Ze zou vast en zeker vallen. Jemig, als ze nou maar niet zo bang was!

Voor ze een beslissing had kunnen nemen, kwam Franco tussenbeide.

'Neem me niet kwalijk hoor, Sinterklaas, maar ik vind 't persoonlijk niet zo'n goed idee. Tenslotte is dit een minderjarige, voor wie wij op dit moment verantwoordelijk zijn. Het kind is er gewoon nog véél te klein voor. U ziet 't toch zelf ook wel, ze lijkt eerder zes dan tien; ze kan bijna rechtop onder het paard door lopen. Wat zullen die ouders wel niet zeggen als er iets zou gebeuren?'

De Sint keek Kim ongemakkelijk aan. 'Tja,' zuchtte hij, 'dat is natuurlijk wel zo, hè? Je ouders zouden niet echt blij zijn als je je benen breekt.'

Franco knikte tevreden. Zonder verdere discussie af te wachten, greep hij de teugels en leidde Amerigo weg over het pad onder de bomen. Vlak voor hij met het dier om de bocht achter het struikgewas verdween, keek hij nog even over zijn schouder en zei: 'Een hobbelpaard lijkt me voorlopig een stuk veiliger.'

Met een gezicht dat wit weggetrokken was van kwaadheid keek Kim de secretaris na. Het liefst had ze die kwal net als Johnny in een of andere gracht geduwd. Naast haar slaakte de Sint een diepe zucht.

'Nou zeg, dat had wel wat aardiger gekund, hè?' zei hij hoofdschuddend.

Kim zweeg en staarde strak voor zich uit. Ze voelde haar hart in haar keel bonken. Waarom deed die rot-Franco ook steeds zo klierig, ze had hém toch niks gedaan?

'Gaat 't een beetje?' vroeg de oude heilige bezorgd, terwijl hij een hand op haar schouder legde.

Ze probeerde te slikken maar dat lukte niet: haar keel zat dicht. Tranen welden vanzelf op en begonnen over haar wangen te stromen; ze kon er niets aan doen. Haar schouders schokten. Ze sloeg haar handen voor haar gezicht en boog zich hevig snikkend voorover. Alle ellende die ze steeds maar weggestopt had, kwam ineens omhoog en zocht een uitweg. Een doffe, kloppende pijn vulde haar hoofd tot het bijna leek te barsten.

Troostend hield de Sint zijn hand op haar schouder en wachtte geduldig tot ze wat kalmer werd. Het duurde even voor het zover was, maar uiteindelijk kwam ze toch overeind en probeerde de laatste tranen weg te slikken. Af en toe welde er nog een snik op, maar verder ging het wel weer.

Van onder zijn mantel haalde de goedheiligman een zakdoek te voorschijn die hij haar aanreikte. Zonder hem aan te pakken staarde ze naar de hagelwitte, geborduurde stof, alsof ze niet begreep wat ze ermee aan moest.

''t Is een schone hoor,' zei de Sint plagend.

Door haar tranen heen moest Kim lachen. Ze nam de zakdoek aan en veegde haar wangen en haar neus ermee af. Het ding zat meteen vol natte vegen.

'Nou is ie vies,' snotterde ze.

'Geeft niet,' zei de Sint geruststellend. 'Die gaat zo de was in. Voel je je nu een beetje beter?'

Nog nasniffend knikte Kim van ja.

'Ik vond het gemeen,' fluisterde ze. 'Ik kan het toch ook niet helpen dat ik niet zo groot ben?'

'Tuurlijk niet,' troostte de Sint haar. 'En 't maakt toch ook niks uit, groot of klein.'

'Ja maar, op school pesten ze me ermee,' zei Kim treurig. 'Ze zeggen dat ik een dwergje ben.'

'En ben je dat?' vroeg de Sint.

Kim keek hem verbaasd aan.

'Nee... natuurlijk niet... maar dat zeggen ze.'

De oude man glimlachte. 'Nou en?' zei hij. 'Ze kunnen zoveel zeggen. En al wás je een dwergje, wat dan nog? Luister, je bent precies goed zoals je bent. Laat ze maar schelden. Wie weet ga je binnenkort wel heel erg groeien, dat gebeurt soms, en dan maken ze je opeens uit voor 'lange bonenstaak'. Kijk, 't is altijd wat. Sommige mensen noemen mij bijvoorbeeld een clown met een baard en een puntmuts. Ach, da's natuurlijk niet leuk, maar de kunst is om je er niets van aan te trekken.'

'Ja, dat probeer ik ook wel,' zuchtte Kim, 'maar ze gaan maar door, elke dag. En ze schoppen me en ze slaan en ze maken m'n spullen kapot.'

'Ja, dat is natuurlijk wel 'n probleem,' gaf de Sint toe. 'Dan wordt het een beetje moeilijk om net te doen of je niets merkt.'

'En 't helpt ook niks om het tegen m'n vader of m'n moeder te zeggen,' vervolgde Kim bitter, 'want die hebben toch nooit tijd.' Fel voegde ze eraan toe: 'Ze moesten zelf eens gepest worden, dan zou je ze es horen!'

De Sint knikte begrijpend. 'Ze hebben 't druk, hè?' vroeg hij.

'Ja, nogal,' antwoordde Kim boos. 'En ze luisteren voor geen meter als ik wat zeg. Ze doen net alsof ik nog klein ben.'

'En je bent helemaal niet klein,' zei de Sint ernstig.

Kim keek hem onderzoekend aan; was hij haar nou aan het plagen? Opeens begon ze te lachen. 'Nou ja, ik bedoel, ik ben wel klein, maar geen klein kind meer.'

De goedheiligman grinnikte waarderend.

'Aha, klein en toch groot. Zullen we es terug lopen?'

In het rode licht van de dalende zon liepen ze over het pad naar de poort bij de stallen. Kim vertelde over het werk van haar moeder, de schrijverij van haar vader, over school, over haar vriendinnen en over de pesterijen van Johnny. De Sint luisterde. Af en toe stelde hij een vraag, maar het grootste deel van de tijd zweeg hij.

Ze gingen de poort door en kwamen al wandelend bij een prachtige, ommuurde tuin. De schaduw van de avond lag al over de planten en de bloemen, maar toch was het er nog heerlijk. Om de tuin heen liep een overdekte galerij met stenen pilaren.

'Ik wou dat ik twee meter was,' verzuchtte Kim. 'Dan zouden m'n vader en moeder wel anders doen. Ik kan het gewoon niet uitstaan dat ze me altijd maar als een klein kind behandelen.'

'Denk je echt dat dat zou helpen?' vroeg de Sint.

Kim haalde haar schouders op. 'Ik weet 't niet,' zei ze. 'Misschien.'

Zwijgend keek ze naar de bloemen, waarvan de diepe kleuren zelfs in de schaduw nog oplichtten. Een vleugje avondwind streek over de planten en deed de stengels en blaadjes zachtjes bewegen. Ze rook de aarde en het groen en opeens werd ze overvallen door het gevoel dat ze hier altijd zou willen blijven, hier in die tuin te midden van al die bloemen en geuren.

'Weet u, ik hou eigenlijk best heel veel van ze,' zei ze opeens. 'En ik wíl ook wel van ze houden, maar soms denk ik dat ik níét van ze hou, of dat zij niet van mij houden. Snapt u?'

'Een beetje ingewikkeld is 't wel,' antwoordde de Sint, 'maar ik snap wat je bedoelt. 't Is inderdaad een raar iets, dat houden van.'

'En,' vervolgde Kim, 'ik vind dat als je kinderen hebt, dan moet je ook naar ze luisteren. Anders is 't niet eerlijk, want zij moeten wel naar jou luisteren.'

'Daar zit wat in,' gaf de goedheiligman toe. 'Luisteren kan nooit kwaad.'

Ze knikte nadenkend en vroeg toen aarzelend: 'Zou u er alstublieft voor kunnen zorgen dat mijn vader en moeder naar me luisteren?' En omdat de Sint niet meteen antwoord gaf, voegde ze er gauw aan toe: 'Dan hoef ik nooit meer cadeautjes.'

De oude heilige zuchtte en schudde zijn hoofd.

'Lieve Kim,' zei hij, 'ouders zijn geen cadeautjes die ik je zomaar kan geven. En dan zeker geen ouders die ook nog eens naar je luisteren. Dat moeten ze zelf doen.'

Kim knikte met een somber gezicht. Ze had het kunnen weten. Maar heel even had ze tóch gehoopt dat...

'Kom op Kim, laat de moed niet zakken,' onderbrak de Sint haar gedachten. 'Zelfs ouders kunnen soms nog wel wat leren.'

Zijn vriendelijke oude ogen keken haar bemoedigend aan.

'Volgens mij is zo'n slimme meid als jij heel goed in staat om haar pa en ma zover te krijgen dat ze luisteren. Daar hoef je helemaal niet lang of sterk voor te zijn. Ik herinner me nog dat ik indertijd Napoleon ontmoette; daar heb je wel eens van gehoord, hè?'

Kim knikte bevestigend.

De Sint vervolgde: 'Nou, dat was me even een klein mannetje, maar hij werd toch wel mooi keizer van Frankrijk. Snap je? Zo gauw je zelf écht gelooft dat je niet klein bent, kun je groot zijn. En dan win je het uiteindelijk zelfs van pestkoppen.' Met een ondeugend lachje voegde hij eraan toe: 'En dan durf je vast ook op een groot paard te rijden.'

'Nou,' protesteerde Kim, met een gezicht alsof ze beledigd was, 'misschien had ik 't best wel gedurfd hoor.'

Wandelend over de galerij waren ze aan het eind van de tuin bij een hoog, kerkachtig gebouw gekomen, waarvan de grote houten toegangsdeuren op een kier stonden.

'Wat zouden je broers eigenlijk aan het doen zijn?' vroeg de Sint opeens. 'En dan met name Pietertje. Wie weet is dat knaapje nu ergens bezig mijn kasteel af te breken.'

'Hij zal het eerder aan elkaar lijmen,' zei Kim.

'Ook dat is geen prettige gedachte,' meende de goedheiligman. 'Ga jij maar eens kijken waar die broers van je uithangen, dan zie ik je straks wel weer bij het eten. Jullie torenkamer is die kant op.'

Kim aarzelde. Eigenlijk had ze nog wel uren zo samen met hem willen praten over van alles en nog wat, en enigszins teleurgesteld realiseerde ze zich dat hij misschien nog iets anders te doen had.

'Eh, dank u wel... voor eh...' begon ze verlegen.

'O, da's wel goed,' onderbrak de Sint haar. 'Ik vond 't erg leuk om eens met je gepraat te hebben.' Hij knikte ernstig en voegde eraan toe: 'Ga nu maar.'

Kim sloeg haar ogen neer en bleef staan; ze wilde helemaal nog niet weggaan. Even bleef het doodstil op de galerij. Toen draaide ze zich met een ruk om en rende weg. De oude man keek het meisje na tot ze om een hoek verdween. Daarna duwde hij de houten deuren wat verder open en stapte het gebouw binnen.

Terwijl ze een hoek om rende merkte Kim opeens dat ze de geborduurde zakdoek nog in haar hand hield. Hijgend stopte ze en vroeg zich af wat ze ermee moest doen. Ze kon het ding natuurlijk tijdens het eten aan hem teruggeven, maar waarom zou ze zo lang wachten? Hij was daar immers nog, om de hoek, bij die prachtige tuin. Hij zou het vast niet erg vinden als ze nog even terugging, toch?

Maar toen ze bij ingang van het gebouw kwam, was de Sint verdwenen en de grote houten deuren waren dicht. Zou hij naar binnen gegaan zijn?

Ze duwde tegen de rechterdeur, die geruisloos een eindje opendraaide. Nieuwsgierig keek ze door de kier naar binnen en zag een middeleeuwse kerk: groot en leeg, met rijen ranke pilaren, die verbonden waren door stenen bogen. Een laatste sprankje daglicht viel nog door de smalle hoge ramen naar binnen. In het midden van de snel donker wordende ruimte zag ze de oude heilige langzaam voortschrijden over de uitgesleten plavuizen. Bij iedere stap leek zijn gestalte vager te worden en als in een ijle nevel met het laatste schemerlicht op te lossen. Ze spande haar ogen in om hem te volgen, maar tevergeefs. Tussen haar en de donkere muur aan de overzijde was de ruimte leeg.

Even bleef ze doodstil staan, terwijl om haar heen de duisternis inviel. Toen sloot ze zachtjes de deur.

De smoes

De maan stond hoog boven het nachtelijke landschap van de Spaanse Hoogvlakte en wierp zijn schijnsel als een reusachtige schemerlamp over de uitgestrekte velden, de verweerde bergen en de slapende dorpjes. Het zilveren licht viel ook op een eenzame auto, die langs de kant van een landweg geparkeerd stond. In het voertuig deden Hilde en Paul op de neergeklapte stoelen hun best om te slapen.

'Slaap je al?' fluisterde Hilde.

'Nee, 't lukt nog niet,' geeuwde Paul en keek naar zijn vrouw, die met wijdopen ogen naar de donkere sterrenhemel lag te staren.

'Nou daar liggen we dan,' zuchtte ze en draaide zich ongedurig op haar zij. 'Ergens midden in Spanje, omdat onze kinderen besloten hebben om het paard van Sinterklaas te gaan redden. Ben ík nou gestoord of zijn zij 't?'

'Het klinkt inderdaad wat onwaarschijnlijk,' gaf haar man toe. 'Maar zelf geloven ze er blijkbaar in, want anders lagen we hier nu niet.'

Een tijdje bleef het stil. Buiten in de duisternis klonk de schrille schreeuw van een dier.

'Ik wilde dat ik 't ook kon geloven,' zei Hilde. 'Ergens ben ik gewoon jaloers op ze. 't Lijkt me heerlijk om zo maar op een dag te zeggen "Ik ga het paard van Sinterklaas redden" en het dan nog gewoon te doen ook.'

Paul grinnikte. 'Dadelijk ga je me nog zeggen dat je blij bent dat ze ervandoor gegaan zijn.'

'Nou, zo gestoord ben ik nog niet hoor,' antwoordde Hilde opgewekt. 'Wacht maar tot ik die drie in mijn handen krijg; dan zullen ze wel merken hoe blij ik ben.'

Ze schoten tegelijkertijd onbedaarlijk in de lach. Hikkend en gierend als een stel pubers lagen ze in hun slaapzakken te schudden. Het duurde een hele tijd voor de stilte was teruggekeerd op de nachtelijke Spaanse Hoogvlakte.

De zon wierp zijn allereerste stralen op de steile hellingen van de bergen, toen de deur van een bouwvallig schuurtje krakend opendraaide en Willem naar buiten stapte. Hij rekte zich eens flink uit, trok zijn gekreukte kleren wat in fatsoen en kamde in het autospiegeltje zijn haar. Daarna pakte hij de landkaart en legde die opengevouwen op de motorkap.

Even later kwam ook Cor uit het schuurtje te voorschijn, met ogen die nog dik waren van de slaap. Een haan kraaide luidruchtig.

'Hou je kop jij,' mopperde de Knijpkat narrig.

Hij geeuwde uitvoerig en krabde ondertussen zijn omvangrijke buik.

'Schiet es effe op, ruftbuil,' snauwde Willem. 'Zet 'n bak koffie. Over twintig minuten wil ik weg zijn.'

'Ja hé, kalm 'n beetje,' mopperde zijn maat. 'Ik ben verdorie net wakker. Waarom al die haast? We zitten nou toch op de goeie weg?'

'Dankzij mij ja,' antwoordde Willem ijzig. 'Zelfs een schele blinde zou die kaart nog beter lezen dan jij. Maar als we vandaag door jouw schuld nog één keer de fout in gaan, dan kun je naar huis lópen. Begrepen, slimbo?'

'Al goed joh,' zuchtte de slimbo terwijl hij de achterbak opende.

'We hoeven alleen nog maar hier die bergen over,' vervolgde Willem. 'Zelfs zo'n dweil als jij moet dat kunnen volgen. 't Wordt pas lastig bij dat kasteel, want hoe komen we daarbinnen? We kunnen moeilijk zeggen dat we de gasmeter komen controleren.'

Terwijl hij peinzend voor zich uit staarde, kwam Cor recht voor zijn neus boven de achterklep overeind met het gasbrandertje en de oploskoffie. Willems ogen gingen wijd open en richtten zich nadenkend op het gezicht van zijn maat.

'Ik weet 't,' riep hij opeens. 'We gebruiken jouw kop.'

'Hè, wat?' zei Cor argwanend.

'Dat vervallen smoelwerk van je,' legde zijn makker hem uit. 'De perfecte smoes, man. We zeggen gewoon dat jij zwaar ziek bent en zo'n heilige zal natuurlijk nooit een zieke buiten de deur zetten. Kunnen we net zo lang blijven tot jij weer beter bent. Geniaal toch?'

Cor staarde hem een moment nadenkend aan. Toen grijnsde hij breed en zei: 'Yeah, prima plan. Ik voel al een zware aanval van Spaanse griep opkomen.'

Enkele uren later stonden de beide heren aan de rand van de kloof die de toegang tot het land van de Sint versperde. De auto stond achter hen tussen de twee enorme rotsblokken geparkeerd en aan de overzijde van het ravijn lag, schijnbaar onbereikbaar, de mijterberg.

De Knijpkat keek met een angstig gezicht naar de diepe afgrond voor zijn voeten.

'En hoe weten we nou dat die zogenaamde onzichtbare brug d'r écht is?' zei hij argwanend. 'Dat oude wijf kan dat nou wel zeggen, maar ik vind 't ondertussen knap link.'

'Leg toch niet altijd zo te mekkeren, schijtebroek,' snauwde Willem. ''t Is toch zo simpel als wat. Jij probeert 't gewoon effe.'

Voor Cor besefte wat de bedoeling was, had zijn collega hem al een duw gegeven. Met een akelige gil stortte hij voorover het ravijn in en... kwam met een klap op de brug terecht.

Het duurde een paar tellen voor zijn op tilt geslagen hersenen weer een beetje begonnen te functioneren, maar toen hij eenmaal opnieuw besefte wie hij was, keek hij verbijsterd in het rond. Aarzelend stak hij een hand uit en begon om zich heen te tasten. Opeens verscheen er een brede lach op zijn gezicht en een paar tellen later stond hij stampend in de lucht te dansen.

'Hé Willem, kijk, ik vlieg,' gilde hij opgewonden.

Zijn maat haalde de autosleutels uit zijn zak. 'Loop maar vast vooruit, bolle,' zei hij koel. 'Ik kom eraan.'

Kim stond in het zonnetje op de binnenplaats een tevreden voor zich uit starend paard te borstelen. Nadat ze die ochtend heel vroeg wakker geworden was, had ze zich zo geruisloos mogelijk aangekleed. Terwijl haar broers rustig verdersliepen had ze door de gangen van het kasteel gedwaald tot ze, aangetrokken door de geur van versgebakken brood, in de keuken terechtgekomen was. Daar was de hevig zwetende kok Nico bezig geweest om met een lange platte houten schep dampende broden uit de oven te halen.

'Het allerlekkerste brood komt uit een oven die gestookt wordt met hout,' had hij haar toevertrouwd, alsof het een geheim betrof.

Later, na het ontbijt, had ze Mark en Pietertje meegeloodst naar de stallen om kennis te maken met Amerigo, maar na een minuut of tien hadden de beide broers het wel gezien. Niet dat ze het paard niet aardig vonden of zo, maar het stond daar alleen maar suffig in zijn box te staan, zonder een beetje leuk te steigeren of zo. Ze hadden het dier dus nog een laatste wortel toegestopt en waren vervolgens op zoek gegaan naar spannender zaken.

Kim was in de stallen achtergebleven. Ze had wat rondgeslenterd tussen de boxen met bruine, zwarte, witte en gevlekte paarden, tot een van de Stalpieten haar gevraagd had of ze zin had om hem te helpen. Met z'n tweeën hadden ze de stallen gebezemd en het voer rondgebracht en daarna had ze met ledervet een zadel zitten poetsen tot het glom. De Piet had ondertussen enkele paarden op de binnenplaats aan ringen vastgezet en toen ze klaar was met het zadel, had hij haar een borstel in de handen gedrukt.

En nu stond ze dan in het ochtendzonnetje voor het eerst van haar leven een paard te borstelen en ze merkte tot haar verbazing dat ze het niet eens eng vond.

Kim was bijna klaar met het paard toen ze de bel bij de hoofdpoort hoorde klingelen. Ze bukte zich om te kijken, want onder de paardenbuik door kon ze nog net, via een smal gangetje tussen de gebouwen, een stukje van het voorplein zien. Ze zag Porto, de Poortpiet, langsschuifelen en weer uit het zicht verdwijnen. Even later hoorde ze het geluid van een auto en terwijl ze gedachteloos met de borstel over de paardenflank streek, hield ze het voorplein nieuwsgierig in de gaten.

Opeens stokte haar adem. In een flits herkende ze de gifgroene auto die langzaam haar blikveld binnen reed. Ze smeet de borstel neer en rende de binnenplaats over, verbaasd nagekeken door de Stalpiet.

Aan het eind van het gangetje gluurde ze voorzichtig om de hoek en zag dat de auto met de paardentrailer pal voor de trap van het bordes stond. Butlerpiet Rambeau had juist de voordeur geopend en daalde de treden af. Bij de auto sprak hij even met de magere inbreker en vervolgens hielpen ze samen de andere man met uitstappen. Die was blijkbaar flink ziek, want hij zakte bijna door zijn benen. Als een enorme zak aardappelen hing hij tussen de twee anderen in en het was maar goed dat Rambeau erg groot en bovendien erg sterk was, want anders hadden ze hun vracht nooit de trap op gekregen.

'Ik moet de Sint waarschuwen,' bedacht Kim nerveus. Een paar tellen later zag de Stalpiet zijn hulpje weer uit het gangetje te voorschijn schieten en over de binnenplaats rennen. Snel riep ze nog 'sorry' voordat ze door een achterdeur in het kasteel verdween.

Door de gangen hollend probeerde ze zich wanhopig te herinneren hoe ze ook al weer precies bij de werkkamer van de Sint moest komen. Ze wist het wel zo ongeveer, maar in de wirwar van gangen en trappen was een verkeerde afslag zo genomen en dan zou ze zeker te laat zijn.

'Ik maak pepernotenworst van je,' snerpte opeens een stemmetje en meteen sprong er een mini-Zwarte Piet om een hoek te voorschijn.

'Pietertje,' riep Kim geschrokken, terwijl ze met piepende schoenzolen tot stilstand kwam. 'Waar is Mark?'

Een wat grotere Zwarte Piet stak zijn hoofd om de hoek.

'Mooi hè?' zei hij grijnzend. 'Heeft Wasco gedaan.'

'Ja, heel mooi,' antwoordde Kim gejaagd, 'maar die inbrekers zijn net hier op het kasteel aangekomen. We moeten de Sint waarschuwen.'

'Waar zijn ze dan?' wilde Mark weten.

Voor Kim kon antwoorden, klonk het geluid van een deur die geopend werd en daarna de stem van Rambeau die zei: 'Deze kant op alstublieft.'

'Oké, makker,' hoorden ze een mannenstem antwoorden.

'Ze komen hierheen,' siste Kim, terwijl ze paniekerig om zich heen keek. 'Kom mee.'

Samen met Pietertje glipte ze nog net op tijd een kamer in, want een tel later verscheen Rambeau om de hoek van de gang, op de voet gevolgd door de Rubber. De Butlerpiet keek een moment met gefronste wenkbrauwen naar de onbekende jonge Piet die hem onschuldig stond toe te lachen, maar toen hij begreep wie er achter het zwarte gezicht schuil ging, liep hij grijnzend door.

Nauwelijks waren de butler en de inbreker gepasseerd of Mark stapte brutaalweg achter het tweetal aan, en toen Kim even later de deur voorzichtig opende, zag ze tot haar verbazing dat de gang leeg was. Pietertje werd woest toen hij begreep wat er gebeurd was en wilde meteen achter zijn broer aan. Kim kon hem nog maar net aan zijn pietenbroek tegenhouden.

'Binnen,' zei de Sint toen er op de deur van zijn werkkamer geklopt werd. Rambeau verscheen in de deuropening en stapte opzij om de bezoeker door te laten. Voor hij de deur weer kon sluiten, glipte ook de jonge Zwarte Piet onder zijn arm door naar binnen. Even leek de butler op het punt te staan om met zijn enorme hand het snotjong in de kraag te grijpen, maar toen bedacht hij zich. Zachtjes sloot hij de deur en sloeg afwachtend zijn armen over elkaar.

De goedheiligman zat achter zijn grote houten bureau en deed alsof hij de indringer niet opmerkte.

'Gaat u zitten,' zei hij tegen de vreemdeling.

'Dank u wel, edelachtbare,' antwoordde Willem onderdanig; zijn ruime ervaring met rechtbanken had hem geleerd dat het soms verstandig was om beleefd te doen. Hij nam plaats op de aangeboden stoel, waarbij hij zijn zonnebril ophield.

'Ja, ik dacht al dat ú het wel eens kon zijn,' zei hij zalvend. 'Toen ik die Zwarte Pieten hier zag, dacht ik meteen: dan ben ik misschien wel bij Sinterklaas terechtgekomen. En 't is nog waar ook. Ik moet eerlijk zeggen dat ik 't bijna niet kan geloven.'

De Sint keek hem onderzoekend aan.

'Ik ben 't inderdaad,' beaamde hij nuchter, 'en u bevindt zich nu op mijn kasteel. Maar om even ter zake te komen: ik werd zojuist gebeld met de mededeling dat u een probleem heeft, meneer eh...'

'Jansen,' antwoordde de Rubber snel. 'Gerard Jansen, edelachtbare. 't Zit namelijk zo, ziet u, m'n collega, de heer Harry Smit, die is gisteren nogal ziek geworden. Misschien 'n voedselvergiftiging, of anders al die olijfolie hier, ik weet 't niet. Maar hij is zo ziek als een hond en hij eh… loopt de hele tijd aan alle kanten leeg, om 't zo maar te zeggen.'

'Juist ja, en dat is nogal onfris in een auto,' begreep de Sint. 'Uw collega is dus niet in staat om te reizen, meneer Jansen?'

'Inderdaad, zo is 't, edelachtbare,' bevestigde Willem.

'Dat is dan inderdaad een probleem,' erkende de goedheiligman. 'Wel, in dat geval kunt u hier onderdak krijgen tot hij eh... niet meer... leegloopt.'

'Dank u vriendelijk, edelachtbare,' zei Willem met een gemaakt lachje.

'Maar u heeft ook geluk,' vervolgde de Sint, 'want wij hebben hier een uitstekende dokter en die kan wel even naar uw collega komen kijken om te zien wat...'

'O, maar dat is helemaal niet nodig, edelachtbare,' onderbrak Willem hem haastig. 'Als Cor gewoon maar even rust krijgt staat ie zo weer op z'n pootjes. Ik ken dat van 'm; dat heeft ie altijd.'

'Ik dacht dat uw collega Harry heette,' sprak de Sint fronsend.

'Ja eh... dat is ook zo... officieel dan,' loog Willem. 'Maar onder vrienden noemen we 'm meestal Cor. Van eh... corpulent. Hij is namelijk nogal dik, ziet u.'

'Ik zie 't,' zei de Sint koel. 'Maar helaas moet ik er toch op staan dat mijn dokter uw collega onderzoekt, meneer Jansen. Stel dat het iets besmettelijks is? Dat risico kan ik eenvoudigweg niet nemen.'

'Nou ja, vooruit dan maar, als 't per se moet,' stemde Willem met tegenzin in.

'Goed, dat is dan geregeld,' sprak de Sint, het gesprek afrondend. 'Ik hoop van harte dat u héél snel weer verder kunt reizen.'

Hij wees naar de wachtende Butlerpiet. 'Rambeau zal u nu de gastenkamer wijzen.'

'Dank u wel, edelachtbare,' zei Willem met een beleefd knikje. Hij stond op van zijn stoel en liep naar de deur.

'Een moment nog, meneer Jansen,' hield de Sint hem staande. 'Mag ik zo vrij zijn te vragen wat u hier in het binnenland van Spanje zoekt met een lege paardenkar achter uw auto?'

Als de goedheiligman gedacht had op die manier zijn bezoeker in verlegenheid te brengen, kwam hij bedrogen uit. Blijkbaar had Willem zo'n vraag wel verwacht, want hij grijnsde breed en zei: 'Da's heel simpel, edelachtbare. We moeten een paard ophalen, ziet u. Een circuspaard, in Córdoba. Maar we waren een beetje de weg kwijtgeraakt; dat kan gebeuren, hè? Je denkt een kortere weg te nemen en dan zit je opeens helemaal fout.' En voordat de Sint hem kon vragen hoe ze er in vredesnaam in geslaagd waren om over de kloof heen zijn land binnen te komen, vervolgde hij: 'Maar vannacht in 't donker was 't wel effe schrikken hoor. 't Leek wel of de weg zomaar weg was. Ik dacht: 'Hé, vliegen we nou?' Maar toen opeens reden we door een tunnel. Gek hè.'

De Sint reageerde niet en keek de Rubber strak aan. Die knikte nog een keer grijnzend en liep toen achter Rambeau aan de kamer uit. Mark wilde hen volgen, maar de stem van de Sint hield hem tegen.

'Marco, zou jij nog even hier willen blijven?'

De jonge Piet bleef staan en draaide zich enigszins aarzelend om.

'Eh... ja, Sinterklaas,' mompelde hij ongemakkelijk, terwijl hij hoorde hoe achter hem de deur zachtjes gesloten werd.

De Sint keek zijn jeugdige gast ernstig aan.

'Tja, Mark, dat kan natuurlijk niet, hè,' wees hij hem terecht. 'Ongevraagd hier binnenkomen wanneer ik iemand ontvang is een beetje te dol, zélfs als je weet dat die bezoeker misschien wel eens niet zo heel erg betrouwbaar zou kunnen zijn. Bovendien betekent het dragen van een pietenpak absoluut niet dat je opeens dingen mag doen die je normaal niet in je hoofd zou halen.'

Mark knikte en staarde schuldbewust naar de punten van zijn schoenen. Daardoor ontgingen hem de lachrimpeltjes die om de ogen van de oude heer verschenen, toen hij op een iets luidere toon zei: 'En misschien wil je zo vriendelijk zijn om dadelijk even tegen Kim te zeggen dat ze niet aan een sleutelgat hoort te luisteren.'

Van zijn stuk gebracht staarde Mark naar de deur en toen weer naar de Sint, die zijn verwarring geamuseerd volgde.

'Kijk, ik begrijp het wel hoor,' zei de goedheiligman. 'Jullie maken je zorgen en dan wil je wat doen. Maar vergeet niet, de Pieten en ik zijn er ook nog. Wij houden die heren écht wel goed in de gaten, reken maar.' Al pratend had hij een map geopend en zijn vulpen gepakt.

'Je ziet er trouwens prachtig uit in dat pietenpak,' merkte hij bewonderend op. 'Het staat je prima. Maar ga nu maar gauw naar die twee andere schobbejakken, want ik heb hier nog 't een en ander te doen.'

'Oké, eh... dank u wel Sinterklaas,' zei Mark opgelucht. 'Maar eh... ik wilde u eigenlijk nog even wat vragen, mag dat?'

'Natuurlijk,' antwoordde de Sint. 'Zolang 't maar geen cadeautjes zijn, want dat is alleen in december.'

'Nee, 't is iets heel anders,' stelde Mark hem gerust. 'Ziet u, we hebben onderweg een oude meneer ontmoet die een klein winkeltje had met allemaal rommel en boeken en zo, en die heeft ons de weg gewezen naar hier en hij had ook een dik boek over u. Maar later was dat winkeltje opeens verdwenen toen ik m'n pet wilde halen, want die lag er nog. En nou lag ie opeens hier op onze slaapkamer in de toren.'

'Heel interessant, maar wat is nu je vraag?' vroeg de Sint met een onnozel gezicht, hoewel hij natuurlijk best begreep wat Mark wilde weten.

'Nou eh... gewoon,' hakkelde Mark, 'hoe m'n pet hier komt, of eh... nou ja, ik bedoel eigenlijk eh... wie was die oude man?'

De Sint legde zijn vulpen neer en keek hem enkele ogenblikken peinzend aan, alsof hij niet goed wist wat hij moest antwoorden.

'Dat is ook voor mij een vraag,' zei hij na een tijdje. 'Ik leef dan wel in een mystieke wereld waarin de regels voor gewone stervelingen niet zomaar gelden, maar dat betekent niet dat ik alles weet en begrijp. Mijn wereld raakt de jouwe, en daardoor kan ik hier met je praten, maar er zijn veel krachten werkzaam waar ik geen begrip van heb. Mijn dimensie wordt bevolkt door wezens die zich slechts af en toe laten zien, en meestal als je het niet verwacht. Ze hebben zo hun eigen taken die ze op een onverwachte en soms onbegrijpelijke wijze uitvoeren. De oude man die jullie ontmoet hebben, volgt mij al mijn hele leven en op een bepaalde manier beschermt hij me. Maar ik weet niet of ik hem ooit zal zien. Jullie hebben hem wél gezien; blijkbaar vond hij dat nodig.'

Mark knikte zwijgend. Hij had het gevoel dat hij voor een halfgeopende deur stond, zonder dat hij om het hoekje kon kijken om te ontdekken wat erachter was.

'Kijk Mark, vragen stellen mag altijd,' zei de Sint met een zucht, 'maar soms ligt het antwoord buiten ons bereik. Het spijt me dat ik het niet beter kan uitleggen, maar in ieder geval heb je je pet terug.'

Mark lachte een beetje verlegen. Hij wist niet goed wat hij moest zeggen.

'Ga nu maar,' maande de Sint hem.

'Oké, eh... dank u wel,' mompelde Mark en haastte zich het vertrek uit.

In gedachten verzonken staarde de Sint naar de gesloten deur. Na enkele ogenblikken nam hij zijn pen op, legde hem bijna onmiddellijk weer neer en toetste vervolgens op de telefoon een nummer in.

'Ja hallo, Pedro, met mij,' sprak hij en luisterde even naar de stem aan de andere kant. 'O, je weet 't dus al,' vervolgde hij. 'Jammer dat Spido nu net weg is om die ouders te gaan zoeken, maar we redden 't ook wel zonder hem. Zeg, zou jij even het kenteken van die auto willen natrekken, gewoon voor de zekerheid?'

Hij luisterde nog even en legde toen met een 'Ja, uitstekend' de hoorn neer.

Zwart

'Ja nu,' schreeuwde Paul, terwijl hij zich schrap zette. Hilde trapte het gaspedaal diep in, waardoor de razendsnel draaiende achterwielen een brede waaier van modder de lucht in spoten. Paul kneep zijn ogen dicht en duwde wat hij kon, maar de auto kwam geen centimeter vooruit.

Woedend liet Hilde het gaspedaal weer los en zette de motor in z'n vrij. Ze boog zich uit het zijraam en keek naar achter, waar haar man hijgend overeind kwam. Hij was van top tot teen met een druipende laag bagger bedekt en zag eruit als een merkwaardig modern beeldhouwwerk.

'Idioot,' schold ze. 'Wie gaat er nou ook precies achter de wielen staan! Niet te geloven, wat ben je toch een enorme sukkel. Dat hadden we nou net nog nodig.'

Met een nijdig gebaar gooide ze het portier open en stapte naar buiten. In haar kwaadheid vergat ze echter dat de bodem nogal glad was. Haar voeten slipten dan ook onder haar vandaan en met een gil van schrik belandde ze op haar achterste in de natte grijsbruine smurrie, waar ze ontredderd bleef zitten.

Paul trok met enige moeite zijn voeten los uit de zompige bedding en glibberde naar haar toe. Zonder wat te zeggen liet hij zich naast zijn echtgenote in de modder zakken.

Een tijdje bleef het stil. Toen stak Hilde haar hand in haar broekzak en haalde een papieren zakdoekje te voorschijn waarmee ze zijn besmeurde lippen schoonveegde. Ze boog zich naar hem toe en gaf hem een zoen.

Die ochtend waren ze door een dunbevolkte streek over steeds kleiner wordende weggetjes in de richting van de bergen gereden, tot de doorgang onverwacht versperd werd door een droge rivierbedding. Er waren echter wel sporen van banden te zien, die over de modderige bodem naar de overkant liepen.

'Als de mensen van hier erdoorheen kunnen, dan kunnen wij dat toch ook,' had Paul optimistisch gezegd.

Hilde was daar minder zeker van geweest en had nog voorgesteld een zijpad te nemen dat langs de rivier liep, maar Paul was bang dat ze dan te veel uit de goede richting zouden raken. Hij had gas gegeven en was met een flinke vaart de bedding in gereden, tot halverwege. En daar zaten ze nu, zonder dat er in de verre omtrek een mens te bekennen was.

'En wat nu?' vroeg Hilde mismoedig, terwijl ze een losse piek uit haar gezicht veegde.

Paul haalde zijn schouders op. 'Geen idee,' mompelde hij somber. 'Misschien kunnen... we... huh... ha... ha... ha ha ha ha ha... tsjoe!'

Snotterend voegde hij eraan toe: 'Hejjenoggunzaddoekhje?'

'Wat zei ik je,' snoefde Willem. 'Een gouwe smoes toch, waar of niet?'

De Knijpkat, die met zijn armen onder zijn hoofd op een bed lag, leek echter niet overmatig enthousiast.

'Nou, ik heb anders helemaal geen zin om hier de hele dag in m'n nest te blijven liggen,' klaagde hij.

'Mekker toch niet zo, fluimbal,' snauwde Willem. 'Nou mag je 'n keer op je luie rug blijven liggen en dan is 't nóg niet goed. Jij hoeft verdorie alleen maar lekker te niksen, terwijl ik ondertussen al het werk mag doen.'

Hij keek omhoog naar het kleine klapraampje waardoor wat

daglicht naar binnen viel. Zijn ervaren inbrekersoog zag meteen dat het alleen groot genoeg was voor frisse lucht.

'Daar kunnen we nooit door,' zei hij. 'En jij zeker niet met je dikke pens. We kunnen dus alleen door de deur in en uit en daar moeten we –'

Een paar klopjes op de deur onderbraken zijn verhaal.

'Blijf liggen,' siste Willem. 'Ik ga kijken.'

Hij opende de deur en zag een Zwarte Piet in doktersjas staan.

'Goeiedag,' zei de Medipiet opgewekt. 'Hier is de dokter. Mag ik even binnenkomen?' Zonder op antwoord te wachten stapte hij kordaat de kamer in.

'Aha, hier hebben we de patiënt. En meneer, wat zijn zoal de klachten?'

Cor keek even zenuwachtig naar Willem, want dit onderdeel hadden ze niet vooraf geoefend. Hakkelend verklaarde hij: 'Nou eh... ik heb eh... pijn in m'n eh... buik... en in m'n rug... en in m'n borst ook wel... en hier, in m'n darmen. En eh...' voegde hij er als sluitpost aan toe, 'ik heb ook hoofdpijn en diarree.'

'En dat heeft u allemaal in uw eentje?' informeerde de dokter met een ernstig gezicht.

Toen hij de verbaasde blik van zijn patiënt zag, grinnikte hij en zei: 'Goed, we zullen eens even kijken of er nog iets te redden valt. Ontbloot u het bovenlijf en de buik maar. De slip kunt u aanhouden.'

Hij zette zijn dokterstas neer en haalde er een glimmende stethoscoop uit. Cor knoopte ondertussen kreunend zijn overhemd los, waarbij een dikke laag borsthaar te voorschijn kwam.

'Dat tapijt mag u ook aanhouden hoor,' grapte de dokter, terwijl hij de stethoscoop in zijn oren haakte. 'Zo, dan zullen we nu eens even luisteren of u nog leeft.'

Op het moment dat hij het instrument op de omvangrijke buik drukte slaakte de patiënt echter hevig schokkend een afschuwelijke gil.

'Wat is er? Doet dat pijn?' vroeg de geneesheer geschrokken.

'Nee,' hijgde Cor, 'maar 't is koud en 't kietelt.'

'O, dat kan geen kwaad,' stelde de arts hem gerust. 'Het is zo voor mekaar. Gewoon rustig doorademen.'

Van 'gewoon rustig' was echter geen sprake. Terwijl de Piet probeerde het onderzoek voort te zetten, lag de Knijpkat gillend van de lach als een dikke paling te kronkelen.

'Neeee,' schaterde hij. 'Neeee, asjeblief neeeee, laat dat, neeeeeee...'

'Rustig nou, 't is zo gebeurd,' riep de medicus verhit, terwijl hij vergeefse pogingen deed om de patiënt op het bed neer te duwen. 'Heel even maar, één momentje. Behéérs u, meneer!'

Met beide handen worstelend sloeg hij zijn been over de zieke om hem in bedwang te houden.

'Rustig,' schreeuwde hij kalmerend. 'Ik doe toch niks. Liggen jij... hier!'

Er was echter geen houden aan. Cor lag gillend en spartelend onder de geneesheer, die als een rodeorijder boven op hem zat, tot een onbeheerste armzwaai van de patiënt ten slotte een voortijdig einde aan het onderzoek maakte. Met een klap kwam de dokter op het vloerkleed terecht, waar Willem zich grijnzend over hem heen boog.

'Zo dok, gaat ie?' vroeg hij spottend. 'Van het ene tapijt op het andere, zullen we maar zeggen.'

Terwijl Cor nog lag na te hinniken op het bed, hielp de Rubber de verdwaasd kijkende Medipiet overeind.

'Een perfecte behandeling, dok,' slijmde hij. 'Zo'n potje lachen doet een zieke goed. U zal zien dat dat slappe lor nou zo weer op de been is.'

Hij pakte de tas van de grond en duwde die in de armen van de verbouwereerde medicus.

'Maar, ik ben nog niet klaar,' protesteerde de Piet.

Willem knikte hem echter vriendelijk toe. 'Jawel, dok,' zei hij, terwijl hij hem met zachte drang naar de deur leidde. 'Kijk dan zelf, 't gaat alweer veel beter met dat dweilerige stuk afdruiprek. Weet u wat u doet, u schrijft hem gewoon wat ongeblust maagzout voor en dan is die doedelzak zo weer 't heertje.'

Met die woorden opende hij de deur en duwde de geneesheer de gang op.

'Dag, dok,' zei hij grijnzend terwijl hij de deur weer sloot. 'Bedankt voor 't onderzoek hè, en tot ziens.'

Kim zat doodstil op een wasmand tussen dampende, sissende ketels, zoemende wasmachines en enorme bergen wasgoed. Ze had een kleurig pietenpakje aan en haar lange haren lagen opgestoken boven op haar hoofd. Terwijl Mark en Pietertje aandachtig toekeken, bewerkte de Waspiet Wasco haar gezicht met een vochtig sponsje en een grote pot zwartsel.

'Niet bewegen,' commandeerde de Piet, terwijl hij grote vegen zwarte schmink op haar wangen smeerde.

'Waarom zijn Pieten eigenlijk zwart?' vroeg Kim hem.

'Nou, dat lijkt me nogal duidelijk,' antwoordde Wasco, terwijl hij haar neus deed. 'Dan zijn we immers onzichtbaar in het donker en daarbij hebben we 's nachts ook nog speciale zwarte klimpakken aan. Kijk, deze kleurige kleren zijn alleen goed voor overdag, want die vallen veel te veel op en bovendien worden ze hartstikke vies als je daarmee het dak op gaat. En ja, wie mag er dan de roetvlekken weer uitwassen, hè? Drie keer raden. Maar nu even niet bewegen, anders komt het in je ogen.' Uiterst voorzichtig streek hij met het schminksponsje langs haar oogleden.

Mark keek ondertussen nadenkend naar het pikzwarte gezicht van de Wasbaas.

'Moeten jullie je élke dag weer zwart maken?' vroeg hij ongelovig.

'Welnee,' lachte Wasco, 'gelukkig niet. Bij ons gaat het er niet meer af. Daar is een speciaal geheim recept voor, maar dat gebruiken we alleen als iemand écht Zwarte Piet wordt. Bij jullie doe ik er wat anders op, want ik wil geen ruzie krijgen met jullie ouwelui. Ziezo, klaar.'

Hij gaf nog een laatste veeg en stond op. Uit een doos viste hij een zwarte krulletjespruik, die hij handig over Kims opgestoken haren trok en daarna deed hij een stap naar achter om het resultaat te beoordelen.

'Meesterlijk, al zeg ik het zelf,' bromde hij tevreden. 'Niet van echt te onderscheiden. Zo herkennen die kerels je nooit, al sta je pal voor hun snufferd. En nu opgehoepeld graag, want ik heb nog meer te doen.'

Hoewel de Rubber schijnbaar voor z'n plezier wat door de gangen van het kasteel wandelde, was hij in werkelijkheid het terrein aan 't verkennen. Als ervaren inbreker had hij de gewoonte ontwikkeld om scherp op alles te letten wat hem eventueel van pas kon komen en hij prentte nu dan ook zorgvuldig ieder detail dat hem nuttig leek in zijn geheugen. Hij had al lang gemerkt dat er voortdurend op hem gelet werd, maar hij deed net alsof hij niets doorhad. Wanneer hij een Piet tegenkwam, knikte hij vriendelijk en liep dan brutaalweg verder, alsof hij het volste recht had er te lopen.

Na weer een trap beklommen te hebben kwam hij in een gang met genummerde deuren, waar langs de muur een karretje met schone lakens stond. Dit zou dus wel de slaapafdeling zijn, bedacht hij.

Een klein embleem boven het nummer op een van de deuren trok zijn aandacht. Het plaatje toonde een mijter met linten en drie gouden ballen, dezelfde afbeelding die hij ook al gezien had op de vlaggen die buiten op de torens wapperden. Peinzend stond de Rubber ernaar te kijken.

'Hallo, meneer,' klonk opeens de schrille stem van Franco door de gang. 'Het spijt me, maar dit is privé-terrein.'

Via de huistelefoon had een Piet de secretaris gewaarschuwd dat een van de bezoekers ongevraagd aan een wandeling door het kasteel begonnen was. Onmiddellijk was Franco zijn kantoortje uit gestormd om daar een stokje voor te steken en nu vond hij de onverlaat uitgerekend pal voor de slaapkamerdeur van de Sint.

'U kunt daar absoluut niet naar binnen. Dit is eh... privé,' herhaalde hij.

'Ja, dat zei je al, makker,' antwoordde Willem sluw glimlachend. 'Maar er is niks aan het handje hoor. Ik liep alleen maar wat rond te kijken. Zeker van je baas, hè? Z'n slaapkamer?'

'Eh... ja eh...' hakkelde Franco, van zijn stuk gebracht door de donkere zonnebril die hem kil aanstaarde. 'Dit is eh... privé. Deze hele afdeling is eigenlijk privé, bedoel ik. Eigenlijk bedoel ik dat het eh... beter is als u buiten in de tuin gaat wandelen.'

'Oké, makker, no problemo,' antwoordde Willem met een tevreden grijns. 'Waar is die tuin?'

'Ik zal 't u wel even wijzen,' zei Franco bits. 'Komt u maar mee.'

Gevolgd door de Rubber liep hij de gang uit. Geen van beiden had de drie kleine Pieten gezien die iets verderop om een hoek gluurden.

'Kom op,' fluisterde Mark en stapte naar voren om achter Franco en de inbreker aan te gaan. Kim hield hem echter tegen.

'Gaan jullie maar,' siste ze. 'Ik ga naar de stallen.'

Zonder op antwoord te wachten draaide ze zich om en liep weg. Mark aarzelde een moment, maar haalde toen zijn schouders op en haastte zich samen met Pietertje achter hun prooi aan.

Kim begon de weg al een beetje te kennen in de uitgestrekte doolhof van gangen en het duurde dan ook niet lang voor ze de deur gevonden had die toegang gaf tot de binnenplaats bij de stallen. Ze was ervan overtuigd dat de schurk probeerde uit te vinden waar het paard zich bevond en daarom leek het haar het beste om bij Amerigo de wacht te houden.

De schimmel begroette haar door met z'n hoofd te schudden en snuivend zijn neus uit te steken, om te ruiken of ze iets lekkers bij zich had. Ze gaf hem een wortel, die ze hem op een gestrekte hand voorhield, zoals ze van de Stalpiet geleerd had, en nadat ze het kauwende dier nog een aai gegeven had, ging ze op een hooibaal zitten om de deur in de gaten te houden.

Hoe lang zou het duren voor die kerel de stallen ontdekte,

vroeg ze zich af. Hopelijk niet al te lang, want als ze van één ding niet hield dan was het wel wachten. En dan ook nog die ellendige kriebelende pruik!

Ze stak twee vingers onder het randje en krabde zich eens flink op haar hoofd. 'Net of ik luizen heb,' bedacht ze geïrriteerd. 'Ik zal blij zijn als ik dat rotding weer af kan doen'.

Ze trok het zwarte krullenkapsel weer een beetje in model en stond ongeduldig op. Amerigo stak meteen zijn snuit naar haar uit.

'Ja, jij wil zeker nog zo'n lekker snoepie, hè?' vroeg ze lachend, terwijl ze hem over zijn neus aaide. Ze deed nog een greep in de voorraadbak en hield hem weer een wortel voor. Daardoor zag ze niet dat achter haar rug een gestalte in de deuropening verscheen.

Zwijgend staarde de Rubber enkele ogenblikken naar het tafereeltje van de kleine Zwarte Piet en het grote witte paard. Hij zag ook de lange blonde lok, die onder de zwarte krulletjespruik uitstak.

'Zo, en is dit nou het beroemde paard van Sinterklaas?' vroeg hij opeens.

Hevig geschrokken draaide Kim zich om.

'En, heeft ie nog meer van die beesten?' vervolgde Willem, onderzoekend naar de andere boxen kijkend.

Kim antwoordde niet, maar staarde met een vijandige blik naar de inbreker. Die raakte daar echter in het geheel niet van onder de indruk.

'Mooie knol,' zei hij waarderend. 'Krijgt ie nog iets van speciaal voer of zo?'

Kim bleef stug zwijgen. Onopvallend gluurde Willem in het rond om te zien of er nog andere Pieten in de buurt waren.

'Moet jij op hem passen?' vroeg hij zalvend, terwijl hij een stap in haar richting deed. Op hetzelfde moment ging aan de andere kant van de stal een zijdeur open. Een van de Stalpieten kwam binnen.

Snel stapte de Rubber weer naar achter en stak zijn hand op naar Kim.

'Nou eh... Piet, leuk even met je gesproken te hebben,' zei hij luchtig. 'Tot kijk dan maar.' Meteen draaide hij zich om en liep weg over de binnenplaats.

Nauwelijks was hij verdwenen of Mark en Pietertje kwamen de stal in rennen.

'En, had ie wat door?' riepen ze.

'Daar komt iemand,' riep Hilde hoopvol. Ze stond op en keek gespannen in de richting vanwaar het geronk van een motor klonk. Ook Paul ging staan. Hij had zo goed en zo kwaad als het ging de modder van zijn gezicht en handen geveegd en zag er nu, in de schone kleren die Hilde hem aangereikt had, weer enigszins toonbaar uit.

Ze hadden besloten om op de oever te blijven wachten tot er iemand langs zou komen, maar behalve een paar hazen en wat vogels hadden ze in het voorbije uur geen levend wezen gezien. Paul had juist willen voorstellen om toch maar ergens hulp te gaan zoeken, toen ze het geluid van het naderende voertuig hoorden.

Het geronk werd luider en opeens kwam er om de bocht van de weg een grote groene tractor aanrijden. De bestuurder keek verbaasd naar de man en de vrouw die naar hem stonden te zwaaien en ook naar de bemodderde auto die achter hen in de rivierbedding zichtbaar was. Hij was een vriendelijke man. Gemoedelijk lachend hief hij zijn hand op en zwaaide terug.

Twintig minuten later werden Paul en Hilde in hun auto achter de tractor aan een boerenerf op gesleept, en nog geen kwartier later zaten ze schoongewassen bij het boerengezin in de keuken voor het middagmaal.

Tegenover hen aan de tafel zat een tandeloze oude vrouw, geheel in het zwart gekleed, die hen wat stijfjes toeknikte. Naast haar zaten twee meisjes en een jongetje de onverwachte bezoekers verlegen aan te kijken. Hun moeder, die met een groot schort aan bij het fornuis stond, pakte een forse pan van het vuur en zette hem met een zwaai midden op tafel naast de schaal met dampende aardappels.

'*Verdolaga,*' sprak ze opgewekt en schepte met een grote lepel een flinke portie van het voedsel op Hildes bord.

Die knikte en glimlachte beleefd, terwijl ze, innerlijk vol afgrijzen, naar de drabbige hoop groente keek. 'Postelein,' zei ze benauwd tegen Paul. 'Blijkbaar kennen ze dat hier ook.'

'Ach, 't is gezond,' antwoordde haar man, terwijl hij dapper naar de gastvrouw lachte. Toch keek ook hij niet erg enthousiast naar de prak die op zijn bord geschept werd.

Maar aan alles komt een eind, zelfs aan een berg postelein. En de soepele rode wijn die de boer met gulle hand schonk, maakte veel goed. Hilde staarde over de rand van haar glas peinzend naar een donker, beschilderd paneel, dat in een hoek boven een kastje aan de muur hing. Zo te zien was het antiek, maar in de loop van de tijd was het schilderstuk zó smerig en dof geworden dat het bijna onmogelijk was om te onderscheiden wat het moest voorstellen.

Iets aan het ding trok haar aandacht, maar wat dat was kon ze zo gauw niet zeggen. Verbaasd nagekeken door de anderen liep ze erheen en streek met haar hand over het vuil dat de verflaag bedekte.

'Paul, kom es kijken,' zei ze gespannen, en toen hij nieuwsgierig naderbij kwam, wees ze hem op de letters die in het midden van het paneel zichtbaar waren.

'Milagroso,' fluisterde ze.

Even later lag het paneel op de tafel. De boerin had met een vochtige doek het ergste vuil eraf gepoetst en voor de verbaasde ogen van de toeschouwers was een landschap zichtbaar geworden met bergen en vlakten. Precies in het midden stond een kasteel, waarboven met sierlijke letters het woord 'Milagroso' geschilderd was. Aan de zijkant was een heiligenfiguur afgebeeld, met een mijter op zijn hoofd en een staf in zijn hand.

'Maar dat is toch te maf voor woorden,' zuchtte Paul ongelovig. 'Op een of andere manier hebben de kinderen die naam Milagroso ergens opgepikt en nu vinden we hem hier weer op zo'n oud ding. Als je niet beter wist, zou je denken dat ze nog gelijk hebben ook. Ik snap er niks van. Hoe is 't nou mogelijk dat...'

'Ja, dat doet er nu niet toe,' onderbrak Hilde hem ongeduldig. 'Wij moeten gewoon zorgen dat we bij dat kasteel terechtkomen, want daar gaan ze heen.'

'*San Nicolás,*' klonk naast haar opeens de krassende stem van de grootmoeder. Met een kromme vinger tikte de vrouw op de geschilderde sint en daarna wees ze op een dunne lijn die kronkelend over het landschap liep.

'*Hay aquí el camino a Milagroso.*'

Hilde had onderhand voldoende Spaanse woorden opgepikt om te begrijpen wat ze bedoelde. 'Paul, volgens haar is dit de weg naar Milagroso, kijk dan, over de bergen; precies zoals die herder zei. En kijk, hier staan allerlei dingen getekend en geschreven. Gauw, haal even de kaart uit de auto, en ook papier en een pen. We tekenen gewoon alles over.'

Terwijl Paul al naar de deur liep, kraste de stem van de oude vrouw achter hem: '*Este camino es muy peligroso.*'

Hilde keek haar vragend aan. Wat bedoelde ze nou? Er was iets met de weg; maar wat?

Het oude mens hief haar gerimpelde hand op en maakte met een uitgestrekte wijsvinger een snijdend gebaar over haar keel. Ongerust keek Hilde naar Paul, die in de deuropening stond.

'Ze zegt dat het gevaarlijk is.'

De Knijpkat geeuwde eens flink en keek nieuwsgierig naar zijn maat, die op de rand van de tafel zittend een wolk sigarettenrook uitblies.

'D'r is iets mafs aan de hand hier,' zei Willem peinzend. 'Eerst al die Sinterklaas, die volgens mij veel meer wist dan ie liet merken. Dan overal die loerende Pieten en dan ook nog een of ander ondermaats pokkepietje met lange blonde haren; heel toevallig net zulke blonde haren als van dat grietje van de inbraak, dat opeens weer hier in Spanje opduikt. Weet je, 't zou me niks verbazen als zij onder die pruik zat, maar helaas kreeg ik de kans niet om het effe te controleren.'

Hij nam een laatste haal aan zijn peuk en mikte hem daarna met een boog door het openstaande raampje naar buiten.

'Volgens mij moeten we meteen toeslaan,' zei hij opstaand. 'Gewoon vannacht die knol jatten. Hoe langer we wachten, hoe meer risico. Hup, inlaaien die hap en rapido wegwezen.'

De twee misdadigers hadden er geen vermoeden van dat buiten, vlak onder hun raam, iemand Willems overpeinzingen woord voor woord volgde. Het was Pietertje, die op het zadel van een fiets geklommen was om vooral niets te missen van wat er binnen gezegd werd.

Gezonde groente

Urenlang reden Hilde en Paul door de bergen. Moeizaam zochten ze de weg met behulp van de aanwijzingen die ze op het schilderij gevonden hadden. De stralen van de ondergaande zon kleurden de onherbergzame hellingen al vurig oranjerood toen ze eindelijk bij het rotsplein met de granieten kolom aankwamen. In het felle tegenlicht zagen ze voor zich aan de horizon een steile berg met dubbele pieken.

'Dit klopt,' zei Hilde op haar tekening turend. 'Vanaf die puntige steen hier moeten we precies in een rechte lijn naar die vreemde berg rijden.'

''t Lijkt de mijter van Sinterklaas wel,' merkte Paul op. Hij gaf gas en reed vlak langs de granieten zuil over het plein. Aan de andere kant gekomen, volgde hij een smal weggetje tot aan de plek waar het scherp naar rechts afboog.

'Weet je zeker dat we hier rechtdoor moeten?' vroeg hij verbaasd, terwijl hij stopte en de met stenen bezaaide helling bekeek die voor hen lag.

'Ja, zo staat het er wel,' antwoordde Hilde. 'Ik kan er niks anders van maken.'

Paul stapte uit en liep diep voorovergebogen een stukje de helling op.

'Er hebben hier inderdaad auto's gereden,' mompelde hij, toen hij even later weer achter het stuur kroop. 'Nou ja, we zullen wel zien.'

'Tot nu toe klopt alles precies met het schilderij,' zei Hilde. 'En als er sporen lopen, moeten wij er toch ook kunnen rijden.'

'Net als bij die rivierbedding?' vroeg Paul haar grijnzend.

'Ja net zo, ouwe zeur,' lachte ze, terwijl ze hem plagend tussen zijn ribben porde. 'Alleen is het hier toevallig wat minder modderig. En volgens het schilderij moet er vlak voor die berg zelfs een brug zijn.'

Toen ze even later met veel gehobbel en gebonk de top van de helling bereikt hadden, trapte Paul op de rem.

'Weinig brug hier,' merkte hij droog op.

Hilde staarde verbaasd naar de gapende kloof, die hun de weg versperde.

'Ik snap het niet,' mompelde ze teleurgesteld. 'Verder is 't allemaal zoals het op de tekening staat. Zelfs die twee grote stenen hier waar we tussendoor moeten. Maar waar is dan die brug?'

'Je kunt ook vragen: hoe oud is dat schilderij,' antwoordde Paul. 'Er kan hier vroeger best een brug geweest zijn, maar misschien is ie ondertussen in 't ravijn gestort. Kan toch?'

Hij stapte uit en zei: 'Ik ga even kijken.'

'Wacht, ik ga mee,' riep Hilde.

In het vlammende licht van de allerlaatste zonnestralen liepen ze naar de rand van de kloof, waar ze hand in hand naar de gapende diepte voor hun voeten staarden.

'Ik ben bang dat we vastzitten,' zuchtte Paul. 'Laten we maar terugrijden naar dat plein, want we kunnen nu toch niks meer doen en over een halfuur is 't donker.'

'Paul, kijk daar es,' fluisterde Hilde opeens, terwijl ze hem bij de arm pakte en strak in de richting van de afgrond tuurde.

'Wat is er dan?' vroeg hij verbaasd. Zijn ogen volgden haar blik, tot hij plotseling zag wat ze bedoelde.

Midden boven het ravijn zweefde een grote, zwarte vogel. Hij vloog echter niet, nee, hij stond rustig op twee poten in de lucht. Op zijn dooie gemak rommelde hij met zijn snavel wat tussen zijn veren en streek ze vervolgens weer glad.

Secondelang staarde Paul als betoverd naar het wonderlijke tafereel. Toen bukte hij zich opeens en raapte een handvol steentjes op, die hij in de afgrond gooide. Verstoord strekte de vogel zijn vleugels, verhief zich met een sprongetje in de lucht en vloog klapwiekend weg.

'De... de brug,' stamelde Hilde verbijsterd. 'Hij is er wél.'

Als kleine donkere puntjes tekenden de steentjes het begin van de weg af, die over de diepte naar de mijterberg liep.

'Ja, maar 't is al te donker,' zei Paul om zich heen kijkend. 'We kunnen er nu niet overheen; da's veel te gevaarlijk. We moeten tot morgen wachten.'

Hilde gaf geen antwoord. In gedachten verzonken staarde ze naar de mijterberg die als een zwarte puntige massa tegen de avondhemel afstak. Ze kon het nog niet echt bevatten. Een onzichtbare brug! Het was gewoon te gek voor woorden. En wat wachtte hen morgen aan de overkant? Was daar dat geheimzinnige Milagroso? Zouden ze daar hun kinderen vinden?

In de grote zaal van het kasteel zaten Mark, Kim en Pietertje – weer schoongewassen en in hun eigen kleren – tussen Wasco en Pedro aan een lange tafel groentesoep te eten. Aan de andere kant van de Hoofdpiet zat de Sint en daarnaast Franco, de secretaris.

Mark keek om zich heen. Het was een wonderlijk gezicht al

die Zwarte Pieten, die overal aan lange tafels zaten te eten en te kletsen. De hele ruimte was gevuld met het geroezemoes van hun stemmen en het getik van de lepels tegen de soepkommen.

De deur ging open en Yoyo kwam de zaal binnen. Met een verontschuldigend lachje schoof hij snel aan bij de dichtstbijzijnde tafel en schepte zichzelf hongerig een kom soep op. Hij zag er nogal verkreukeld uit, met haren die alle kanten op staken.

'Duidelijk op kippenjacht geweest,' fluisterde Wasco grijnzend. 'Carmelita heeft hem er zo te zien weer eens flink van langs gegeven, maar ik geloof niet dat ie 't erg vindt.'

Kim glimlachte flauwtjes. Ze was er met haar gedachten niet bij. Wat Pietertje onder het raam van de twee inbrekers gehoord had, liet haar niet los.

'Maar kunnen we dan écht niks doen,' vroeg ze aan Pedro.

De Hoofdpiet schudde van nee. 'Echt niet,' verzekerde hij haar. 'Maak je nou maar geen zorgen. Er staan twee Pieten voor de kamer van die kerels, en die blijven daar de hele nacht de wacht houden. Ze hebben geen schijn van kans.'

Kim was daar echter minder zeker van. De inbrekers hadden de weg naar het kasteel tenslotte ook gevonden. Zouden ze het dan nu, na al die moeite, zo gemakkelijk opgeven?

Piekerend lepelde ze het laatste restje soep uit haar kom. Vlak voordat ze aan tafel gingen, had ze aan de Sint en de Hoofdpiet verteld wat Pietertje gehoord had, maar de heren waren er heel rustig onder gebleven.

'Dank je, 't is goed dat we 't weten,' had de Sint gezegd. 'Een gewaarschuwd mens telt voor twee. Zullen we nu gaan eten?'

De kok, Nico, hield vanaf zijn grote houten stoel het verloop van de maaltijd nauwlettend in de gaten. Op zijn teken werden de lege soepkommen opgehaald, en daarna kwamen de Keukenpieten met dampende schalen te voorschijn, die ze in lange rijen midden op de tafels zetten. Een van hen boog zich voor Pietertje langs.

'Ik help je wel even,' zei hij behulpzaam en begon het jongetje meteen uit de verschillende schalen op te scheppen. Toen hij er tot slot nog een flinke schep groente bij deed verklaarde hij opgewekt: 'Nou, zo lekker krijg je 't thuis vast niet.'

Met een van afschuw vertrokken gezicht keek Pietertje naar de slijmerige groene hoop, die daar onverwachts onder zijn neus lag te walmen.

'Dat is postelein,' piepte hij benauwd.

De Kookpiet schonk echter geen aandacht aan deze, op zich juiste constatering en haastte zich al weer terug naar de keuken.

'Goh, heb jij even geluk,' plaagde Mark breed grijnzend. 'Je lievelingsgroente.'

Pietertje keek hem ongelukkig aan. 'Wil jij 't?' vroeg hij smekend, maar zijn grote broer lachte hem vierkant uit en pakte de lepel van de schaal met frietjes.

Pietertje staarde radeloos naar zijn bord. Hoe raakte hij dat afschuwelijke spul nou kwijt? Zijn ogen zochten de tafel af naar een oplossing, maar die leek niet zomaar kant en klaar voorhanden. Zou hij het ongemerkt onder het tafelkleed op de grond kunnen laten glijden? Of nee, als hij het nou eens gewoon teruggooide in de schaal? Tenslotte had hij er nog helemaal niet van gegeten.

Opgelucht over deze simpele doch geniale inval tilde hij zijn bord op en plaatste zijn vork achter de groene snotberg, om die zo in een keer over het randje te kunnen kieperen.

'Wat gaan we nú beleven?' klonk ineens een dreigende stem achter hem.

Geschrokken keek het ventje om en zag de dikke kok staan, die hem met gefronste wenkbrauwen opnam.

'Je gaat me toch niet vertellen dat deze zeer zorgvuldig toebereide, oergezonde, voedzame, aan alle mogelijke belangrijke voedingsstoffen, vezels, mineralen en vitaminen uiterst rijke en toch overheerlijke groente niet naar meneers zin is, hè?' sprak hij grimmig.

Enigszins overdonderd zette Pietertje zijn bord weer neer.

'Maar ik lust geen pos...'

'Het zou wel héél onaardig zijn tegenover de koks als je hun met liefde en aandacht toebereide voedsel weigerde,' viel de kok hem streng in de rede. 'En bovendien moeten wij jou ook nog eens gezond en wel bij je ouders terugbezorgen. Eet het dus maar lekker op.'

'Oei oei,' fluisterde Wasco naar Mark. 'Nico in de bocht. Hij vindt alles best, zolang je maar niets verkeerds over het eten zegt. Dan wordt ie link.'

Met de blikken van alle tafelgenoten op zich gericht staarde het wanhopige kereltje naar zijn gezonde groente.

'Vooruit, neem een hap; er is niets mis met die postelein,' drong de stem achter hem aan.

Aarzelend stak Pietertje zijn vork in de groene drab. Uiterst langzaam, alsof hij bang was ter plekke vergiftigd te worden, bracht hij de vork naar zijn mond en nam kokhalzend een heel klein hapje.

'Kom op, jongeman,' klonk weer de dwingende stem van Nico. 'Die happen mogen best wat groter zijn hoor, anders wordt je eten koud en dat is zonde.'

Enigszins medelijdend keken de andere aanwezigen toe hoe de dikke kok bij het jongetje bleef staan tot de hele berg postelein op was.

Alleen Franco had duidelijk plezier in deze ferme aanpak. Hij wendde zich tot de Piet naast hem en begon enthousiast de voordelen van een krachtige opvoeding uit de doeken te doen. Daardoor ontging hem dat de Sint onopvallend zijn eigen portie postelein op het bord van zijn trouwe secretaris schoof.

Cor stak zijn vork in de postelein en nam een hap.

'Bah,' gruwde hij, terwijl hij met lange tanden op de groene prak kauwde. 'Ik haat dat spul.'

'Zit niet zo te zeuren, zak patat,' snauwde Willem, die op het randje van de tafel zat te roken. 'Wees blij dat je de helft van mijn eten krijgt.'

De Knijpkat keek zijn maat misprijzend aan.

'Maar jij nam wel de lekkerste helft,' mopperde hij.

'O ja?' grijnsde Willem spottend. 'Nou, als 't je niet bevalt dan eet je toch die lauwe lammetjespap.'

Huiverend wierp Cor een schuin oog op het bordje met de bleke brij, die speciaal voor de zieke was klaargemaakt.

'We moeten het effe over vannacht hebben,' zei Willem, van onderwerp veranderend. 'We slaan rond een uur of vier toe, want dan komen we bij die kloof aan als het net licht is. Ik heb geen zin om in het donker over die brug te rijden. Overigens is er nog wel een kleine moeilijkheid, want toen ik net effe naar de wc ging, hingen er op de gang twee van die zwartgeverfde grappenmakers rond, en die stonden daar vast niet te wachten omdat de plee bezet was. Een uur geleden waren ze er namelijk ook al, stelletje gluiperds.'

Hij trapte zijn peuk op de grond uit en liet zich op een stoel zakken.

'Had ik gelijk of niet toen ik zei dat die ouwe meer wist? Die jokers slaan natuurlijk meteen alarm als we ervandoor gaan.'

Peinzend pakte hij een van de appels die ze als toetje gekregen hadden en mompelde: 'Ik moet es effe bedenken hoe we daarlangs komen.'

'Ik heb een idee,' zei Cor met zijn mond vol postelein.

Verbaasd keek Willem hem aan.

'Jij?'

Na het eten keken de kinderen samen met een stel Pieten nog een tijdje tv, maar omdat ze toch niets verstonden van het Spaanse programma, besloten ze tegen tienen om naar hun kamer te gaan.

En daar zaten ze dan. Geen van drieën voelde de neiging om te gaan slapen. Pietertje zat in zijn dekenkist lusteloos met de zaklantaarn te spelen die ze meegekregen hadden voor het geval dat de stroom uitviel. Mark zat op de rand van het bed verveeld met zijn zakmes onder zijn nagels te pulken en Kim lag naast hem ontevreden naar het plafond te staren.

189

Opeens ging ze overeind zitten en verkondigde nijdig dat het die nacht volgens haar helemaal fout ging lopen. Pedro mocht dan wel denken dat twee wachtposten voor de deur voldoende waren, maar daar geloofde ze geen snars van. Die inbrekers kwamen toch niet helemaal uit Nederland om hier als een stel brave jongetjes netjes op hun kamer te blijven. Ze vond dat er wel wat meer gedaan mocht worden om ze tegen te houden.

Mark zag het minder somber in. Volgens hem wisten de Sint en de Pieten echt wel wat ze deden. Maar na enig aandringen van zuslief gaf hij toe dat het geen kwaad kon om zelf nog wat extra veiligheidsmaatregelen te nemen, gewoon voor de zekerheid. Anders hadden ze de reis naar Spanje misschien helemaal voor niets gemaakt!

Rustig overwoog hij wat ze zoal zouden kunnen doen. Wat het ook was, het moest in redelijk korte tijd uitvoerbaar zijn en bovendien geheim, want anders mocht het vast niet. Opeens sprong hij op en zei: 'Ik heb een idee.'

Het liep al tegen middernacht toen het kasteel eindelijk in diepe rust was. Geen stem of voetstap was er te horen, niets bewoog. Alle ramen waren donker. Althans, zo leek het, want soms was er toch even een flauw schijnsel zichtbaar dat zich langzaam verplaatste. Drie schaduwen bewogen zich bij het licht van een zaklantaarn vrijwel geruisloos door de gangen.

'Waar zetten we ze?' lispelde Kim nauwelijks hoorbaar.

'Nou gewoon, op verschillende plaatsen waar ze langs kunnen komen,' fluisterde Mark terug. 'Dan hebben we ze altijd te pakken. Hun kamer ligt helemaal aan de andere kant, dus ze moeten het hele kasteel door om bij de stallen te komen.'

'Als ze ondertussen maar niet komen,' vervolgde Kim ongerust.

Mark haalde zwijgend zijn schouders op; dat risico moesten ze maar nemen.

'We kunnen ook in de stal gaan slapen,' piepte Pietertje, op een voor zijn doen zachte toon. 'Dan kunnen ze niks doen.' Het idee beviel hem wel.

'Dat had je gedacht,' siste Mark. 'Dan zijn ze al bij het paard en hou jij ze dan maar eens tegen. Of denk je soms dat jij twee grote kerels aankan?'

Pietertje haalde stoer zijn schouders op. 'Nou eh... ik kan toch heel hard bijten, en gillen.'

'Goh, dan doen ze het vast in hun broek,' spotte Kim.

'Ja, van 't lachen zeker,' grinnikte Mark.

Het viel niet mee om door de doolhof van duistere gangen de weg te vinden, maar uiteindelijk zagen ze tot hun opluchting in de verte het bordje VERBODEN TOEGANG VOOR ONBEVOEGDEN. Kim was er als eerste en toen ze aan de deur voelde bleek dat ze geluk hadden, want hij zat niet op slot.

Ze gingen onmiddellijk aan het werk. Mark had als knutselaar de leiding en wees de twee anderen wat ze moesten pakken en doen. De speelgoedfabriek was voor hem een regelrecht paradijs waar de meest fantastische materialen zomaar voor het grijpen lagen.

In een grote mand verzamelden ze allerlei gereedschap en andere spullen die ze konden gebruiken, zoals touw, plakband, nylondraad, ijzerdraad, elektriciteitsdraad, stekkers, knikkers en nog veel meer. Vervolgens begonnen ze met het opstellen van de valstrikken. Eerst voor de zekerheid eentje in de fabriek en daarna de rest verspreid over de gangen.

'Zo, die hangt,' zei Mark vermoeid maar voldaan, toen hij ruim twee uur later de laatste knoop in een flinterdun nylon-draadje legde. 'Laat ze nu maar komen.'

'Maar wat nou als ze buitenom lopen?' vroeg Kim.

Verrast keek Mark haar aan, want daar had hij geen rekening mee gehouden.

'We kunnen ook nog een val bij de stal maken,' stelde hij voor.

Opeens keek hij in het rond en vroeg verbaasd: 'Waar is Pietertje?'

Ook Kim keek om zich heen, maar hun broertje was nergens te bekennen.

''t Is ook altijd wat met dat snertjong,' mopperde Mark. 'Kom op, we hebben nou geen tijd om hem te zoeken; hij bekijkt 't maar.'

Gevolgd door Kim haastte hij zich de gang uit in de richting van de stallen.

Pietertje bevond zich ondertussen in de kasteelzaal voor de grote houten stoel van kok Nico. Tijdens het verzamelen van alle spullen, had hij nog een tweede zaklantaarn en ook een brede rol tweezijdig plakband gevonden en dat had hem op een idee gebracht. Terwijl zijn grote broer en zus met hun valstrikken bezig waren, was hij er stiekem vandoor gegaan, want hij zou die vette posteleinkok wel eens even terugpakken. Bij het licht van de zaklamp ging hij ijverig aan de slag. Nog geen tien minuten later trok hij de papieren beschermstroken los en waren de zitting en de rugleuning bedekt met een akelig sterke plaklaag. Tevreden bewonderde hij zijn werk. Het plakband was bijna niet te zien, want het had ongeveer dezelfde grauwbruine kleur als het hout.

Hij raapte de losse beschermstroken van de grond en verliet, wraakzuchtig gniffelend, de grote zaal. In gedachten zag hij de dikke papzak al wanhopig worstelen om los te komen uit zijn stoel.

Mark was juist bezig een lange nylondraad aan de deur naar de binnenplaats te bevestigen, toen hij Pietertje op z'n dooie gemak om een hoek zag verschijnen.

'Waar heb jij gezeten?' siste hij nijdig.

Het ventje zette grote onschuldige ogen op. 'Ik? Nou eh... gewoon, op de wc; ik moest nodig.'

Zijn grote broer keek hem even wantrouwend aan, maar richtte toen zijn aandacht weer op de draad. Die liep langs de buitenmuur van de toren omhoog naar hun kamer, over de vensterbank, en daarna door een kier in het hout van het raamkozijn naar binnen.

'Kom op, Kim is al boven,' fluisterde Mark.

Ze beklommen de wenteltrap en vonden hun zusje reeds in bed.

'Ik hou m'n kleren aan,' zei ze en trok de dekens wat verder over zich heen. 'Alleen m'n schoenen doe ik uit.'

'Ik ook,' geeuwde Pietertje, terwijl hij zijn schoenen uit-schopte en haastig in zijn kist kroop. Hij voelde zich ineens ril-lerig en doodmoe.

Mark pakte het uiteinde van de nylondraad en bond het aan het starthendeltje van een speelgoedbrandweerauto, die hij klem gezet had tussen de tafel en het bed. De sirene op het dakje omwikkelde hij zorgvuldig met een tafelkleedje en over het geheel legde hij nog een paar dikke handdoeken. Vervolgens trok hij zijn schoenen uit en zette die zo klaar dat hij ze snel weer aan kon trekken. Na een laatste keurende blik op zijn werk deed hij het licht uit en dook naast Kim onder de dekens.

'En nu maar afwachten,' mompelde hij geeuwend.

Vijf minuten lang was het doodstil. Toen klonk in het donker opeens heel zacht en benauwd: 'Mag ik bij jullie komen?'

Aan de andere kant van de kamer werd diep gezucht.

'Nou, vooruit dan maar,' bromde Mark slaperig. 'Als je stil ligt.'

Nauwelijks had hij dit gezegd, of Pietertje was al bij het grote bed en wurmde zich behaaglijk tussen zijn broer en zus in.

Een halfuur later lag Kim nog steeds klaarwakker naar het pla-fond te staren, dat als een donkere, sterrenloze hemel boven haar hoofd zweefde. Het waren niet de plannen van de inbrekers die haar onrustig maakten, maar haar eigen gevoelens en gedachten. Hier lag ze dan, midden in een ongelooflijk avontuur, dat vreemder en spannender was dan ze ooit had kunnen dromen, en in plaats van blij en opgewonden te zijn voelde ze zich moe en verdrietig en, gek genoeg, ook eenzaam.

Pietertje woelde in zijn slaap en sloeg een arm en een been over haar heen. Toch duwde ze hem niet weg. Op de een of andere manier troostte hij haar een beetje, dat lefgozertje dat als een onnozel konijn warm tegen haar aan kroop. Ze drukte haar wang tegen zijn krullen en sloot haar ogen. Het liefst was ze nu zelf lekker warm tussen haar vader en moeder weggekropen, maar die waren ver weg.

Alarm

Door de nachtelijke stilte klonken vier slagen van de torenklok van Milagroso en vrijwel op hetzelfde moment piepte in de gastenkamer van het kasteel onder de dekens een reiswekkertje. De Rubber was meteen klaarwakker en zette het af. Ook in het bed van de Knijpkat was enige beweging te bespeuren.

'Huh, izzuttal tijd?' gromde hij.

'Stil, mafkop,' siste Willem, terwijl hij zijn bedlampje aan knipte. 'Ja het is tijd, kom op.'

Met een ontevreden gekreun kwam Cor overeind. Hij was al volledig gekleed. Willem had daarentegen alleen een overhemd over z'n onderbroek aan.

'Klaar?' fluisterde hij, terwijl hij met zijn vingers zijn haar nog wat extra door de war maakte. Cor knikte bevestigend. Hij klom op een stoel, sprong eraf en kwam met een vreselijke dreun op de vloer terecht. De Rubber pakte met één hand de twee appels die al klaarlagen op de tafel en hield ze achter zijn rug. Geluidloos telde hij tot twintig en opende daarna de deur.

De twee Wachtpieten hadden de klap blijkbaar gehoord, want ze stonden midden in de gang en keken de halfgeklede en blijkbaar ruw gewekte gast wantrouwend aan.

'Sorry, heren,' zei Willem beleefd glimlachend, 'maar m'n zieke

194

partner is door de koorts uit z'n bed gedonderd. Zouden jullie me misschien effe kunnen helpen? Ik wil hem zo niet de hele nacht op de kouwe vloer laten leggen, maar eh, die dikke is veel te zwaar voor mij alleen: je heb minstens drie man nodig om 'm te tillen.' Hij zei het op zo'n bedrieglijk eerlijke, onschuldige toon, dat een zaal vol pissige politieagenten er nog ingestonken zou zijn. Dus zeker deze twee vriendelijke Pieten, die bovendien door het lange op wacht staan niet echt fris meer waren. Een zieke op de koude grond laten liggen, was het laatste wat ze wilden en toen er uit de kamer bovendien een zwak gekerm klonk, volgden ze Willem zonder aarzelen over de drempel.

Bij het gedempte licht van het bedlampje zagen ze een grote donkere figuur op de grond liggen. Ze liepen ernaartoe, maar op dat moment stapte de Knijpkat geruisloos achter de deur vandaan en sloeg zijn machtige armen om hen heen.

De twee verraste wachters hapten naar adem en wilden om hulp schreeuwen, maar voor ze een kik konden geven, propte Willem de twee appels in hun geopende monden. Daarna sloot hij snel de deur en deed het grote licht aan. Razendsnel en vakkundig werden de gevangenen vervolgens met aan repen gescheurde lakens gekneveld, in dekens verpakt en als keurige pakketjes op de bedden vastgesnoerd. Binnen drie minuten was alles gepiept.

Cor bukte zich over de namaakfiguur op de grond, die niets anders bleek te zijn dan een hoop kleding, gordijnen en handdoeken. De kleren propte hij in een sporttas en de rest van het spul schopte hij in een hoek. Willem had zich ondertussen snel aangekleed. Hij haalde een kam door zijn haar, greep zijn tas en wenkte zijn maat om mee te komen.

'Slaap lekker, heren,' zei hij spottend tegen de spartelende pakketten.

Hij knipte het licht uit, sloot de deur, deed hem op slot en legde de sleutel aan de overkant van de gang boven op een schilderijlijst.

'We moeten naar de bovenverdieping,' fluisterde hij tegen Cor, terwijl ze door de gang liepen. 'Daar zijn de slaapkamers. Daar, die trap op.'

Zonder dat hij het wist nam hij zo de enige veilige weg, want alle valstrikken waren beneden.

Met het scherpe lichtstraaltje van zijn minizaklantaarn bescheen Willem de deur met het embleem. Hij zette zijn tas zachtjes neer, reikte Cor het lantaarntje aan en haalde uit zijn zak een paar rubberen handschoenen te voorschijn. Nadat hij die aangetrokken had, viste hij uit een zijvak van de tas een van de leren buideltjes van Doña Aranéa. Hij trok het dunne koord eraf, stak door het stiksel in een van de hoeken een veiligheidsspeld en stopte het in zijn zak. Daarna opende hij behoedzaam de deur, precies zo ver dat hij uit een knijpflesje enkele druppels kruipolie op de scharnieren kon spuiten. Hij nam het lantaarntje weer van Cor over, duwde de deur uiterst langzaam nog wat verder open en stapte vervolgens geluidloos over de drempel.

Een regelmatig, zacht gesnurk verried de plaats waar de Sint lag te slapen. Terwijl de Rubber met zijn hand de lamp afschermde liet hij het lichtstraaltje rondgaan door het vertrek, tot hij gevonden had wat hij zocht. Voetje voor voetje sloop hij naar de andere kant van het bed, waar de rode mantel aan een kapstok hing. Met de veiligheidsspeld bevestigde hij de *malifer* in een van de plooien van de voering, ongeveer ter hoogte van het hart van de oude heilige.

Bij het licht van zijn lampje bekeek Willem het magische voorwerp aandachtig. Er was niets bijzonders aan te zien: gewoon een leren buideltje. Maar volgens de Doña zou het ding gaan werken zodra hij de pin eruit trok.

Zijn vingertoppen sloten zich om het zwarte knopje. Een snelle ruk en de pin was los. Op hetzelfde moment voelde de Rubber even een akelige rilling over zijn rug lopen.

Hij was al halverwege de terugtocht toen opeens een grommend geluid hem ter plekke deed verstijven. Bliksemsnel knipte hij de zaklamp uit. Het bed kraakte en in het duister hoorde hij een onderdrukt gemompel. De Rubber hield zijn adem in; was hij ontdekt?

'Nee, niet doen!' klonk hees en angstig de stem van de Sint. 'Nee, alsjeblieft... geen postelein.'

Weer was er gekraak en het geruis van lakens waaraan getrokken werd, en daarna een diepe zucht.

Willem bleef onbeweeglijk staan, tot een zacht, regelmatig snurken hem na een paar minuten vertelde dat de kust weer veilig was. Met het licht van zijn lampje op de vloer gericht sloop hij de kamer uit.

Het nylondraadje spande zich toen de deur, die naar de binnenplaats bij de stallen leidde, langzaam opendraaide. Boven in de torenkamer bewoog het hendeltje van de brandweerauto zich van 'Uit' naar 'Aan' tot opeens van onder de handdoeken gedempt het geluid van de sirene klonk en Kim met een schok overeind schoot.

'De boeven,' fluisterde ze.

'Kom op, stil,' siste Mark terwijl hij zich uit het bed liet glijden. Vlug schakelde hij de sirene uit, in de hoop dat Pietertje door zou slapen, maar dat wonder kon hij wel vergeten. Met een lodderige blik in zijn ogen kwam het ventje overeind.

'Ik ga mee,' piepte hij en gooide de dekens van zich af.

'Oké,' zuchtte Mark, terwijl hij de zaklantaarn aandeed. 'Maar dan wel bij ons blijven, hè.'

Snel trokken ze hun schoenen aan en haastten zich de kamer uit. In het halletje boven aan de trap pakte Mark de hoorn van de huistelefoon die daar aan de muur hing. Hij keek even op het lijstje ernaast en toetste een nummer in.

Ondertussen waren de Rubber en de Knijpkat de maanverlichte binnenplaats overgestoken en stonden voor de stal.

''n Makkie,' fluisterde Willem opgewekt. 'Dit is net boodschappen doen zonder betalen; alleen de winkelkarretjes ontbreken nog.'

Gniffelend over zijn eigen grap lichtte hij de grendel op om de staldeur te openen, waardoor, zonder dat hij het merkte, een nylondraadje losschoot. Een seconde later werd achter hem Cor geraakt door een grote baal hooi, die van de hijsbalk boven hun hoofden naar beneden stortte. Kermend en vloekend lag de gevloerde inbreker op de keien te spartelen.

'Stil, man, stel je niet aan,' siste Willem nijdig en opende de deur om de donkere stal in te gaan. Echter, voor hij een stap kon zetten werd hij vol in zijn buik getroffen door een zwaar leren zadel dat aan een lang touw uit het duister te voorschijn slingerde. Het tilde de schurk compleet van de grond en wierp hem achteruit over zijn maat heen.

Terwijl de beide mannen kreunend overeind krabbelden, gingen er in het kasteel her en der lichten aan. Cor was de eerste die het merkte.

'Kijk dan,' fluisterde hij verbaasd. 'Hoe ken dat nou?'

'Kom mee,' siste Willem.

Nauwelijks hadden ze zich om een donkere hoek teruggetrokken of de deur vloog open en Pedro kwam de binnenplaats op stormen, gevolgd door een aantal Pieten en de drie kinderen. Speurend keek de Hoofdpiet om zich heen, maar er was geen levende ziel te bekennen. Wel zag hij de geopende staldeur en de uiteengevallen baal hooi.

'Hé, wat is dat daar?' vroeg hij argwanend. 'En wat moet dat zadel aan dat touw?'

'O, eh... dat is een eh... valstrik,' antwoordde Mark enigszins aarzelend. Hij was er niet helemaal zeker van hoe de Pieterbaas zou reageren op hun nachtelijke bijdrage aan de bewaking. 'Ze moeten hier dus geweest zijn,' voegde hij er haastig aan toe.

'Juist ja,' bromde Pedro, terwijl hij door de deur in het duister van de stal tuurde.

'De paarden zijn rustig,' merkte hij op. 'Dus hier zitten ze niet. Maar waar dan wel?'

'Ze' bevonden zich op dat moment achter de stallen, vlak bij de poort die naar de wei leidde. Met een armbeweging hield Willem Cor staande.

'Wacht effe,' fluisterde hij. 'Ik heb een idee. Hier, hou de tas vast.'

Terwijl hij naar een hoge hooiberg liep, viste de Rubber een aansteker uit zijn zak en binnen een paar tellen schoten de vlammen omhoog uit het gortdroge spul. Onmiddellijk maakte Willem dat hij wegkwam.

'Jemig, waar is dat goed voor?' siste Cor, achter zijn maat aanhobbelend.

Zonder antwoord te geven greep Willem hem bij zijn jasje en trok hem mee in de donkere schaduwen onder een afdakje tussen twee gebouwen.

'Stil, bolle,' fluisterde hij. 'Wacht maar af.'

Nog geen vijf seconden later kwamen de Pieten in vliegende vaart aanrennen.

'De hooiberg,' gilde de voorste.

'Haal de slangen,' schreeuwde Pedro.

Onmiddellijk begonnen ze alles wat brandbaar was weg te slepen uit de buurt van de hoog oplaaiende vlammen, terwijl een regen van gloeiende vonken uit de nachtelijke hemel op hen neerdaalde.

'Blijf uit de buurt jullie,' riep Pedro naar de kinderen. ''t Is hier veel te gevaarlijk.'

Van een afstand keken Mark, Kim en Pietertje toe hoe de Pieten de eerste glinsterende straal water op de vlammen richtten. Niemand van hen had in de gaten dat de twee misdadigers ondertussen naar de verlaten binnenplaats teruggeslopen waren.

'Snappie 't nou, baljurk?' fluisterde Willem grijnzend. 'Zij daar bezig, wij hier.'

Hij tastte om de hoek van de staldeur naar het knopje van het licht en een moment later stonden de beide mannen oog in oog met het witte wonderpaard. Het dier snoof onrustig en bewoog wantrouwig zijn hoofd op en neer.

'Geef me die bezem daar,' beval Willem.

Hij haalde de tweede *malifer* uit zijn tas te voorschijn en draaide het dunne leren koord een paar maal om het uiteinde van de steel. Met een snelle ruk trok hij de pin los. Weer voelde hij even die vreemde rilling door zijn lijf trekken.

Angstig briesend drong Amerigo naar achter in zijn box toen de Rubber de bezemsteel naar hem uitstak. Op het moment dat het buideltje de harige huid van de paardenborst raakte, zagen de mannen verbaasd hoe grote dier vrijwel meteen over zijn hele lijf begon te trillen en het hoofd liet zakken. De ogen verloren hun felheid en het briesen zakte weg tot een onrustig snuiven.

Cor greep een halster van een haak en opende de deur van de box. Voetje voor voetje schoof hij naar voren, klaar om weg te springen als het paard hem zou aanvallen, maar dat gebeurde niet. Amerigo stond dof voor zich uit starend in het stro en reageerde vrijwel niet op de indringer. Zonder enig probleem kon Cor hem het halster omdoen. Daarna maakte hij het koord los van de bezemsteel en knoopte het om de nek van het paard.

'Getsie, ik word opeens helemaal rillerig,' klaagde hij.

'Leg niet te zeveren, badmuts,' snauwde Willem. 'Kom op met dat beest, naar de auto.'

Zonder moeite konden ze het dier naar buiten leiden, waar in de verte de opgewonden stemmen van de Pieten te horen waren, en terwijl ze de binnenplaats overstaken, bekeek Willem grinnikend de vurige gloed, die de bovenzijde van de muren rood deed afsteken tegen het zwart van de nachtelijke hemel.

Via het smalle gangetje tussen de gebouwen kwamen ze op het voorplein, waar de auto met de trailer geparkeerd stond. Willem opende snel de laadklep en siste: 'Kom op, inlaaien dat beest.'

Mak als een lam zette Amerigo enkele stappen op de loopplank, maar opeens bleef hij stokstijf staan. Blijkbaar drong het op het laatste moment tot zijn verdoofde paardenhersens door dat hij in gevaar was. Hij schudde met zijn hoofd en schuifelde trappelend naar achter.

'D'r in jij, stomme knol,' snauwde Willem. Hij sprong op de laadklep om het paard aan het halstertouw naar binnen te trekken. Op hetzelfde moment haalde Cor stevig uit en gaf het dier met zijn grote hand een enorme lel op zijn achterste. Snuivend van schrik draaide Amerigo zich om, waardoor de Rubber van de loopplank geveegd werd. Bliksemsnel greep Cor het halstertouw en ranselde het trillende dier daarmee dwars over de neus. Te verdoofd om zich tegen de slagen te verdedigen liet het paard zich achteruit de trailer in drijven. Nog even wierp het zijn hoofd op en hinnikte luid, alsof het om hulp smeekte. Toen werd de laadklep gesloten.

Kim keek verschrikt om, toen ze heel zwak een bijna huilend gehinnik hoorde dat van de andere kant van het kasteel leek te komen. Het geluid joeg een krampscheut door haar borst en ze vergat ogenblikkelijk alles om zich heen.

'Amerigo,' gilde ze en rende weg in de richting van de stallen.

'Kim, wacht, wat is 'r?' riep Mark verbaasd, maar zijn zus verdween al om een hoek.

'Hier blijven,' commandeerde hij Pietertje en rende haar achterna. Het kereltje volgde hem onmiddellijk, maar stopte na een paar stappen, omdat hij merkte dat hij zijn grote broer op geen stukken na bij kon houden. En bovendien vond hij de brand veel te interessant.

Het licht in de stal brandde en Kim zag in een oogopslag dat de box van Amerigo openstond. Waar zouden die kerels heen zijn? De auto natuurlijk! Ze aarzelde geen moment, en toen Mark het binnenplein op kwam hollen, zag hij haar nog net verdwijnen in het smalle gangetje dat naar het voorplein leidde.

Kim hoorde haar eigen roffelende voetstappen luid tegen de muren weerklinken en ze voelde haar hart in haar keel bonken. Ze rende zoals ze nog nooit gerend had. Als ze nou maar niet te laat was.

Inmiddels had de Knijpkat de sluitbalk al van de poort gelicht en de deuren wijd opengegooid. De Rubber startte de auto en reed naar voren tot onder het poortgewelf. Alles leek tot dan toe voorspoedig te verlopen. Maar op het moment dat de dikke inbreker het portier opende om ook in te stappen, hoorde hij op het voorplein achter de trailer het geluid van rennende voetstap-

201

pen en een hoge stem die 'Nee!!' gilde. Met een sprong zat hij in de auto en schreeuwde: 'Rijen!'

Willem trapte het gaspedaal in en de wagen schoot met piepende banden de nacht in. Cor keek ondertussen gespannen in het zijspiegeltje. Na enkele seconden verscheen er in de opening van de kasteelpoort een kleine gestalte die de auto nakeek.

Zwaar hijgend zag Mark de rode achterlichten snel kleiner worden, tot ze in een bocht uit het zicht verdwenen.

Cor draaide zich naar zijn maat en stak grijnzend zijn duim op. 'We hebben 'm,' juichte hij. 'Yeahhh, te gek man! Waauuw, 't is gelukt!'

Stampend met zijn voeten slaakte hij woeste vreugdekreten.

'Wie zoet is krijgt noppes, wie stout is een paard,' brulde hij met ongeschoolde zangstem.

Ook op het gezicht van Willem stond een brede grijns. 'Wat zal die ouwe balen als een stekker,' grinnikte hij. 'We zijn rijk; dat beest is puur goud.'

Hij trapte op de rem om snelheid te minderen, want de smalle landweg zat vol onverwachte hobbels en kuilen.

'Wat een rotweg,' mopperde hij. 'Kom op, bolle, grijp je mobiel en bel dat ouwe wijf om te zeggen dat 't gelukt is.'

Terwijl Cor over de telefoon Doña Aranéa het goede nieuws vertelde, klemde Kim zich wanhopig vast aan het bovenrandje van de laadklep. De trailer bonkte op en neer en ze werd wild heen en weer geslingerd. Het voelde alsof haar armen losgescheurd werden van haar lijf. Nog even en ze zou zeker vallen.

Radeloos zwierde ze haar been opzij om ergens houvast te zoeken voor haar voet. Na een paar mislukte pogingen voelde ze een uitsteeksel en met inspanning van al haar krachten hees ze zich zover op dat ze een been over de laadklep kon slaan. Trillend van de zenuwen werkte ze zich verder over het randje en liet zich in de trailer zakken, waar ze uitgeput tegen de zijwand in elkaar zakte. Het duurde even voor ze weer rustig genoeg was om na te denken.

Tussen het dak en de laadklep door viel een streep maanlicht naar binnen op het paard, dat in de hobbelende kar moeite had om overeind te blijven.

'Hoi Amerigo,' zei ze zachtjes. 'Wat een rotzakken, hè?'

Ze krabbelde overeind en legde haar hand tegen de witte harige schouder. Het paard draaide zijn hoofd wat opzij en staarde met een groot oog wazig naar het meisje.

'Jemig, je trilt helemaal,' fluisterde ze bezorgd. 'Je bent bang, hè?'

Terwijl ze zich met moeite op de been hield in de bonkende kar, aaide ze het angstige dier over zijn neus. Het kleine leren buideltje dat aan een koordje om zijn nek bungelde zag ze wel, maar omdat ze niet wist wat het was schonk ze er verder geen aandacht aan. Op dat moment had ze wel belangrijker zaken aan haar hoofd.

'Ik moet je hieruit zien te krijgen,' zei ze gespannen. 'Maar hoe?'

Kerende kansen

Met triomfantelijk glinsterende oogjes legde Doña Aranéa de hoorn op de haak.

'Nou heb ik 'm,' mompelde ze boosaardig. Ze draaide zich om en rukte aan een van de drie koorden die achter haar bureau tegen de muur hingen. Nog geen tien seconden later werd er op de deur geklopt.

'Binnen,' blafte ze.

Een magere kerel met verwarde haren stak zijn hoofd om de hoek van de deur.

'Ja, mevrouw, wat wenst u?' vroeg hij, een geeuw onderdrukkend.
'Roep onmiddellijk Bronco en zijn mannen,' snauwde zijn bazin. 'En schiet op. Nu kunnen die sukkels eindelijk eens tonen dat ze hun duurbetaalde loon waard zijn.'

Binnen vijf minuten stond de nog slaperige bendeleider met zijn manschappen voor het donkerhouten bureau van de oude vrouw.

'Luister goed, stelletje onbenullen,' sprak ze dreigend. 'Omdat jullie nog te stom zijn om voor de duvel te dansen, heb ik er zelf maar voor gezorgd dat we die Sint te grazen kunnen nemen. Morgen is dat kasteel van mij, begrepen? En wee jullie gebeente als jullie het dit keer wéér verknallen. Over twintig minuten rijden we weg en geen seconde later. Degene die niet op tijd is zal de dag vervloeken dat ie geboren werd. Wapens en munitie mee. En nu: ingerukt, mars!'

Halsoverkop haastten de mannen zich het vertrek uit, minachtend nagekeken door de Doña. Toen de laatste de deur achter zich gesloten had, draaide ze zich om en trok aan een ander koord.

De man die even later binnenkwam, was dezelfde die met zijn mes de band van Paul en Hilde lek gestoken had. Hij knikte kort en bleef zwijgend staan wachten op instructies.

'De buitenlanders hebben het paard,' zei de Doña. 'Spoor ze op en breng het beest hier.'

'En de buitenlanders zelf?' vroeg de man.

'Die zijn niet meer nodig,' antwoordde zijn bazin. 'Zorg dat ze verdwijnen.'

Weer knikte de man en verliet zwijgend het vertrek. Nadat hij verdwenen was, stond de Doña op vanachter haar bureau en liep naar een geborduurd wandtapijt dat tegen de muur hing. Ze schoof het opzij en verdween in een lage gang die erachter verborgen lag.

Kim balanceerde met één voet op een sluitblok dat aan de zijwand van de trailer zat, terwijl ze zich met haar rechterhand boven haar hoofd vastklemde aan een metalen oog dat bedoeld was om banden of riemen aan vast te maken. Met haar andere hand tastte ze over de rand van de laadklep naar de sluiting aan de buitenkant. De grendel aan de andere kant had ze al losgemaakt. Haar vingers sloten zich om het handvat en ze gaf er zo hard als ze kon een ruk aan. De grendel schoot open, precies op het moment dat de trailer door een kuil bonkte. Door de klap schoot haar voet van het blok. Instinctief klemden haar vingers zich vaster om het metalen oog en op hetzelfde moment sneed een felle pijnscheut door haar arm. Aan één hand heen en weer slingerend zag ze de laadklep openvallen en met een dreunende klap op het wegdek terechtkomen. Met een luid gesnuif deinsde Amerigo achteruit voor het donkere open gat.

Trillend van spanning wist Kim haar voet weer op het sluitblok te plaatsen. Ze zette zich af en sprong met de moed der wanhoop naar beneden, naast Amerigo. Zoekend naar houvast greep ze zich vast aan zijn voorbeen en het was maar goed dat de schimmel niet tegenstribbelde, want anders was ze misschien wel uit de rijdende trailer gerold.

Er was geen tijd te verliezen. Zonder op haar pijnlijke arm te letten krabbelde ze zo snel als ze kon overeind. Ze schoof langs het paardenlijf naar de voorzijde van de aanhanger en klauterde op de met rubber beklede dwarsstang, waar Amerigo angstig met z'n achterste tegenaan gedrukt stond. Terwijl ze zich tegen de schommelende wand in evenwicht hield, keek ze aarzelend naar de gladde ronde rug van het onrustig bewegende dier. Zou ze het durven? In een flits dacht ze aan haar vader die in z'n boek een meisje op een ongezadeld paard liet rijden. 'Er zijn genoeg kinderen van tien die dat kunnen' had ie gezegd, maar van zijn eigen dochter geloofde hij niet dat ze het kon. Die was volgens hem te klein voor zoiets. Nou, ze zou hem eens wat laten zien! Ze legde een hand op de witte vacht, net boven de staart. 'Rustig maar,' fluisterde ze.

Het leek wel of Amerigo haar begreep, want opeens bleef hij

doodstil staan en zette zich schrap. Kim haalde diep adem. Ze sprong en kwam met een buiklanding op zijn rug terecht. Snel greep ze een pluk manen en wurmde zich naar voren tot ze rechtop zat. Een gevoel van trots beving haar; ze had het gedurfd! Amerigo snoof luidruchtig en schudde zijn hoofd op en neer. Het was alsof hij zich ergens van wilde bevrijden.

'D'r is iets mis met de trailer,' foeterde de Rubber, terwijl hij voorzichtig afremde. 'Hij stuurt zwaar en ik hoor herrie. Schiet op, kijk effe.'

Cor draaide onmiddellijk zijn raampje open en keek naar achter of hij kon ontdekken wat er aan de hand was.

'Volgens mij is de laadklep opengevallen,' brulde hij. 'Stoppen!'

Vloekend bracht Willem de auto tot stilstand.

'Ranzige uilebal,' schold hij. 'Bolle aap. Kun je dan nóóit wat goed doen!'

'Nou, volgens mij zat ie goed dicht hoor,' protesteerde zijn maat, terwijl hij het portier opende.

'Ja, dat merk ik,' snauwde Willem. 'Schiet op, druilhannes, anders loopt dat beest nog weg.'

Cor stapte haastig uit, maar op hetzelfde moment klonk het bonkende geluid van paardenhoeven op de laadklep en een hoog stemmetje riep: 'Kom op, Amerigo, zet 'm op.'

Tot zijn verbijstering zag de Knijpkat het witte paard de nacht in galopperen met een meisje op zijn rug.

'Hé, stop,' schreeuwde hij, terwijl hij achter de vluchtelingen aan spurtte. 'Stoppen zeg ik. Kom hier!'

Willem was ook uit de auto gesprongen en zag zijn maat als een op hol geslagen locomotief achter het paard aan draven. Het was duidelijk een zinloze actie, want ondanks het verdovende buideltje was de schimmel toch nog een stuk sneller dan een man te voet.

'Kom terug, zak patat,' brulde Willem. 'Terugkomen zeg ik!'

Enkele ogenblikken later stond Cor weer bij de auto.

''t Is dat meisie,' loeide hij buiten adem.

'Nee, 't is me tante,' snauwde Willem. 'Stap in, stronthoop. We draaien de wagen.'

Dat bleek gemakkelijker gezegd dan gedaan, want de smalle landweg bood niet veel ruimte en binnen de kortste keren zat de auto met de voorwielen klem in de berm. Woedend liet Willem de motor loeien, maar dat hielp niets. De slippende achterwielen wierpen alleen maar grote wolken aarde en stof op.

'Hou op, man,' schreeuwde Cor terwijl hij uitstapte. 'Straks draai je de boel in de soep. We koppelen eerst die kar los, anders komen we d'r nooit uit.'

Hij ontgrendelde de sluiting, lichtte de aanhanger van de trekhaak en duwde het zware geval een eindje naar achter de weg op. Vervolgens liep hij terug naar de auto en zette zich met al zijn gewicht schrap tegen de voorkant, terwijl zijn partner gas gaf. Even leek het erop dat zelfs de enorme spierbundels van de Knijpkat niet sterk genoeg waren voor deze klus, maar na een paar mislukte pogingen kwamen de voorwielen toch los. Bonkend op zijn vering schoot het voertuig naar achter en kwam in een wolk van stof op de weg tot stilstand.

Haastig reed Willem wat verder achteruit tot aan de trailer. Cor lichtte de boom weer op de trekhaak en nadat hij de sluiting vergrendeld had rende hij naar voren, terwijl hij brulde: 'Rijen maar!' Hij zat nog maar half op zijn stoel toen Willem plankgas wegscheurde. De achtervolging was begonnen.

'Kom op, doe je best,' vuurde Kim de zwoegende schimmel aan. 'Alsjeblieft. We móéten het halen.'

Ze merkte wel dat Amerigo de grootste moeite had om vooruit te komen, maar ze wist niet dat de oorzaak daarvan aan een touwtje om de nek van het dier bungelde.

'Hou vol,' moedigde ze hem aan. 'We zijn er zo.'

Door alle spanning vergat ze helemaal dat ze bang was geweest om op de paardenrug te klimmen. Als een ervaren amazone deinde ze mee op de golven van de galop, tot Amerigo plotseling van uitputting struikelde en overging in een korte, stotende draf. Kim klemde zich wanhopig aan de manen vast, terwijl ze alle kanten op stuiterde. Ze zou zeker gevallen zijn als het paard niet geschrokken was van een nachtvogel, die plotseling opdook uit het duister en met een rauwe schreeuw vlak over hun hoofden scheerde. Met een sprongetje hervatte de schimmel zijn galop en het was maar goed dat Kim zich stevig vasthield, anders was ze achterover van zijn rug gerold.

Toen haar door elkaar geschudde gedachten weer een beetje op orde waren, haalde ze opgelucht adem. In de verte zag ze de donkere massa van het kasteel al opdoemen. Als Amerigo het nu maar volhield.

'Zet 'm op,' riep ze. 'Je kan 't!'

Het was alsof haar woorden de schimmel extra kracht gaven. Ondanks de verlammende verdoving van de *malifer*, bleef het dier snuivend doorrennen in een moeizame galop. Af en toe struikelde het over de hobbels en de kuilen in de weg, maar toch wist het telkens weer zijn evenwicht te hervinden.

Opeens hoorde Kim achter zich het geluid van een auto. Ze keek om en de adem stokte in haar keel, want op enkele honderden meters afstand zag ze twee dreigende koplampen naderen.

'Alsjeblieft, ga door,' gilde ze radeloos. 'Kom op nou, kom op!' Hoe ver was het nog? Het leek wel of dat stomme kasteel niets dichterbij kwam. Zouden die kerels hen nou toch nog te pakken krijgen, zo vlak bij huis?

'Kom op, Amerigo, zet 'm op, alsjeblieft, we zijn er bijna,' fluisterde ze schor.

Het uitgeputte paard was echter geen partij voor de auto en al spoedig reden de achtervolgers vlak achter hun prooi. Op een iets breder stuk van de weg gaf Willem gas en manoeuvreerde zijn wagen naast het moeizaam voortrennende dier. Cor hing half uit het raam, met een stevig touw als een lus in zijn handen.

'Stoppen,' schreeuwde hij. 'Stoppen jij. Stop dat beest!'

'Rotzak,' krijste Kim. 'Ga weg!'

Ze schopte naar hem, maar daar trok hij zich niets van aan. Handig wierp hij de lus om het hoofd van het galopperende paard en riep: 'Remmen.'

Willem reageerde onmiddellijk en terwijl Cor het touw uit alle macht strak hield, dwong de auto het paard langzaam tot stilstand. Trappelend en met zijn hoofd schuddend probeerde Amerigo zich te bevrijden.

'Rotzakken,' snikte Kim met overslaande stem. Tranen sprongen in haar ogen en blind van woede graaide ze tussen de manen naar het touw. In plaats daarvan vonden haar handen echter het koordje van de *malifer*. Met alle kracht die ze in zich had rukte ze eraan, net op het moment dat Amerigo zijn machtige nek naar voren boog. Op zoveel geweld was het koord niet berekend. Het schoot los en het buideltje viel in het stof op de weg.

'Hier jij, rotbeest,' schreeuwde Cor, terwijl hij probeerde het zenuwachtige paard in bedwang te houden.

De schimmel rilde en snoof. Hij schudde zijn hoofd, alsof hij wakker moest worden. Opeens stak hij zijn neus in de lucht en hinnikte luid.

Kim begreep niet wat er aan de hand was, maar ze voelde de spanning in het paardenlijf groeien. Ze boog zich voorover en klemde zich met beide handen aan de manen vast. Dat was maar goed ook, want opeens schoot Amerigo met zo'n enorme sprong vooruit dat hij de Knijpkat door het raam uit de auto sleurde. In een wolk van stof werd de kerel over de weg meegesleept, tot hij het touw losliet en als een voddenbaal bleef liggen.

Met wapperende haren en wijdopen ogen zat Kim op de golvende rug van Amerigo. Het dier leek te zweven en het was of de aarde onder haar wegdraaide terwijl zijzelf stilstond. De wereld gleed langs haar heen en het enige geluid onder de sterren was het suizelen van de wind langs haar oren. Een adembenemend gevoel van vrijheid maakte haar hoofd licht. Er was geen gevaar meer, geen angst, geen verdriet. Ze spreidde haar armen en liet zich gelukzalig meevoeren door de nacht.

De Rubber sprong woedend uit de auto en rende naar zijn ongelukkige makker die midden op de weg lag te kermen. 'Sta op, druipgoot, leg daar niet zo stom te janken,' schreeuwde hij. 'Schiet op, kom overeind.'

Omdat de Knijpkat niet direct gehoor gaf aan dit dringende verzoek, gaf hij hem een aanmoedigende schop onder zijn achterste. 'Schiet op, turbosukkel. We moeten achter dat beest aan. Of wou je soms wachten tot z'n benzine op is?'

Steunend en kreunend kwam Cor overeind. 'Man, ik ben kapot,' mompelde hij mistig. 'Zeur niet zo,' snauwde Willem. 'Spring in die wagen.' Hij wilde zich omdraaien maar bleef opeens stokstijf staan. In het licht van de koplampen stond een groep van zeker twintig Zwarte Pieten hem zwijgend aan te kijken.

Toen Mark de auto zag wegrijden, had hij door de duisternis niet opgemerkt dat Kim aan de laadklep hing, maar omdat hij haar nergens kon vinden, kreeg hij het angstige vermoeden dat de inbrekers haar gekidnapt hadden. Zo snel als hij kon was hij naar de plek van de brand teruggerend om de Pieten te waarschuwen.

Pedro realiseerde zich meteen dat de zaak uit de hand dreigde te lopen. De dieven hadden niet alleen het paard, maar ook een gijzelaar buitgemaakt. Dit was niet iets om zelf af te handelen en daarom besloot hij de politie in het dorp te alarmeren. Op dat vroege uur bleek zoiets echter niet eenvoudig te zijn en nog voordat hij iemand aan de telefoon kreeg, kwam Speurpiet Brillo hem al melden dat ze vanaf een van de torens gezien hadden dat de auto in de verte weer terug kwam rijden. Snel riep de Hoofdpiet een aantal van zijn mannen bij elkaar, en terwijl ze zich buiten voor de poort verzamelden, meende Brillo een donkere schim voor de autolichten uit te zien rennen. 'Dat kan Amerigo zijn,' riep Pedro. 'Vooruit, eropaf.'

Onmiddellijk rende de groep Pieten de nachtelijke weg op.

Pietertje holde net als Mark achter hen aan, maar hij had veel te korte beentjes om volwassen mannen bij te kunnen houden. Mark hoorde zijn klagende geroep en hield zuchtend zijn vaart in om op het jong te wachten.

De Pieten zagen nog net hoe Kim op Amerigo wegreed. Met duistere blikken staarden ze naar de twee misdadigers die in het felle licht van de koplampen voor hen op de weg stonden. De dikke was net overeind gekrabbeld en klopte het stof van zijn kleren. De magere staarde hen aan alsof ze geesten waren.

Pedro deed een stap naar voren en zei kalm: 'Ik verzoek jullie zonder problemen met ons mee te komen, want jullie hebben op het kasteel het een en ander uit te leggen.'

'O ja, dacht je dat?' schreeuwde de magere man briesend. 'Nou, vergeet het maar, fluimbal. Of denk je soms dat ik bang ben voor dat stelletje zwartgeverfde watjes van je, hè? Kom maar op!'

De Hoofdpiet begreep dat van rustig meekomen geen sprake zou zijn en op zijn teken werden de twee kerels door de Pieten omsingeld. Op dat moment kwamen Mark en Pietertje aangehold en stopten vlak buiten de cirkel. Gespannen bekeken ze de situatie.

'Heren, ik waarschuw maar één keer,' zei Pedro. 'Als jullie gewoon kalm met ons meegaan, voorkomt dat onplezierige maatregelen. De keus is aan jullie.'

De Knijpkat staarde wat glazig om zich heen. Hij was nog niet helemaal bijgekomen van het sleeptochtje achter Amerigo en leek niet van plan zich te verzetten. De Rubber was echter door het dolle heen.

'Kom maar op,' brulde hij strijdlustig. 'Ik laat geen spaan van jullie heel, stelletje jokers.'

Pedro keek hem zuchtend aan. 'Ik heb je gewaarschuwd,' sprak hij verwijtend. 'Je kiest er zelf voor.'

Hij stak zijn hand omhoog en riep: 'Vooruit, grijp ze.'

Als één Zwarte Piet stortte de groep zich op de weerspannige

Rubber. Hoewel hij een ervaren vechtersbaas was, zou hij tegen de overmacht geen schijn van kans gehad hebben als zijn maat op dat moment niet besloten had hem toch maar te helpen. Het was alsof Cor op de markt rotte appels aan het uitzoeken was. Een voor een pakte hij Pieten op en gooide hen over zijn schouder naar achter. De weggeworpenen bleven echter niet rustig liggen. Binnen de kortste keren sprongen ze weer overeind om zich op de geweldenaar te werpen, en ook de andere Pieten begonnen hun aandacht op hem te richten. Daardoor kreeg Willem de kans zich uit de massa krioelende lijven los te worstelen. Hij wilde het op een lopen zetten naar de auto, maar onverwacht werd hem de weg versperd.

Op het moment dat Mark zag dat de magere kerel dreigde te ontsnappen, was hij pijlsnel naar voren gesprongen om dat te verhinderen. Hij zag de man met een van woede vertrokken gezicht op zich afkomen en zette zich schrap. Niet voor niets had hij een paar jaar op judo gezeten. Keurig volgens het boekje greep hij de aanvaller bij zijn mouwen, terwijl hij tegelijkertijd een voet in diens maag zette en zich voor een perfect uitgevoerde *sutemi* achterover liet vallen. Al rollend strekte hij zijn been waardoor zijn tegenstander gelanceerd werd en met een wijde boog door de lucht vloog. Gelukkig brak een cactus in de berm de val van de inbreker, want anders had hij lelijk terecht kunnen komen.

Zelfs voor een krachtpatser als Cor was de overmacht van de Pieten uiteindelijk te groot. Het duurde dan ook niet lang voor de beide mannen in nogal verkreukelde toestand en met gebonden handen naast elkaar op de weg stonden.

'Zo, dat is dat,' zei Pedro, terwijl hij het stof van zijn kleren klopte. 'En nu, op naar het kasteel. We gaan allemaal met die auto, want er is ruimte genoeg in de trailer. Kasko, jij rijdt.'

Nog geen vijf minuten later arriveerde de groep op het voorplein, waar Kim — nog steeds op Amerigo gezeten — hen opwachtte. Yoyo sprong als eerste uit de auto en liep naar haar toe om te helpen met afstijgen. Eigenlijk wilde ze dat nog helemaal niet, maar ze begreep wel dat ze niet eindeloos kon blijven zitten en met tegenzin liet ze zich van de paardenrug glijden.

Nauwelijks stond ze op de grond of de voordeur vloog open en Rambeau kwam naar buiten gesneld. In een paar woorden legde Pedro hem uit wat er gebeurd was.

'We zullen die heren eens even veilig opbergen tot de Sint wakker is,' bromde de Butlerpiet, terwijl hij zijn grote handen op de schouders van de gevangenen legde. Gevolgd door de andere Pieten voerde hij hen voor zich uit, de trappen op naar de voordeur.

Willem stapte als eerste naar binnen. Cor volgde hem, maar op het moment dat hij een voet over de drempel had gezet, gaf hij plotseling een enorme duw naar achter. Rambeau werd er volledig door verrast en verloor zijn evenwicht. Hij viel achterover tegen de andere Pieten, die zich onder zijn indrukwekkende gewicht niet staande konden houden en over elkaar heen de trappen af rolden.

Zo snel als hij kon kwam de Butlerpiet weer overeind, maar het was al te laat. Cor had de deur dichtgetrapt en drukte aan de binnenkant met zijn schouder de grendel dicht.

'Zo, die kunnen fijn buiten gaan spelen,' grinnikte hij smalend.

'Hier, snel, maak dat touw los,' siste Willem, terwijl hij zijn gebonden handen naar voren stak.

Buiten hoorden ze de stem van Pedro boven het woedende geroep van de Pieten uit.

'Snel, omlopen,' riep de Hoofdpiet. 'We moeten ze de pas afsnijden.'

Vallen en opstaan

Haastig bevrijdden de beide mannen zich van het touw en de Rubber trok grommend nog enkele cactusnaalden uit zijn achterste.

'Stil es effe,' siste hij tegen zijn maat en luisterde aan de deur.

'Volgens mij zijn die sukkels allemaal weg; ik hoor niks meer.' Hij keek de Knijpkat veelbetekenend aan.

'En onze wagen staat hier keurig recht voor geparkeerd, dus als 't 'n beetje meezit stappen we zo in.'

Zonder geluid te maken schoof hij de grendel opzij en drukte de klink omlaag.

'En wie weet hebben die olijke roetkoppen 't paard wel gewoon laten staan. Dan kunnen we dat ook nog mooi meenemen.'

Voorzichtig keek hij door een kier naar buiten.

'Krijg nou wat,' zei hij verbaasd, ''t is nog waar ook. Kom op!'

Hij gooide de deur wagenwijd open en stapte tevreden grijnzend naar buiten, op de hielen gevolgd door Cor. Ze hadden het bordes echter nog maar nauwelijks betreden of er klonk op het plein een woedend gehinnik. Amerigo schoot briesend naar voren en kwam met grote sprongen op zijn ontvoerders af, de oren in de nek, de voorbenen klauwend en de tanden gereed om te bijten. Zijn hoefijzers sloegen vonken op de keien en de hardstenen treden. De twee mannen konden nog maar net op tijd naar binnen duiken en de deur dichtgooien. Steigerend en trappelend bleef het woedende dier op het bordes staan en versperde zo de doorgang naar buiten.

'Takkebeest,' schold Willem, terwijl hij de grendel voor alle zekerheid dichtschoof. 'Nou, dat kunnen we dus wel vergeten.'

Hij wenkte zijn maat. 'Kom op, wegwezen, voor we dadelijk ook nog die hele pietentroep op onze nek krijgen.'

Op goed geluk haastten ze zich een van de twee gangen in en na een aantal bochten kwamen ze bij de wenteltrap die naar de hoger gelegen verdieping leidde. Zo geluidloos mogelijk sloop het tweetal verder door de halfduistere gangen tot ze bij de brede marmeren trap kwamen, die naar de halfronde hal voerde.

Zij aan zij daalden ze de treden af, waarbij geen van beiden het dunne nylondraadje zag dat op enkelhoogte dwars over de trap gespannen was. De stortbui van knikkers die vanaf de koperen luchter plotseling op hun hoofden neerkletterde, kwam dan ook volkomen onverwacht. Met een schreeuw van schrik gingen de schurken onderuit en buitelden machteloos spartelend over het rollende knikkertapijt naar beneden.

Ondertussen hadden de Pieten en de kinderen via de achterdeur de marmeren hal bij de voordeur bereikt. Zoals te verwachten was, waren de dieven verdwenen, maar een van de Pieten merkte op dat de grendel van de deur dichtzat.

'Dan moeten ze nog binnen zijn,' zei Pedro. 'Ze hebben natuurlijk de andere gang genomen en dan zijn ze bij de wenteltrap uitgekomen. Kom op, ze kunnen nog niet ver zijn.'

Voorafgegaan door de Hoofdpiet rende de groep de gang in. Nauwelijks waren ze op de eerste verdieping aangekomen of ze hoorden verderop in het kasteel een luid geschreeuw, dat spookachtig door de gangen weerklonk.

'Ik weet waar ze zijn,' riep Mark. 'Op die grote brede trap.'

Pedro keek hem verbaasd aan en vroeg: 'Je bedoelt de centrale hal?'

'Ja, dat weet ik niet hoor,' zei Mark schouderophalend. 'Maar d'r waren een hoop deuren.'

'Acht,' piepte Pietertje.

'Dat is 'm,' zei Pedro. 'Kom op, snel!'

Kreunend en vloekend waren de Rubber en de Knijpkat weer overeind gekrabbeld. Ze stonden midden tussen de knikkers in de halfronde hal, waar acht gesloten deuren hen aanstaarden.

'En wat nou?' vroeg Cor.

'Ja, wat nou,' snauwde Willem, terwijl hij over zijn pijnlijke achterhoofd wreef. 'Weet ik veel. D'r staan toch geen bordjes op of zo.'

Op datzelfde ogenblik kwam secretaris Franco in zijn gestreepte nachthemd met nijdige passen van de andere kant door een van de kasteelgangen aangelopen.

'Welke idioot loopt er nou midden in de nacht te schreeuwen,' mopperde hij. 'Dadelijk wordt de Sint nog wakker.'

Hij stak zijn hand uit naar de knop van een deur die naar de centrale hal leidde.

'Oké,' zei Cor resoluut. 'Deze dan maar.'

Met een krachtige zwaai opende hij de deur. Er klonk een vreemd, bonkend geluid, maar daarna was het weer stil.

'Alles veilig,' zei Cor. 'Kom mee.'

Haastig stapten de mannen over de drempel en verdwenen in de schemerige gang. Achter hen draaide de deur traag weer dicht en onthulde de glazig kijkende secretaris, die langzaam langs de muur naar beneden droop, in de vage veronderstelling dat er iets was ontploft. Pas toen zijn achterwerk de koude stenen vloer raakte, begonnen zijn hersens weer een beetje te werken.

Ondertussen waren de Pieten en de kinderen de marmeren trap af gedaald, voorzichtig over de knikkers heen stappend die overal verspreid lagen. Enigszins besluiteloos staarden ze naar de acht deuren. Door welke daarvan waren die kerels verdwenen?

'We zullen moeten gokken,' zei Pedro. Hij stapte kordaat op een deur af, opende hem met een forse zwaai en stapte de gang in die erachter lag. Nauwelijks was de laatste Piet uit de hal verdwenen of de deur ernaast ging open en de in nachthemd gehulde figuur van de secretaris verscheen op de drempel.

'Hé, niemand,' mompelde hij in zichzelf. 'Ik dacht toch echt dat ik stemmen hoorde.'

In het zwakke licht ontging het kleurige knikkertapijt hem en nietsvermoedend stapte hij de hal in...

'Stop,' gilde Mark plotseling, waarop de groep Pieten met piepende zolen tot stilstand kwam. Ook Rambeau, die op zijn ene arm Kim en op zijn andere arm Pietertje droeg. Hij had gemerkt dat die twee met hun korte benen het tempo niet konden bijhouden en daarom had hij hen met één beweging van de vloer geschept en achter de hollende meute aan gedragen.

'Hier zijn ze niet langsgekomen,' hijgde Mark.

'Hoe weet je dat zo zeker?' hijgde Pedro verbaasd terug.

Mark wees op een nylondraadje dat dwars door de gang gespannen was en verklaarde: 'Anders was dat draadje er niet meer geweest. Dit is een van onze valstrikken.'

Nieuwsgierig stapte Yoyo over het draadje heen en keek in het rond.

'En wat moet hier dan wel de valstrik zijn?' wilde hij weten.

Mark zei niets, maar wees alleen naar een grote hanglamp, die recht boven het hoofd van de Dakpiet aan het plafond hing. Op de koperen rand van het gevaarte balanceerde een plastic emmer.

Geschrokken stapte Yoyo opzij en vroeg wantrouwig: 'Wat zit daarin?'

'O, eh... nou, gewoon,' antwoordde Mark luchtig. 'Een beetje verf, beetje lijm en een stuk of wat jeu de boules-ballen.'

'Juist ja,' bromde Pedro fronsend. 'En hoeveel van dit soort feestelijke verrassingspakketten hebben jullie door het kasteel verspreid, als ik zo vrij mag zijn dat te vragen?'

'Eh... nou,' mompelde Mark aarzelend. ''n Stuk of eh... twaalf... eh... denk ik.'

'Laten we dan maar als de donder rechtsomkeer maken,' zuchtte de Hoofdpiet.

Zoekend naar een uitweg haastten de vluchtende inbrekers zich door de gangen. Hoek na hoek sloegen ze om; er leek geen eind aan de doolhof te komen. Opeens bleven ze allebei geschrokken

staan, want op enkele meters voor hen doemden in de schemerige gang twee grote donkere figuren op, die hen de weg versperden. Een moment stonden ze ademloos naar de dreigende
gestalten te staren, maar toen begon Willem te lachen.
'Joh, dat zijn gewoon lege harnassen,' grinnikte hij. 'Jemig, ik
schrok me wezenloos.'
Opgewekt stapte hij op de metalen obstakels af. Nog geen vier
seconden later werden de Pieten en de kinderen opgeschrikt
door een ijzingwekkende gil die hen hol door de gang tegemoet
sidderde.
'We zitten goed,' riep Mark opgewonden.
''t Is maar wat je goed noemt,' merkte Pedro bezorgd op. 'Dat
klonk niet echt vrolijk.'
Op de plaats waar de gil vandaan kwam keek Cor onthutst
naar zijn collega, die als een soort tapdanser tussen de harnassen
hing te wapperen, terwijl grillige stroomflitsen in een woeste
vuurdans om hem heen kronkelden. Zijn haren stonden als spij-
kers op zijn hoofd en leken wel licht te geven. Opeens klonk er
een luide knal, waarna de drie gestalten samen krakend op de
vloer in elkaar zakten.
'Willem,' fluisterde Cor, terwijl hij zich over zijn partner
boog. 'Hé, Willem, gaat 't een beetje?'
Als antwoord kwam er slechts een reutelend gebrabbel.
'Rustig blijven,' zei de Knijpkat kalmerend. 'Ik help je wel effe
overeind.'
Hij greep de ongelukkige onder de oksels en tilde hem
omhoog, maar het duurde even voor de zwabberende benen van
de Rubber weer stabiel genoeg waren om hun eigenaar te kunnen dragen. Met een wazige blik staarde de doorbakken inbreker voor zich uit. Zijn zonnebril bungelde mistroostig aan zijn
linkeroor.
'Kom op, we moeten verder,' moedigde Cor hem aan. 'Leun
maar op mij.' Hij pakte een van de slappe armen en legde die
over zijn schouders. Daarna nam hij zijn maat in een stevige
greep en leidde hem de gang uit.

Ze waren nog geen minuut verdwenen toen de Pieten de hoek om kwamen hollen en met grote ogen naar het nog narokende schroot staarden.

'Wauw,' mompelde Mark, zelf ook onder de indruk van het overweldigende resultaat van zijn knutselwerk. Snel liep hij naar het stopcontact en trok voor de zekerheid de stekker eruit. Met een verontschuldigend lachje zei hij: 'Ik ben bang dat de stop wel doorgeslagen zal zijn.'

Pedro keek somber van de puinhoop naar zijn jeugdige gast. 'Zo te zien is er tot nu toe gelukkig nog geen écht ongeluk gebeurd,' constateerde hij. 'Maar jongeman, wat gaat er morgenochtend gebeuren, als iedereen gewoon weer nietsvermoedend door het kasteel loopt? Heb je daar toevallig ook nog even aan gedacht?'

Mark sloeg schuldbewust zijn ogen neer. De gedachte was tijdens het plaatsen van de valstrikken eerlijk gezegd wel even bij hem opgekomen, maar hij had hem zo snel mogelijk weer verdrongen, omdat het knutselen veel te leuk was.

'Nou eh...' mompelde hij verlegen. 'Eh... tijdens het ontbijt waarschuwen we eerst gewoon iedereen, en dan eh... dan ruimen we gewoon alles op.'

De Hoofdpiet schudde zijn hoofd.

'Als ik jou was, zou ik dat opruimen maar ruim vóór het ontbijt doen,' adviseerde hij, terwijl hij met zijn voet een los stuk harnas opzijschoof. 'En ik hoop voor jou dat er ondertussen geen enkele Piet per ongeluk in een valstrik loopt.'

Na die waarschuwende woorden sprong hij over de brokstukken heen en riep: 'Kom op, we moeten die kerels achterna.'

In vliegende vaart stoven de Pieten de twee volgende hoeken om, tot ze opeens aan het eind van de laatste gang de twee mannen voor de toegangsdeur van de speelgoedfabriek zagen staan.

'Daar zijn ze,' brulde Pedro. 'Hou ze tegen!'

Yoyo schoot onmiddellijk vooruit en rende met enorme stappen door de gang, maar toch kon hij niet verhinderen dat de inbrekers in de fabriek verdwenen en de deur achter zich dicht-trokken. Terwijl de Dakpiet woedend aan de klink rukte, hoor-de hij aan de andere kant het geluid van de grendel die dichtge-schoven werd.

'Verdorie,' riep Pedro kwaad. 'Net te laat. Nou moeten we weer helemaal omlopen.'

Hij keek Mark aan en vroeg: 'Zijn er misschien ook valstrik-ken in de fabriek?'

'Eh... ja, eh... eentje maar,' antwoordde Mark aarzelend.

'Hmm, da's niet veel,' gromde de Hoofdpiet teleurgesteld. 'Maar ja, misschien worden ze er toch een beetje door opgehou-den, wie weet.'

Hij wendde zich tot een forse Wachtpiet.

'Stucco, jij blijft hier de deur bewaken. De rest gaat met mij mee,'

Op de voet gevolgd door de anderen rende hij de gang weer uit.

De Rubber en de Knijpkat zochten ondertussen hun weg door de verlaten fabriekshal. Dat ging zonder veel moeite, want het maanlicht viel in zilveren banen door de hoge ramen over de schappen en werkbanken vol gereedschap en speelgoed, en bovendien brandde er hier en daar een noodlampje. De nachte-lijke stilte werd slechts doorbroken door de holle klank van hun voetstappen.

'Gaat ie nou weer een beetje, Willem,' vroeg Cor bezorgd, ter-wijl hij meelevend zijn hand op de schouder van zijn collega legde.

'Blijf van me af, engerd,' snauwde de aangesprokene ondank-baar en schudde de hand met een ruk van zich af. 'Ik zit toch ook niet aan jou te friemelen. Kijk liever of je ergens een uitgang ziet. We moeten hier pleite zijn voordat we die pietenbende weer achter ons aan krijgen.'

'Nou, ik wou alleen maar aardig wezen hoor,' protesteerde Cor, 'want je ziet er nogal leuk uit. Je haren staan rechtovereind.'

Nijdig trok Willem uit zijn binnenzak een kammetje te voor-schijn en probeerde daarmee zijn aangetaste uiterlijk weer wat te herstellen. Daardoor zag hij het zacht glinsterende nylondraadje niet dat tussen de hoge stellingen vol poppen gespannen was, en toen hij het voelde was het al te laat. Boven hun hoofden klapte een sjoelbak schuin naar beneden waardoor een lawine van houten sjoelschijven zich over de heren uitstortte.

Willem, die voorop liep, kon nog net bukken, maar de nietsvermoedende Cor kreeg de volle laag. Totaal overrompeld wankelde de kolos achteruit. Hij struikelde en viel ruggelings in een verzameling poppenbedjes, die luid krakend onder zijn gewicht bezweken. Spartelend probeerde hij weer overeind te komen, maar dat lukte niet erg, want hij zat behoorlijk klem in de ledikanten. Vanaf de stellingen keken honderden glinsterende poppenoogjes toe.

Terwijl Willem zijn maat een hand toestak om hem overeind te helpen, hoorde hij achter zich opeens een hoog stemmetje 'mamma' zeggen. Verbaasd keek hij over zijn schouder, maar er was niets bijzonders te zien.

'Mamma,' klonk het weer, maar nu van een andere kant.

Geërgerd keek hij om, maar weer was er niets te zien.

'Mamma, mamma' kwam het nu van achter hem, en daarna van opzij, van voren, van boven: 'Mamma, mamma, mamma, mamma...'

Binnen een mum van tijd klonk er een oorverdovend concert van hoge stemmetjes die door elkaar heen 'mamma' riepen.

Met een harde ruk hielp Willem zijn maat weer op de been, terwijl hij woest om zich heen naar de joelende poppen keek.

'Hou op,' schreeuwde hij ziedend van drift, maar dat hielp niets; het geroep werd alleen maar luider.

Uitzinnig van kwaadheid greep hij de eerste de beste pop bij de keel. Maar nauwelijks had hij haar beetgepakt of het lieve gezichtje veranderde in een woedend masker.

'Mammaaaaa!!!' krijste het recht in zijn gezicht.

Hevig geschrokken wierp de Rubber het stuk speelgoed van zich af, en op hetzelfde moment leek het of de hoge stellingen tot leven kwamen. Honderden poppen stortten zich krijsend en met woedend vertrokken gezichten op de onthutste mannen, die niet waren opgewassen tegen zo'n plotselinge overmacht. Struikelend over hun eigen benen gingen ze onderuit en werden bedolven onder een dikke laag fleurig geklede poppenlijfjes. Met veel gevloek werkten ze zich onder het speelgoed vandaan en maakten zich vervolgens haastig uit de voeten. Voor politie en bewakingsfiguren, of desnoods Zwarte Pieten, waren ze niet bang, maar dit hier werd hun net even te dol. Terwijl ze tussen de stellingen door liepen, bekeken ze argwanend de hoog opgetaste planken vol knuffelbeesten; al die glimmende oogjes leken hen te volgen. Een rijtje tuimelpoppetjes begon onrustig te wiebelen toen ze langskwamen en robothondjes gromden dreigend.

'Kijk, daar is een deur,' fluisterde Cor.

'Ja, dat zie ik ook wel,' siste Willem. 'Schiet op, fluim.'

Met een gevoel van opluchting snelden ze tussen de stellingen door naar de uitgang, maar voor ze halverwege waren, klonk er opeens een dreigend gebonk achter hen. Tientallen skippyballen stuiterden als een op hol geslagen kudde door het pad en kegelden hen finaal van de sokken. De Rubber rolde machteloos over de kop en kwam op zijn buik over een plastic tractor tot stilstand. De Knijpkat knalde met zijn hoofd tegen een hoge stelling, die wankelend zijn lading over hem begon uit te storten. Een regen van sinterklaasgeschenken daalde neer op de mannen. Willem schreeuwde het uit toen een dartpijltje zich in zijn achterste boorde. Cor lag glazig voor zich uit te staren met een gedeukte speeldoos op zijn borst, die vrolijk *Slaap kindje slaap* ten gehore bracht.

'Kom op,' kreunde Willem, terwijl hij moeizaam overeind kwam en het pijltje uit zijn bil rukte. De aangeslagen Knijpkat knipperde eerst alleen wat met de ogen, maar na een paar tellen bewoog hij zijn armen en begon de berg speelgoed opzij te schuiven.

'Schiet op, broodzak, we moeten naar die deur,' snauwde Willem.

'Ja rustig maar, kan ik 't helpen?' gromde Cor, terwijl hij de laatste cadeautjes van zich af schudde. Angstig om zich heen kijkend, volgde hij zijn collega tussen de stellingen door naar de uitgang, maar voor ze tien stappen gedaan hadden, klonk er opeens een oorverdovend geknetter, dat door de hele fabriek weergalmde.

'Wat is dat?' schreeuwde de Rubber boven het lawaai uit.

'Bukken!' brulde Cor.

Vanuit de lucht schoot een knalrood modelvliegtuigje op hen af en scheerde in een duizelingwekkende duikvlucht rakelings over hun hoofden. Struikelend zochten ze dekking achter een stel kinderfietsen en keken zoekend om zich heen; het loeiende geraas echode door de ruimte en leek van alle kanten tegelijk te komen. Willem sprong overeind en probeerde gebukt langs de stellingen naar de deur te rennen, maar onmiddellijk kwam het vliegtuigje weer in een gierende duikvlucht om een hoek scheren. Snel dook hij naar de grond en krabbelde haastig terug naar zijn dekking achter de fietsjes.

'Snotgloeiendetakketuig,' schold hij in machteloze woede vanachter de bont versierde spaken.

Op dat moment werd de deur opengerukt.

Geplakt

Met grote ogen staarden de Pieten vanuit de deuropening naar het modelvliegtuigje dat met een jankend geloei weer een duikvlucht uitvoerde boven de kinderfietsjes.

'Hoe heb je dat voor mekaar gekregen?' zei Pedro verbijsterd tegen Mark. 'Ongelooflijk!' Hij merkte niet dat Mark minstens net zo verbaasd was als hijzelf.

Het vliegtuigje minderde vaart. Rustig draaide het nog een rondje boven de hoofden van de inbrekers en verdween toen zacht ronkend achter de stellingen uit het zicht. Enigszins aarzelend kwamen Willem en Cor overeind en keken schichtig om zich heen, alsof ze elk moment een nieuwe aanval verwachtten.

'Kom op, grijp ze,' schreeuwde Pedro.

Met grimmige gezichten stormden zijn Pieten de fabriekshal in.

'En jullie, hier blijven hè,' riep de Hoofdpiet over zijn schouder naar de kinderen, terwijl hij zijn mannen volgde.

Pietertje rende meteen achter hem aan, met Kim in zijn kielzog. Mark bleef echter staan en keek onderzoekend in het rond. Waar zouden die twee kerels heen gaan? vroeg hij zich af. Misschien kon hij ze de pas afsnijden. Opeens wist hij het: die grote deur achter in de snoepfabriek, dáár moest hij heen. Hij draaide de klep van zijn pet naar achter en zette het op een lopen.

Willem en Cor renden springend en zigzaggend tussen de stellingen en machines door. Met hun armen maaiden ze ladingen speelgoed van de werkbanken om het hun achtervolgers zo moeilijk mogelijk te maken, en ondertussen speurden ze naar uitgangen waardoor ze zouden kunnen ontsnappen.

'Hierheen,' schreeuwde Willem, terwijl hij door de poort van de afdeling Digitale Producten holde.

Een van de Digipieten, Wizzo, zat hen vlak op de hielen. Hij dook naar een toetsenbord en tikte razendsnel enkele commando's in. Op de monitor verschenen twee hollende poppetjes, de een dik, de ander mager, en uit een hoek van het scherm plopte een venijnig happend zwart rondje te voorschijn. Wizzo greep de joystick en stuurde het hongerige happertje achter de twee figuurtjes aan.

'Gauw, naar de andere kant,' riep hij naar de anderen. 'Ik jaag ze op.'

Zijn collega's waren maar nauwelijks bij de achterdeur van de afdeling gearriveerd of Cor kwam als eerste naar buiten stormen, met zijn handen beschermend voor zijn zitvlak. De Pieten sprongen op hem af, maar ze hadden evengoed kunnen proberen een intercitytrein met blote handen te stoppen. De dikke Knijpkat liep hen eenvoudigweg omver; links en rechts rolden ze over de vloer. Willem maakte handig gebruik van de verwarring door over de gevallen Pieten heen te springen en achter zijn maat aan te rennen.

'Kom op, ze gaan naar de snoep,' brulde Yoyo.

Kim en Pietertje hoorden het geschreeuw en het lawaai en haastten zich door de gangpaden langs de stellingen en de werkbanken, maar omdat ze klein waren konden ze niet goed zien waar ze zich bevonden. Onverwachts kwam er iemand met volle snelheid een hoek om rennen en botste met een klap tegen hen op, zodat ze alledrie over de grond rolden. Kims val werd gebroken door een stapel opgevouwen indianententen, maar Pietertje had minder geluk, want hij bonkte lelijk tegen de dikke houten poot van een werkbank. Duizelig van de klap zat hij nog met zijn ogen te knipperen toen een harde hand hem in zijn nek greep.

'Hier jij, snotjong,' siste de kille stem van Willem. 'Hou je koest of ik doe je wat.'

'Joh, wat moet je met dat kind?' schreeuwde Cor geërgerd. Hij wachtte echter niet op antwoord en begon de naderende achtervolgers met speelgoed te bekogelen om hen op afstand te houden.

'Als gijzelaar, sukkel,' snauwde Willem.

Hij hield het spartelende jongetje stevig vast en schreeuwde: 'Achteruit jullie, snel. En probeer niet om ons tegen te houden, want dan zal ik dat knulletje eens... auwwwauwwauww!'

De Rubber maakte gillend een luchtsprong, want Kim had haar tanden zonder medelijden dwars door zijn broek heen in een bil gezet. Van schrik liet hij Pietertje los en Kim maakte snel van de gelegenheid gebruik om haar broertje mee te sleuren in een zijpad.

'Grijp ze,' schreeuwde Pedro.

Onmiddellijk stormden de Pieten weer naar voren, en verder ging de achtervolging, in de richting van de snoepafdeling. Yoyo zat de twee kerels vlak op de hielen. Zonder vaart te minderen sprong de lenige Dakpiet met twee grote stappen via een werkbank op een puzzelstukjesmachine en vandaar met een enorme sprong door naar een hijskabel, waaraan hij zich als een soort Tarzan met een wijde boog verder slingerde. Op het juiste moment liet hij los en kwam terecht op de nek van de Knijpkat. De inbreker wankelde onder de klap, maar hij viel niet. Hoewel Yoyo's armen en benen zich om zijn hoofd klemden, zodat hij niets meer zag, greep hij de Piet met zijn grote handen beet en rukte hem van zijn schouders. Brullend als een woedende gorilla rende hij vervolgens naar de ingang van de snoepafdeling en trok daar enkele stellingen vol snoepgoed omver om de doorgang te versperren.

Mark was ondertussen aan de andere kant van de snoepafdeling bij de grote laaddeur aangekomen. Hij besefte dat hij niet veel tijd had en keek nerveus om zich heen om te zien of hij iets kon vinden waarmee hij de inbrekers kon stoppen. Zijn oog viel op de grote doorzichtige bol van de kauwgommachine, waarin de roze brei zachtjes borrelde. Wat had Yoyo ook al weer gezegd over een leiding die aangesloten moest worden?

Hij pakte de lange flexibele slang die aan de zijkant over een haak hing en schoof het uiteinde over een tuit waar 'afvoer' bij geschreven stond. Daarna spande hij de klem die eromheen zat en vervolgens schoof hij de schuifhendel naast de startknop naar het rode gedeelte waar 'hoge druk' bij stond.

'En wat nu?' zei hij tegen zichzelf.

Verderop in de hal hoorde hij het lawaai en het geschreuw snel naderbij komen; er was duidelijk geen tijd te verliezen. Hij sprong op de machine, greep de slang en hield zijn hand gereed boven de startknop.

Nog geen tien seconden later zag hij ze. De mannen kwamen

recht op de laaddeur af rennen en hadden totaal geen oog voor de jongen op de machine.

Vastberaden drukte Mark de knop in. Onmiddellijk begon het apparaat te trillen en te brommen en meteen daarop werd hij bijna van de machine af gegooid door de wild kronkelende slang, die een dikke roze straal kauwgom met grote kracht de hal in spoot.

Gelukkig wist hij zich tijdig te herstellen. Hij richtte de slang op de twee misdadigers, die nu nog maar een meter of tien van de deur verwijderd waren. Binnen enkele seconden waren de kerels van top tot teen bedekt met de dampende, plakkerige roze brei en ook op de vloer om hen heen vormde zich snel een dikke laag van het taaie spul. Een voor een kwamen hun achtervolgers aan de rand van de kauwgomplas tot stilstand.

'Mark, doe dat ding uit,' riep Pedro.

Mark drukte op de knop. Het trillen en brommen hield op en de druk viel weg, zodat de dikke straal terugzakte tot een miezerig druipend sliertje kauwgom. Aarzelend keken de Pieten naar de twee roze gestalten, die al bijna bij de deur waren. De dikke laag kauwgom maakte het onmogelijk om hen te benaderen en helemaal omlopen zou waarschijnlijk te lang duren. Het leek erop dat de schurken toch nog zouden kunnen ontsnappen.

Als in een vertraagde film bewogen de kauwgompoppen zich door de dikke brei en ondertussen deden ze verwoede pogingen om de kleverige substantie uit hun ogen te wrijven. De voorste had de deur al bijna bereikt, maar voor hij de laatste paar stappen zette, draaide hij zich nog even om.

'Dag, makkers, staakt uw wild geraas,' klonk spottend de stem van de Rubber. 'En eh... bedankt voor al het lekkers hè, maar we moeten er nou toch echt vandoor. Doehoei.'

Dit was te veel voor Kim.

'Nou, van mij mogen jullie best nog wel even blijven,' gilde ze, terwijl ze naar het bedieningspaneel van de pepernotensilo sprong en de hendel omlaag rukte.

Een dikke straal pepernoten stroomde uit de plastic slurf van

de silo over de twee mannen. Binnen enkele seconden ging Willem als eerste door de knieën onder de stortbui van snoepgoed, en hoewel Cor nog een moment langer op de been bleef, was ook hij niet tegen de pepernotenlawine bestand en zakte als een pudding in elkaar.

Pedro was in een paar stappen bij Kim en rukte vlug de hendel weer omhoog, waardoor het stromen van de pepernoten ophield.

'We moeten ze eronderuit halen,' riep hij, 'anders stikken ze. Snel, gooi planken en werkbladen over de kauwgom, dan kunnen we erbij.'

Het duurde niet lang voor de naar adem snakkende inbrekers waren uitgegraven. Ze hadden totaal geen praatjes meer en boden ook geen enkel verzet toen ze met geboeide handen werden afgevoerd.

'Zonde van al dat goeie snoepgoed,' bromde Pedro kwaad, terwijl hij met de kinderen achter de stoet aan liep. 'En ik moet er ook maar niet te veel aan denken wat die twee allemaal aan speelgoed vernield hebben. Gelukkig hebben we nog een heel jaar om de schade te herstellen.'

Opeens bleef hij staan en keek zijn drie jonge gasten een voor een ernstig aan.

'Eigenlijk zou ik jullie flink op je kop moeten geven,' zei hij, 'want jullie zijn vannacht nou niet bepaald braaf en gehoorzaam geweest. Maar ja, aan de andere kant... wat kan ik ervan zeggen?'

Terwijl ze hem verbaasd aankeken, verscheen er een grote grijns op zijn gezicht.

'Als ik eerlijk ben...' vervolgde hij, 'moet ik toegeven dat die dieven er zonder jullie eh... acties, nu met Amerigo vandoor zouden zijn, en daarom wil ik jullie nu, namens iedereen hier op het kasteel, bedanken voor jullie hulp.'

Lachend gaf hij het verraste drietal een hand.

'En Mark,' zei de Pieterbaas, 'm'n complimenten voor je valstrikken, die waren echt klasse. Vooral die met dat vliegtuigje vond ik meesterlijk. Hoe heb je dat eigenlijk voor elkaar gekregen?'

Voordat Mark iets kon zeggen, kwam Yoyo tussenbeide met de vraag wat er verder met de gevangenen moest gebeuren. Wilde Pedro dat ze eerst schoongemaakt werden, of moesten ze smerig en wel voor de Sint geleid worden?

'Jullie zien het, de plicht roept weer,' zei de Hoofdpiet verontschuldigend tegen de kinderen. 'Maar we praten later nog wel, als het wat rustiger is. Ga maar meteen door naar de Grote Zaal, dan zie ik jullie daar straks wel, oké?'

Hij stak zijn duim op en haastte zich vervolgens samen met Yoyo naar de gevangenen.

Moe en slaperig slenterden Mark, Kim en Pietertje door de verlaten fabriekshal, waar het eerste aarzelende licht van de nieuwe dag al door de ramen naar binnen viel.

'Hé, Mark,' gaapte Kim nieuwsgierig. 'Hoe zat dat nou eigenlijk met dat vliegtuigje?'

Haar broer haalde zijn schouders op. 'Weet ik veel,' zuchtte hij. 'Ik snap 't ook niet. 't Was er gewoon.'

Zwijgend liepen ze verder tot ze even later langs de poppenafdeling kwamen, waar ze de enorme berg poppen zagen liggen.

'Wat een rotzakken,' schold Kim. De aanblik van al die over elkaar gevallen, verfomfaaide en soms zelfs beschadigde poppen maakte haar woedend.

'Ja, 't lijkt wel oorlog,' merkte Mark op. 'Volgens mij zijn die gasten compleet gestoord.'

Ze wilden doorlopen toen er opeens een stemmetje achter hen 'mamma' zei. Verbaasd draaiden ze zich om, maar behalve honderden glimlachende poppen was er niemand te zien.

'U ziet er moe uit,' zei Pedro tegen de Sint. Hij keek onderzoekend naar de goedheiligman, die in zijn lange witte onderkleed naast zijn bed stond. De rimpels in het oude gezicht leken scherper en dieper dan gewoonlijk.

'Ach, 't gaat wel over,' bromde de Sint ontwijkend. 'Gewoon

niet zo goed geslapen en nogal benauwend gedroomd: de ene nachtmerrie na de andere.'

Hij draaide zich om zodat Pedro de grote rode mantel over zijn schouders kon hangen.

'En als jij me dan ook nog eens komt vertellen dat die twee kerels mijn paard bijna gestolen hadden, dan is het toch niet zo vreemd als ik er niet al te opgewekt uitzie, waar of niet?' Hij zette de mijter op zijn hoofd en pakte zijn staf.

'Kom, laten we maar gaan.'

Voorafgegaan door zijn Hoofdpiet liep hij het vertrek uit. Even wankelde hij, maar hij wist zich snel te herstellen en bereikte zonder problemen de deur. Halverwege de gang moest hij echter steun zoeken tegen de muur.

'Pedro, niet zo snel,' fluisterde hij schor.

Geschrokken draaide de Piet zich om.

'Wat is 'r?' vroeg hij bezorgd. 'U ziet helemaal bleek. Volgens mij bent u ziek. Kom, dan breng ik u gauw terug naar uw kamer.'

'Nee, nee, 't gaat al weer,' stamelde de Sint. ''t Is niets. Laten we maar doorlopen.'

Ondanks de protesten van zijn Hoofdpiet stond de Sint erop om verder te gaan, maar toen hij eindelijk de deur van de Grote Zaal bereikte, was hij lijkbleek en op zijn voorhoofd parelden zweetdruppels. Ondersteund door Pedro strompelde hij moeizaam over de drempel.

Het werd op slag doodstil in de zaal. Alle Pieten hadden zich rond de lege zetel van de Sint verzameld, met de kinderen vooraan tussen hen in. Ook de inbrekers waren aanwezig – geboeid en schoongeboend – onder de hoede van Rambeau. Iedereen staarde geschrokken naar de doodzieke oude man. Iedereen, behalve de Rubber. Volkomen onbewogen keek hij toe hoe de *malifer* zijn verwoestende werk deed.

De Sint kon nauwelijks meer op zijn benen staan en zijn ogen draaiden vreemd weg. Terwijl hij zich met zijn ene hand vastklemde aan de staf greep hij met de andere Pedro's mouw.

'Z-zitten,' kreunde hij.

De Hoofdpiet keek nerveus om zich heen.

'Hier is een stoel, vlak achter u,' zei hij zo rustig mogelijk.

'Komt u maar, voorzichtig.'

Geholpen door Pedro en enkele haastig toegesnelde Pieten liet de goedheiligman zich op de grote stoel van de kok zakken. De Medipiet begon meteen zijn pols te voelen om de hartslag te controleren.

'Foute boel; hij moet onmiddellijk weer naar bed,' zei de geneesheer zachtjes tegen Pedro, terwijl hij de mijter van het witbehaarde hoofd nam. 'Leg die stoelkussens hier op de grond, dan kunnen we hem even neerleggen tot de brancard er is.'

Nadat er snel een rij kussens was klaargelegd, gaven de dokter en de Hoofdpiet de zwaar ademende zieke ieder een arm om hem overeind te helpen, maar tot hun verbazing lukte dat niet, omdat zijn mantel stevig aan de stoel vastgeplakt bleek te zitten. Haastig haakte Pedro de sluiting los en even later lag de Sint in zijn witte onderkleed languit op de zachte kussens, terwijl de lege mantel als een gestroopt vel over de stoelleuning hing.

Tot ieders verbijstering leek het opeens beter te gaan met de oude heilige. Hij begon rustiger te ademen en er kwam weer een beetje kleur op zijn gezicht.

'Hè,' zuchtte hij na een tijdje. ''t Gaat al weer een beetje. Ik geloof dat het ergste wel voorbij is. 't Zal de leeftijd wel zijn; ik ben nou eenmaal geen honderd meer.'

Nog wat zwakjes glimlachend keek hij naar de Pieten, die bezorgd om hem heen stonden.

'Help me eens overeind, alsjeblieft,' verzocht hij.

'Zou u dat nou wel doen?' vroeg Pedro bezorgd.

Maar de bejaarde patiënt wilde beslist niet langer blijven liggen.

'Ik voel me al weer een stuk beter,' verklaarde hij, terwijl hij op eigen kracht ging zitten.

Haastig werden behulpzame handen uitgestoken en even later

stond de oude heer weer bijna als vanouds op zijn eigen benen. Een van de Pieten reikte hem zijn staf aan en Pedro zette hem de mijter weer op het hoofd. In volle waardigheid schreed de Sint door de zaal naar zijn zetel. Ondertussen was Wasco teruggelopen naar de stoel van de kok om de vastgeplakte mantel eens wat beter te bekijken. Hij vouwde hem verder open en zag in een plooi van de voering een vreemd voorwerp hangen. Nieuwsgierig stak hij zijn hand uit om het te pakken, maar op hetzelfde moment brulde een stem achter hem: 'Nee, niet aankomen!!'

Geschrokken trok de wasbaas zijn hand terug en draaide zich om. Het was op slag doodstil in de zaal en iedereen staarde verbaasd naar de grootste van de twee inbrekers, die met een rood hoofd zenuwachtig om zich heen keek. De ogen van de Sint gleden van de gevangene naar de mantel en een verontrustende gedachte schoot door zijn hoofd. Hij stapte naar voren en liep tussen de Pieten door naar de stoel van de kok. Peinzend staarde hij naar het onschuldig ogende leren buideltje, dat aan een veiligheidsspeld tegen de zachte stof van de voering hing.

'Is dit het werk van Doña Aranéa?' vroeg hij aan de inbrekers.

Willem bleef nonchalant voor zich uit kijken, alsof het hele geval hem geen moer interesseerde, maar de Knijpkat knikte bevestigend. De grote kerel zag er aangeslagen uit en staarde zwijgend naar de grond. De Sint verwijderde zich een paar passen van de stoel en wendde zich vervolgens tot een zwaargebouwde Piet in een blauwe overall.

'Ferro, zou jij heel voorzichtig met een lange tang dat zakje los willen maken en het daarna op de ronde tafel in mijn werkkamer leggen?'

'Geen probleem,' bromde de Piet.

'Maar raak het niet aan hoor,' waarschuwde de goedheiligman hem, 'want 't is levensgevaarlijk spul.'

Ondertussen was Kim wat dichterbij gekomen en bestudeerde met gefronste wenkbrauwen het leren zakje.

'Amerigo had ook zo'n ding om z'n nek,' verklaarde ze opeens.

'Wat zeg je daar?' vroeg de Sint verbaasd. 'Weet je 't zeker?'

'Ja, volgens mij wel,' antwoordde Kim. ''t Hing aan een touwtje, maar dat brak en toen is 't gevallen, buiten op de weg.'

'Nu snap ik opeens waarom jullie mijn paard konden stelen,' zei de Sint tegen de beide mannen. 'Ik begreep al niet hoe dat mogelijk was, maar dit verklaart een hoop.'

Hij keerde zich snel om en zei: 'Yoyo, zou jij nu meteen dat zakje willen gaan zoeken, voordat iemand anders het per ongeluk opraapt. Neem een stok en een schepnet of zoiets mee en blijf er vooral met je vingers af.'

'Oké, ik ben al weg,' antwoordde de Dakpiet naar voren stappend.

'Wacht, ik ga met je mee,' riep Wasco en haastte zich achter hem aan de Grote Zaal uit.

De Sint liep naar zijn zetel en ging zitten. Zijn blik richtte zich op de twee gevangenen.

'En nu jullie,' sprak hij.

Stof, rook en vuur

Op het moment dat de zon met haar eerste stralen van die dag de toppen van de bergen in een roze licht zette, raasde de auto van de Doña over het rotsplein langs de gepunte kolom die de weg aangaf naar de Mijterberg. Direct achter haar kwamen de twee vrachtwagens waarin de zwaarbewapende bendeleden van El Bronco zaten. Nijdig toetste de oude vrouw een nummer in op haar mobiele telefoon.

'Waarom antwoorden die sukkels dan niet?' siste ze woedend.

Een heel eind daarvandaan, op het voorplein van het kasteel, begon in de gifgroene auto de telefoon te piepen. Nieuwsgierig stapte Amerigo dichterbij en keek door het geopende zijraam naar binnen. Luidruchtig snuivend schudde hij zijn hoofd, maar paarden zijn niet geschikt voor het vasthouden van mobieltjes – zelfs niet als ze Amerigo heten – en dus was er niemand om de telefoon op te nemen.

Vloekend overhandigde de Doña het toestelletje aan haar bediende, die voorin naast de chauffeur zat.

'Blijf proberen,' snauwde ze.

Met een boosaardige blik bekeek ze door de voorruit de scherpe pieken van de Mijterberg; binnen een halfuur zouden ze aan de andere kant zijn. Als die oude dwaas haar met z'n belachelijke onzichtbare brug tegen dacht te houden, zou hij nog gek opkijken. Haar handlangers waren er al zo vaak overheen gegaan en nu was het haar beurt. Vandaag zou ze eindelijk met die vervloekte heilige idioot afrekenen.

Hilde en Paul bevonden zich op dat moment al bijna aan het eind van de tunnel. Bij het eerste licht waren ze op pad gegaan en terwijl Paul voorop had gelopen om steentjes op de brug te gooien had Hilde stapvoets achter hem aan gereden. Zuchtend van opluchting waren ze aan de overzijde van de kloof de gapende opening van de tunnel binnen gereden. Het mocht daar dan wel donker zijn, ze hadden er tenminste wel echte grond onder hun wielen.

Na een onaangename kronkeltocht door de duistere ingewanden van de berg zagen ze nu opeens weer daglicht schemeren en nog geen minuut later reden ze, knipperend tegen het felle licht, de frisse buitenlucht in. Aan de rand van het rotsplein stapten ze uit en keken sprakeloos van verwondering naar het schitterende landschap, dat in het warme licht van de vroege ochtendzon voor hen lag. Paul was de eerste die de stilte verbrak.

''t Is bijna te mooi om waar te zijn,' zei hij met een zucht.

Hilde knikte zwijgend en liet haar ogen zoekend over de golvende vlakte met de akkers dwalen.

'Kijk daar, in de verte,' riep ze opeens. 'Daar bij dat dorpje, dat is een kasteel; dat moet 't zijn. Kom op, gauw, we gaan.'

Ze sprongen in de auto. Hilde trok vol gas op en raasde in een wolk van stof het plein af, maar nauwelijks was ze de eerste bocht om of Paul riep: 'Stop!'

Met knersende banden kwam de wagen weer tot stilstand.

'Wat is er?' vroeg Hilde geschrokken.

'Dit is gestoord,' antwoordde Paul. 'Je bent veel te opgewonden om hier over die gevaarlijke weg te scheuren en bovendien heb ik honger. Ik stel voor om nu eerst even héél rustig een broodje te eten. Dat kasteel loopt echt niet weg.'

Zwijgend keek Hilde over haar stuur in de verte.

'Oké,' zuchtte ze ten slotte. 'Misschien heb je wel gelijk. Laten we eerst maar wat eten.'

'Beseffen jullie eigenlijk wat er gebeurd zou zijn als jullie mijn paard hadden gestolen?' vroeg de Sint aan de twee mannen.

Willem keek verveeld opzij, alsof hij niet merkte dat er tegen hem geproken werd, en Cor bleef zwijgend naar de grond staren.

'Dan zouden alle kinderen volgend jaar tevergeefs op mij wachten,' vervolgde de Sint, 'want zonder Amerigo is het voor mij onmogelijk om bij zo veel kinderen langs te gaan. Als jullie de schimmel gestolen hadden, dan zouden jullie het feest voor iedereen kapotgemaakt hebben, en dat alleen maar voor geld.'

Willem draaide zijn hoofd naar de Sint. De donkere glazen van zijn zonnebril keken de goedheiligman brutaal aan.

'Wat is dit allemaal voor onzin over stelen?' snauwde hij. 'Welke bewijzen heeft u eigenlijk? Wij gingen gewoon 's nachts effe een luchtje scheppen en toen merkten we dat dat beest ervandoor ging. We dachten aardig te zijn door het voor u terug te halen, en wat kregen we als dank? Dat we in elkaar geslagen werden door een stelletje dolgedraaide zwarte flippo's. U mag blij wezen als we geen aanklacht tegen u indienen wegens mishandeling en vrijheidsberoving.'

Bij die woorden ontplofte Kim bijna.

'Nou ik heb toch zélf gezien dat jullie het paard meenamen,' gilde ze woedend.

'Ach gut,' spotte Willem. 'De kleuterspeelzaal doet ook mee. Enge droompjes gehad, Miepie?'

Hij richtte zich weer tot de Sint en zei: 'Laten we wel effe serieus blijven, ja? Er is hier niemand die ons dat paard heeft zien stelen. Ze hebben alleen gezien dat we probeerden om het terug te brengen.'

Met een triomfantelijke grijns keek de Rubber om zich heen. Als ze dachten dat ze hem wat konden maken, moesten ze toch vroeger opstaan, want met rechtszaken had hij ruime ervaring.

De Sint zuchtte diep, want hoewel de houding en de gladde praatjes van de inbreker hem tegenstonden, wilde hij de zaak toch zo eerlijk mogelijk afhandelen.

'U zegt "niemand",' merkte hij op, 'maar Kim is wel degelijk een échte getuige. Kinderen zijn niet niemand, hoe groot of klein ze ook zijn, begrijpt u dat? En dan is er nog een ander punt: u heeft mijn twee Wachtpieten, Vigilio en Rocco, overvallen, vastgebonden en opgesloten. Dat noem ik niet bepaald gedrag dat onschuldige gasten vertonen als ze even een "luchtje willen scheppen". Daarnaast heeft u ook nog eens grote schade veroorzaakt in mijn fabriek en het zou mij bovendien niet verbazen als u ook verantwoordelijk bent voor de plotselinge, onverklaarbare brand in de hooiberg, hoewel ik moet toegeven dat daarvoor op dit moment het bewijs nog ontbreekt. En tot slot heeft u levensgevaarlijke magische middelen van Doña Aranéa tegen ons gebruikt. Al deze feiten bij elkaar geven mij ruim voldoende aanleiding om overtuigd te zijn van uw kwade bedoelingen.'

'Da's allemaal gelogen,' snauwde de Rubber. 'U verdraait de zaken om ons verdacht te maken, gewoon omdat u geen enkel hard bewijs heeft. Degenen die hier schade hebben, dat zijn wij en ik eis dus dat we onmiddellijk vrijgelaten worden.'

Op dat moment stapte Pedro naar voren.

'Kijk, dit is natuurlijk een eeuwenoud kasteel,' zei hij koel, 'maar we hebben wél moderne bewakingscamera's. De beelden van u en uw collega in de stal zijn mooi scherp en héél duidelijk.'

Willem gaf geen antwoord en met een gezicht dat strak stond van ingehouden woede staarde hij voor zich uit. Cor stond nog steeds met een rood hoofd naar de grond te staren. De ruige inbreker toonde een treffende gelijkenis met een smeltende klont boter in een hete pan.

'Ik geloof dat hiermee de zaak wel duidelijk is,' hernam de Sint zijn betoog, 'en ik acht jullie schuld dan ook overtuigend aangetoond. Op misdaad moet straf volgen en voor jullie is die straf dat jullie van hieruit te voet teruggaan naar Nederland. De kok zal jullie voor de eerste paar dagen een voedselpakket meegeven, en tijdens de tocht hebben jullie in ieder geval meer dan voldoende tijd om jullie zonden te overdenken.'

'En onze auto dan?' beet Willem hem venijnig toe. 'Als u die hier houdt is dat pure diefstal.'

De Sint schudde ontkennend zijn hoofd.

'We hebben het kenteken aan de politie doorgegeven...' verklaarde hij droog, 'en de auto blijkt gestolen te zijn. Wij zullen ervoor zorgen dat hij weer bij de rechtmatige eigenaar terechtkomt. U mag allang blij zijn dat u niet hier in Spanje in de gevangenis verdwijnt.'

Pedro gaf Rambeau een knikje. De Butlerpiet legde zijn grote handen op de schouders van de inbrekers en gromde: 'Kom maar mee jullie.'

'Blijf met je poten van me af, roetjak,' tierde Willem woedend, maar de butler trok zich niets van zijn geschreeuw aan en duwde hem onverbiddelijk voor zich uit.

Cor draaide zich nog een moment om naar de Sint en mompelde bijna onhoorbaar: 'Sorry.'

Hilde veegde de kruimels van haar broek en zei: 'Zullen we dan maar gaan?'

Paul knikte en stond op. Hij wilde net in de auto stappen toen hij achter zich op het rotsplein getoeter hoorde en even later ook het geluid van stemmen. Verbaasd liep hij een eindje terug om te zien wie er na hen over de onzichtbare brug gekomen waren. Hilde had het lawaai ook gehoord en volgde hem nieuwsgierig. Onder dekking van de rotsen gluurden ze naar het plein en zagen tot hun ontzetting de oude vrouw uit Villacordilla, die een ruige groep gewapende mannen toesprak. Ze stond rechtop in een zwarte auto waarvan de kap was neergelaten en schreeuwde in het Spaans instructies naar haar manschappen.

'Dat wijf heeft er dus toch iets mee te maken,' fluisterde Paul gespannen. 'We moeten maken dat we hier wegkomen, voordat... voordat... huh... huh... ha... ha... ha...' Wanhopig kneep hij zijn neus dicht, maar hij kon niet voorkomen dat er toch een onderdrukte nies klonk.

Als door een slang gebeten draaide de Doña zich om.

'Daar zit iemand,' krijste ze. 'Grijp hem.'

Als één man stormden haar handlangers naar voren. Paul en Hilde sprongen op en zetten het op een lopen naar hun auto. Gelukkig hadden ze de sleuteltjes in het contact laten zitten, want anders waren ze zeker gepakt. Net voor de eerste bandiet de auto bereikte, trok Hilde met slippende banden op en scheurde de smalle bergweg af.

'Een man en een vrouw, buitenlanders,' schreeuwde de bediende terwijl hij met zijn armen zwaaiend terugholde naar het plein. De zwarte auto reed al toen hij met een sprong op de plaats naast de bestuurder dook.

'Sneller,' brulde de Doña uitzinnig. 'Ik wil ze hebben, dood of levend. Rijden sukkel, en doe die kap dicht.'

Nadat Rambeau met de twee inbrekers verdwenen was, richtte de Sint zich opeens tot de jongste van zijn drie gasten.

'Zeg Pietertje,' zei hij ernstig. 'Kun jij mij misschien uitleggen hoe het komt dat mijn mantel aan de stoel van de kok vastgeplakt zit?'

Zonder iets te zeggen staarde het jongetje hem met grote ogen aan.

'Zou dat jóúw werk kunnen zijn?' informeerde de Sint weer.

Een aarzelend, nauwelijks zichtbaar knikje was het enige antwoord.

'Juist ja,' vervolgde de heilige fronsend. 'En mag ik dan vragen waarom je dat hebt gedaan?'

'Eh... eh... nou eh...' stamelde Pietertje met een knalrood hoofd. 'Ik eh... omdat ik, eh... omdat ik... van de kok een heel bord vol van die gore postelein leeg moest eten.'

Alle aanwezigen barstten in lachen uit. Ook Nico, die zijn oven even in de steek had gelaten om niet te veel van de gebeurtenissen te missen. Maar opeens verstomde het rumoer. Alle ogen richtten zich op de Sint, die zijn jongste gast zonder een spoor van een glimlach aankeek.

'Zo, dit is dus weer een van die bekende streken van je, hè?' sprak hij streng. 'Mooi is dat. Ik denk dat het een goede les voor je zou zijn als je de kok moest helpen om de héle afwas te doen.'

Pietertje staarde hem met open mond aan; dat kon hij toch niet menen, hè?

'Maar ja,' vervolgde de goedheiligman met een zucht, 'we hebben hier een prima afwasmachine, dus ik denk dat ik 't je maar moet vergeven.'

Er verscheen een brede lach op zijn gezicht en grinnikend zei hij: 'Sorry hoor, Pieter, ik kon het niet laten om je even terug te plagen.'

Terwijl Pietertje hem nog steeds sprakeloos aanstaarde, stond de oude heer op van zijn zetel en vervolgde: 'Maar laat me je dan nu bedanken, m'n jongen, want met dat ellendige plakband van je heb je vandaag wel mooi m'n leven gered.'

Onder gejuich van de aanwezigen gaf Pietertje de Sint nog wat beduusd een hand en keek verlegen om zich heen. Op dat moment ging aan de andere kant van de zaal de deur open en kwamen Yoyo en Wasco binnen. Terwijl ze naar voren liepen keken ze verbaasd naar hun lachende collega's.

'En?' informeerde de Sint toen ze voor hem stonden.

'Alles in orde, Sinterklaas,' zei Yoyo. ''t Ding ligt naast die andere op de tafel in uw kamer.'

'Ze halen ons in,' gromde Paul achteromkijkend.

Hilde klemde haar handen om het stuur, terwijl ze in volle vaart over de landweg naar Milagroso raasde. Ondanks al het stof was de dreigende zwarte neus van de wagen achter hen duidelijk zichtbaar.

'Als we het kasteel maar halen,' riep ze, terwijl ze met slippende banden door een bocht scheurde.

Op enige afstand werd de wilde achtervolging gadegeslagen door een paar donkere ogen in een oud, gerimpeld gezicht. Als een bemoste, verweerde eik stond El Custodio midden op de vlakte tussen zijn grazende schapen. Langzaam, met een welhaast koninklijk gebaar, hief hij zijn herdersstaf in de richting van het kasteel.

De telefoon op het bureau rinkelde en de Sint – inmiddels gehuld in een versleten reservemantel – nam de hoorn op.

'Milagroso,' zei hij kort.

Zwijgend luisterde hij even en legde toen snel de hoorn weer neer. Met een paar passen was hij bij een telescoop, die op een statief voor het raam stond. Hij drukte zijn oog tegen het vizier en richtte de lens op de vlakte, terwijl Pedro en de kinderen nieuwsgierig toekeken. Na een paar seconden draaide hij zich weer om.

'We hebben een probleem,' zei hij tegen de Pieterbaas. 'De Doña komt eraan met haar bende, maar 't gekke is dat het lijkt of ze iemand achtervolgt. Ik weet 't natuurlijk niet zeker, maar als het zo is dan moeten we hoe dan ook proberen diegene te helpen. Misschien kunnen we proberen de eerste auto binnen te laten en dan onmiddellijk de poort te sluiten. Wat denk jij?'

'Tja, 't is het proberen waard,' meende Pedro. 'Onder de gegeven omstandigheden hebben we niet veel keus en niet veel tijd.'

'Goed, dan doen we het zo,' besloot de Sint. Hij wendde zich tot de kinderen: 'Jullie blijven hier wachten in mijn werkkamer tot ik een seintje geef, ja? Het spijt me, maar wij moeten nu echt even onze aandacht aan iets heel anders besteden.' Hij wenkte Pedro.

'Kom, we moeten zorgen dat iedereen klaarstaat.'

Haastig verliet hij met zijn Hoofdpiet het vertrek. Ze waren nog maar nauwelijks de deur uit of Kim was als eerste bij de telescoop en probeerde door het vizier te kijken. Maar zelfs als ze helemaal op haar tenen ging staan, was ze er te klein voor.

'Wil je die stoel?' vroeg Mark.

Kim aarzelde even; ze herinnerde zich hoe ze gezegd had dat ze wilde dat ze twee meter lang was.

'Nee,' zei ze toen. 'Kijk jij maar.'

Mark drukte zijn oog tegen het vizier en hoewel het niet meeviel om de kijker meteen goed te richten zag hij al snel de auto's, die in een wolk van stof over de vlakte op hen afkwamen razen.

'Dat is ónze auto,' gilde hij opeens. 'Dat zijn pappa en mamma.'

Cor en Willem gingen haastig een flink eind opzij toen ze een stel auto's in volle vaart zagen naderen; ze waren nog maar net aan hun voettocht begonnen en hadden geen zin om meteen al een hele lading stof te happen. Daardoor zagen ze niet wie er op de achterbank van de tweede auto zat te vloeken en te tieren.

Met haar handen krampachtig om het stuur geklemd, scheurde Hilde als een bezetene over de landweg, en hoewel ze harder ging dan ze eigenlijk durfde, zag ze in haar spiegels dat de auto van de Doña toch nog sneller was. Naast haar zat Paul zich half omgedraaid te verbijten. Machteloos moest hij toezien hoe de zwarte wagen meter na meter terrein won, tot die vlak achter hen reed en op een plek waar de weg wat breder werd zelfs begon te passeren.

Meedogenloos werden ze ingehaald en opeens zagen ze naast zich door het zijraam van de langszij schuivende auto het bleke gezicht van het oude wijf, dat hen dreigend aanstaarde. Er was geen houden meer aan; nog verder schoof de zwarte wagen naar voren, en op het moment dat vlak voor hen de rode remlichten fel oplichtten, beseften ze dat ze het niet gehaald hadden. In een wolk van stof en gruis kwamen ze tot stilstand, op nog geen honderd meter afstand van de kasteelpoort. Zwijgend hielden ze elkaars hand vast en wachtten af wat er ging gebeuren.

'Open de poort,' schreeuwde de Doña. 'Onmiddellijk, of er gebeurt iets heel vervelends met deze twee hier!'

Achter haar hielden El Bronco en een van zijn mannen Paul en Hilde vast. Ze grijnsden breed, want ze waren ervan overtuigd dat het met twee gijzelaars niet veel moeite zou kosten om binnen te komen. Daar hoefden ze geeneens de poort voor op te blazen.

'Aranéa,' schalde opeens luid de stem van de Sint en op hetzelfde moment verscheen hij met Pedro boven de poort op de omloop.

Geschrokken deed de Doña een stap achteruit, want dit was het laatste wat ze had verwacht: die ellendige heilige had op sterven na dood moeten zijn.

'Je wilt mij toch hebben?' riep de Sint in het Spaans. 'Wees dan verstandig en laat die mensen vrij, dan kom ik naar buiten en ga ik vrijwillig met je mee.'

Maar zo gemakkelijk was de Doña niet van haar plannen af te brengen. Ze kon eenvoudigweg niet geloven dat ze haar aartsvijand zo gemakkelijk in handen zou kunnen krijgen; dit was een wat al te simpele oplossing. Die heilige had vast een plannetje achter de hand waardoor hij haar toch nog zou ontglippen.

'Dat had je gedacht,' krijste ze. 'Maar ik ben hier degene die bepaalt wat er gebeurt. Het is afgelopen met jou, en met je Pieten. Open die poort, onmiddellijk!'

Op een wenk van de oude feeks duwde El Bronco de gevangenen ruw naar voren en dwong hen te knielen. Hilde en Paul keken hulpeloos om zich heen, niet in staat om te bevatten wat hun overkwam. Ze hadden niets van het Spaans begrepen en voelden zich alsof ze buiten hun wil om meegesleurd werden in een waanzinnige film, waarin een onschuldige kinderfantasie veranderde in een afschuwelijke nachtmerrie.

'Pappa, mamma!' hoorden ze opeens de stemmen van hun kinderen gillen. Met een ruk keken ze omhoog en zagen Mark, Kim en Pietertje boven op de rand van de kasteelmuur staan.

'O, nee,' was alles wat Hilde snikkend kon uitbrengen, maar Paul schreeuwde: 'Kijk uit, val niet.'

'Juullie koppen houden,' krijste de Doña in het Nederlands. 'Anders die kienders zien juullie nooit meer teruug, begrepen!'

Haar gevangenen sloten geschrokken hun mond en ook de kinderen zwegen. Met bleke gezichten staarden ze machteloos naar hun ongelukkige ouders.

Grommend wendde de Doña zich weer tot de Sint.

'Nou, hoe ziet 't, gaat die poort open of niet?' brulde ze ongeduldig.

De Sint keek wanhopig om zich heen; de situatie dreigde volkomen uit de hand te lopen als er niet gauw iets gebeurde. Opeens viel zijn blik op de rokende schoorsteen van de keuken, die boven de daken van het kasteel uitstak.

'Houd haar zo lang mogelijk aan de praat, verzin maar iets, 't maakt niet uit wat,' fluisterde hij tegen Pedro. Meteen liep hij weg en wenkte ondertussen Yoyo en Wasco.

'Yoyo, haal zo snel als je kunt die twee buideltjes en breng ze bij me in de keuken, maar voorzichtig hoor! Wasco, jij rent alvast vooruit en vraagt Nico om de oven flink op te stoken. Ga nu, ik kom eraan.'

Onmiddellijk renden de Pieten weg en terwijl achter hem het woedende geschreeuw van Doña Aranéa onderbroken werd door de bassende stem van de Hoofdpiet, haastte de goedheiligman zich de trappen van het poortgebouw af. Hij snelde het voorplein over en verdween door de voordeur in het kasteel.

'Hier zijn ze,' hijgde Yoyo, de keuken binnen stormend met een plastic prullenbak in zijn handen.

'Mooi zo, hopelijk zijn we nog op tijd,' antwoordde de Sint ernstig. 'Gooi ze snel op een tafel.'

Terwijl Wasco en Nico nieuwsgierig toekeken, keerde de Dakpiet de bak om boven een lange keukentafel, waardoor de *maliferi* op het houten tafelblad vielen. Zoals ze daar lagen was het bijna niet te geloven dat deze onschuldig ogende voorwerpen werkelijk gevaarlijk waren.

'Achteruit jullie, nu,' beval de Sint.

Hij deed zijn rode mantel af en overhandigde hem aan Wasco. Vervolgens vouwde hij de wijde mouwen van zijn witte onderkleed naar achter, haalde diep adem en staarde ingespannen naar de magische voorwerpen. In zichzelf mompelend nam hij met beide handen de buideltjes op van de tafel en begon als in trance naar de oven te lopen. Onmiddellijk brak het zweet hem uit. Zijn gezicht werd lijkbleek en iedere stap leek hem zwaarder te vallen, alsof hij een enorm gewicht torste.

Hij bleef staan voor de opening van de oven, waar de gloed van het hoog opgestookte vuur zijn witte onderkleed oranjerood kleurde. Trillend van inspanning hief hij zijn armen omhoog en prevelde met gesloten ogen enkele woorden. Na een paar tellen opende hij zijn ogen weer en riep met luide stem: '*Vade retro, Satanas.*'

Alsof het giftige slangen waren wierp hij de buideltjes van zich af in de loeiende vlammenzee.

Op hetzelfde moment dat het ovenvuur de *maliferi* gretig omsloot, slaakte Doña Aranéa een ijzingwekkende kreet en begonnen haar ogen in hun kassen te draaien. Onthutst keken haar manschappen naar hun bazin; net nu alles perfect voor elkaar leek te zijn, ging het oude wijf ineens raar doen.

Gillend en kronkelend stond de Doña voor de poort. Haar vadsige lijf schudde heen en weer, terwijl ze wankelend probeerde op de been te blijven. Haar handen klauwden machteloos in de lucht en uit haar wijdgeopende mond kwam een door merg

en been dringend gekrijs, dat akelig tegen de kasteelmuren weerkaatste. Grauwe rookslierten kringelden langs haar hals omhoog. Opeens begon ze te krimpen. Steeds sneller werd ze kleiner en kleiner, zodat haar zwarte kleren in grote plooien om het verschrompelende lichaam kwamen te hangen. De rook ontsnapte nu ook uit haar neus en mond. Schokkend zakte ze op de grond en rolde met een hoog piepend gegil door het stof, tot er op het laatst niets meer over was dan een zielig hoopje kleding waarin nog iets heen en weer bewoog.

Plotseling bolden de kleren echter weer op, alsof er vanbinnen iets groeide. Er klonk een daverende knal en een reusachtige withete steekvlam schoot recht de lucht in. Een paar seconden later was er van de Doña niets meer over dan een nagloeiend hoopje as.

Bij het zien van het vurige einde van hun werkgeefster raakten de mannen van El Bronco in paniek. Bang om eenzelfde lot te ondergaan, renden ze schreeuwend naar hun auto's. De laatsten klemden zich nog wanhopig aan laadkleppen en raamstijlen vast, terwijl de wagens ervandoor scheurden in de richting van de bergen. De zwarte auto sloot de rij.

Pas toen het geraas van de motoren in de verte wegstierf, krabbelden Hilde en Paul, nog beduusd van alle gebeurtenissen, overeind. Nauwelijks stonden ze weer op hun benen of er barstte boven hun hoofden een luid gejuich los op de omloop van de kasteelmuur, die zwart zag van de Pieten. En boven alles uit klonken drie kinderstemmen: 'Pappa, mamma!'

Dubbel weerzien

De poort was nog maar net op een kier geopend toen Mark, Kim en Pietertje er al door naar buiten glipten en hun ouders lachend en huilend tegelijk om de hals vlogen. Met een door tranen verstikte keel en nog trillend van de emoties drukten Paul en Hilde hun kinderen zo stevig tegen zich aan dat het leek of ze niet van plan waren hen ooit nog los te laten; de wereld om hen heen was even verdwenen en het duurde wel een tijdje voor ze weer op aarde stonden.

'Hoe hebben jullie ons gevonden?' wilde Kim weten, nadat de eerste opwinding wat geluwd was.

'Dat... dat weet ik eigenlijk niet,' antwoordde Hilde, terwijl ze met een papieren zakdoekje de tranen van haar wangen veegde.

'Ja, ik snap het ook niet echt,' beaamde Paul, nog wat nerveus door de voorbije gebeurtenissen. ''t Is zo'n waanzinnig verhaal dat ik het zelf nooit zou kunnen verzinnen. En zo te zien is het nog niet eens afgelopen,' voegde hij eraan toe, terwijl hij naar de Zwarte Pieten keek die om hen heen stonden.

Kim zag haar vaders verbaasde gezicht en begon te lachen.

'Nee, dit is maar een droom hoor,' riep ze plagerig. 'In werkelijkheid liggen jullie thuis in bed.'

Opeens ontstond er wat beroering in de menigte en de Pieten weken uiteen om iemand door te laten. Het was de Sint, die nog wat bleek van de doorstane spanningen naar voren schreed om de nieuwe gasten te begroeten.

'Welkom op Milagroso,' sprak hij en maakte daarbij een lichte buiging.

Paul en Hilde bogen zwijgend terug. Ze wisten niet goed wat ze moesten zeggen.

'Ik begrijp dat u een beetje verbaasd bent,' vervolgde de goedheiligman met een geamuseerde blik, 'maar het went wel hoor. Na een tijdje is het net of je thuis bent, waar of niet, Pieter?' 'Nou... eh... ja, een beetje wel,' vond het kereltje. 'Maar er is hier veel meer snoep.'

'Daar zeg je zo wat,' lachte de Sint en wendde zich weer tot de ouders. 'U zult onderhand wel toe zijn aan iets versterkends. Mag ik u misschien uitnodigen voor een kopje koffie met gevulde speculaaspop, of moet u misschien nog ontbijten? Mijn hemel, nu ik het erover heb, bedenk ik ineens dat wij zelf door alle toestanden nog niet eens ontbeten hebben. Ik rammel van de honger, zullen we naar binnen gaan?'

Op dat moment kwam er door de poort een vreemde verschijning naar buiten strompelen, die luid liep te jammeren. Het wezen was geheel bedekt met een druipende verflaag in allerlei kleuren, waarin slingers en confetti vastgeplakt zaten. Het vreemdst was misschien nog dat het jammerde met de stem van Franco.

'O nee hè,' fluisterde Mark tegen Kim. 'De valstrik met de verfbommen.'

Die dag werd een heerlijke en wonderlijke dag. Hilde en Paul volgden hun kinderen op een eindeloze tocht door gangen en deuren. Ze zagen de torenkamer, met het uitzicht over de daken van het kasteel en de landerijen eromheen. Ze bezichtigden de fabriek en gingen in de stallen op bezoek bij Amerigo.

Het hoogtepunt was zonder twijfel het feestelijke diner in de Grote Zaal met de Sint en alle Pieten. Nico had zich enorm ingespannen om er iets onvergetelijks van te maken, met prachtig versierde tafels vol uitgelezen Spaanse gerechten en voor Pietertje een groot bord vol patat met mayonaise, dat hij hem persoonlijk kwam brengen.

De volgende ochtend zouden ze meteen na het ontbijt vertrekken. Terwijl haar ouders en broers naar hun kamers gingen om hun spullen te pakken, kneep Kim er ongemerkt tussenuit naar de stallen, waar Amerigo haar begroette door vrolijk snuivend met zijn hoofd te schudden.

Verdrietig stopte ze hem een wortel toe en keek om zich heen. Het was al na voedertijd en er was op dat moment niemand anders in de stal. Ze opende de deur van de box en stapte naast de schimmel op het stro. Terwijl ze haar hand over zijn borst en hals liet glijden, leunde ze met haar hoofd tegen de warme witte vacht. Amerigo draaide zijn hoofd naar haar toe en zijn grote glanzende paardenoog staarde haar vragend aan.

'Dag,' zei ze hees, en veegde een traan weg, die tegen haar wil toch over haar wang liep. 'Tot volgend jaar.'

Zachtjes wreef het paard met zijn neus over haar arm.

'Kim,' klonk opeens de stem van Mark luid over de binnenplaats. 'Waar zit je?'

'Ja wacht even, ik kom al,' riep ze terug. Snel veegde ze nog even langs haar ogen, haalde diep adem en liet toen voor de laatste keer haar hand over de gladde hals glijden.

'Nou, dan ga ik maar,' zei ze.

Ze stapte uit de box, deed de deur dicht en rende de stal uit.

De Sint en alle Pieten waren naar het voorplein gekomen om hen uit te zwaaien, dat wil zeggen, alle Pieten behalve Franco, want die was in geen velden of wegen te bekennen.

'Ach joh, die is nog een beetje boos,' grijnsde Yoyo, toen Mark hem vroeg waar de secretaris was. 'Hij vindt dat ie voor gek stond en daar kan ie niet tegen.'

Vanachter zijn rug haalde hij een pakje met een strik te voorschijn.

'Hier,' zei hij, terwijl hij het aan Kim overhandigde. 'Maar pas openmaken in de auto hoor.'

Toen begon het grote afscheid nemen. Er waren zoveel zwarte handen om te schudden dat ze sommige Pieten voor de tweede of derde keer goeiedag begonnen te zeggen, waardoor het een hele tijd duurde voor iedereen aan de beurt was geweest. Nadat Kim en Pietertje de Sint op z'n beide wangen gezoend hadden en Mark hem een hand had gegeven, bedankten Hilde en Paul tot slot voor de zoveelste keer de oude heilige en zijn Pieten voor de hartelijke ontvangst en het veilig opvangen van hun kinderen.

'Maar wij moeten op onze beurt uw kinderen bedanken,' antwoordde de Sint ernstig, 'want zonder hen was Amerigo nu in de handen van die twee onaangename figuren geweest, en wijzelf zouden mogelijk in gevangenschap zijn weggevoerd, of nog erger.'

Eindelijk kwam dan het moment waarop de portieren werden dichtgeslagen en de auto zich in beweging zette. Nagewuifd door de hele kasteelbevolking, reden ze over de oprijlaan, tussen de twee pilaren door, de landweg op, in de richting van de bergen. Ze bleven door het achterraam zwaaien tot ze door het stof en de groter wordende afstand niemand meer konden zien. Pas toen liet Kim zich op de bank zakken om nieuwsgierig de strik los te trekken van het pakje dat Yoyo haar gegeven had.

'Hé, er zitten gekleurde snoepjes in,' zei ze verbaasd, 'en ook een kaartje.'

Ze pakte het stukje papier uit het doosje en las voor wat er op stond:

'We zullen jullie missen op onze bruiloft. Hier zijn alvast wat bruidssuikers. Veel liefs, Carmelita en Yoyo.'

Vloekend en scheldend liep Willem over het smalle bergpad.

'Als die luizige witkwast denkt dat ik 't hele eind ga lopen, heeft ie 't goed mis. Ik zet zo snel mogelijk ergens een kraak en dan vliegt deze jongen wel mooi eersteklas naar huis.'

Nijdig gaf hij een schop tegen een kiezelsteen.

'En als die schijnheilige zwezerik volgend jaar weer in Nederland komt, zullen we nog wel eens zien of ik die knol niet te pakken krijg.'

Deze laatste opmerking deed voor Cor, die vlak achter hem liep, de deur dicht. 'Weet je wat jij bent?' brulde hij kwaad. 'Een compleet gestoord stuk bagger! Ik ben dat eindeloze gemekker van jou onderhand meer dan spuugzat.'

Op dat moment klonk achter hen het geluid van een naderende auto. Willem draaide zich meteen om en begon met zijn armen te zwaaien, maar de auto passeerde zonder vaart te minderen. In een flits, voordat het stof hem het zicht benam, zag hij door de achterruit de drie kindergezichten, die hem kwaad aanstaarden.

'Lelijke hondekoppen,' schreeuwde Willem woedend. 'Wacht maar tot ik jullie te pakken krijg, stelletje rotkleuters...'

Verder kwam hij niet, want een enorme schop onder zijn achterste deed hem voorover duikelen in het stof.

'Zo,' sprak Cor, trillend van ingehouden woede. 'Dat had ik al veel eerder moeten doen, vuile smeerlap. Ik wil met jou niks meer te maken hebben, nooit meer, begrepen?'

Hij draaide zich om en begon de weg terug te lopen.

'Stomme zultkop,' schreeuwde Willem hem na, terwijl hij overeind krabbelde en het stof van zijn kleren klopte. 'Ja, donder maar gauw op. Voor mijn part krijg je 't gillende schompus in je endeldarm.'

In machteloze woede spoog hij op de grond. Daarna keerde hij zich met een nijdige ruk om en liep verder de bergen in.

De rest van het verhaal is snel verteld. Op school kreeg Johnny na de kerstvakantie een totaal andere Kim in de klas: eentje die absoluut niet meer bang voor hem bleek te zijn. En toen hij aan het eind van het schooljaar ging verhuizen was ze helemaal van hem af.

Halverwege november stond er als vanouds weer een juichende en zingende menigte aan de haven om de Sint en zijn Pieten te verwelkomen. Wuivend en lachend stapte de goedheiligman van de loopplank op de kade, waar Amerigo in het bleke zonnetje al op hem stond te wachten en de televisiepresentator weer als een soort hyperactieve kangoeroe met zijn microfoon op en neer sprong.

Kim, Mark en Pietertje bevonden zich helemaal vooraan tussen het publiek. Hilde en Paul stonden wat verder naar achter. Met meer dan normale belangstelling volgden ze hoe de Sint samen met Pedro en Franco het podium betrad, waar de burgemeester zijn gasten welkom heette.

Opeens zag Kim Wasco, die wenkte dat ze hem moesten volgen. Terwijl de goedheiligman zijn toespraak hield, ontmoette het drietal achter het podium hun oude vrienden.

'Waar is Yoyo?' wilde Kim weten.

Wasco grijnsde breed en haalde uit zijn binnenzak een foto te voorschijn. 'Hij vroeg of ik die aan jullie wilde geven.'

Nieuwsgierig wierpen ze een blik op het kiekje en zagen Yoyo en Carmelita die hen blij en trots aankeken, met een mollige baby in hun armen.

De Sint was ondertussen klaar met zijn praatje en daalde het trapje af naar de straat. Terwijl Franco gewichtig op het podium aan de reling bleef staan om van bovenaf in de gaten te houden of alles goed verliep, besteeg de goedheiligman zijn paard om aan de intocht te beginnen. Toen hij goed en wel in het zadel zat, keerde hij zich plotseling om en gebaarde naar Kim dat ze naderbij moest komen.

'Hoi Kim, daar zijn we weer,' zei hij, terwijl hij de schimmel liefkozend op de hals klopte. 'Je durft toch nog wel, hè?'

Ze begreep wat hij bedoelde, maar knikte toch enigszins onzeker van ja. Voor ze zich kon bedenken tilden sterke armen haar op en zetten haar bij de Sint voor op het zadel.

'Hup, daar gaat ie dan,' zei de oude heilige vrolijk.

Met een rode kleur van opwinding reed Kim op Amerigo langs de juichende mensen. Sommige kinderen keken haar een beetje jaloers aan, maar die wisten niet dat ze haar plaatsje meer dan verdiend had. Terwijl ze enthousiast naar haar vader en moeder zwaaide, herinnerde ze zich opeens iets.

'O, ik heb nog iets voor u,' zei ze, terwijl ze hem de witte geborduurde zakdoek liet zien. 'Hij is gewassen hoor.'

'Hou 'm maar...' zei de Sint, 'als aandenken. En misschien heb je hem nog wel eens nodig; je weet 't nooit.'

Mark liep een eindje achter Amerigo in de stoet met Wasco te praten. Een paar Strooipieten hadden hem gevraagd of hij mee wilde helpen met strooien, maar daar had hij vriendelijk voor bedankt; als dertienjarige loop je al snel voor gek.

Pietertje was ondertussen nog even achtergebleven bij het podium en keek verbaasd naar een enorm grote Zwarte Piet, die hem vaag bekend voorkwam.

'Ik ken jou,' zei hij argwanend.

De Piet begon te lachen.

'Dat ken kloppen,' zei hij. 'Ik ben Corro.'

'Jij bent die ene boef,' gilde Pietertje verbaasd.

'Nee hoor, niet meer,' grijnsde de kolos. 'Ik ben nou officieel een echte Zwarte Piet. Kom op, dan gaan we achter je zussie aan.'

Hij stak zijn grote handen uit en tilde het ventje met een zwaai op zijn nek. 'Zo, dan kun je het allemaal goed zien,' bromde hij.

Hossend liepen ze mee in de stoet, tot Pietertje zijn nieuwe vriend iets in het oor fluisterde. Nieuwsgierig bleef Corro staan en keek naar het kleine voorwerp dat het kereltje uit zijn broekzak te voorschijn haalde: een tubetje supersecondelijm.

Weer fluisterde Pietertje hem iets toe en met een ruk draaide de voormalige inbreker zich om. Ongelovig staarde hij naar het podium, waar Franco als enige achtergebleven was. De secretaris deed verwoede pogingen om zijn linkerhand van de reling los te trekken, waarbij hij radeloos om zich heen keek.

Snel draaide Corro zich weer om en haastte zich achter de andere Pieten aan. Boven alle feestrumoer uit klonk over de kade de snerpende stem van Franco:

'Pietertje!!!'